KB212156

내 삶을 이끄신
하나님

김석삼 지음

도서출판

소리원

고난에 대한 감사

어느 사이 나의 인생도 칠십 후반에 들었다. 여기까지 살아 온 생애를 돌아보니 나의 인생 도정도 첩첩한 산맥의 산줄기들을 넘어온 듯하다. 생애 서사(Life Narrative) 글쓰기를 연구 전공으로 하는 외우(畏友) 박인기 교수가 여러 해 전부터 나에게 지나온 이야기를 기록으로 남기라는 권고를 했다. 그의 당부가 고맙기는 했지만, 나는 회고록이란 걸 쓸 생각이 있었던 것은 아니다. 무슨 특별한 생애를 내가 산 것도 아닌데 회고록이라니 하며 손을 내저었다. 게다가 나 같은 이공학도는 글쓰기와 거리가 머니 당치도 않은 일이라고 사양했다. 그런데 박 교수는 내가 여기까지 살아오면서 겪어 낸 일이 단순히 개인사로 그치는 일이 아니고, 대한민국 산업근대화와 공업 기술 발전 역사의 한 트랙을 증언하는 의미가 있는 거라고 강조한다.

그 말을 듣고 공학자로서의 나의 인생 궤적을 생각해 보니, 정말 여러 일이 주마등처럼 지나간다. 그런 일들마다 나를 둘러싸던 온갖 결핍과 곤경들이 떠오른다. 그러나 그 숱한 사건과 사연들 위로 여기까지 나를 인도하여 이끌어 온 감사와 은혜, 그 설명할 수 없는 하나님의 섭리에 스스로 어떤 감화에 이르게 된다. 아, 이렇게 나를 이끌어 인도하는 분에 대한 믿음은 그 어떤 증언보다도 내게는 뜻있는 고백이 되겠다는 생각이 들었다. 나는 글쓰기에 대한 두려움을 어느새 밀쳐두고 나의 생애 기록을 써나갔다.

글을 써나가는 동안 글을 쓰기 전에는 막연했던 기억이나 느낌이 새로운 의미로 살아나는 듯한 경험을 했다. 공학자로서 내 생애의 역사를 기록하는 이 일이 단순히 회고의 기록에 그치지 않고 그 어떤 형용할 수 없는 감사와 은혜를 발견하는 일이라는 것을 알았다. 내가 기독교 신앙인으로서 견지하는 감사와 은혜를 나의 생 안에서 새롭게 각성하는 경험을 하였다. 그것은 신에 대한 감사와 은혜이면서 동시에 이 세상의 삶에서 나와 인연을 맺은 사람들에 대한 감사이기도 했다. 무엇보다도 부모님의 은혜, 가족에 대한 감사를 새롭게 가슴에 새겼다.

세상의 일반 기준에 비추어 본다면 내 생애의 상당 부분은 고난과 결핍으로 점철된 것처럼 보인다. 그러나 나는 그런 어려움의 도정들이 다시 어떻게 나에게 빛과 감사의 영광이 되어 나를 변화시켜 갔는지를 생각해 보게 되었다. 일상에서 꾸준히 드리는 기도와 묵상이 나의 어려운 생애를 어떻게 이끌어 주었는지도 깨닫게 되었다. 돌이켜 보면, 내 초등학교 중학교 시절은 첩첩 산골에서 결핍과 가난으로 이어지는 생활이었지만, 나는 그 속에서도 나를 이끌어 가는 감사의 섭리를 지금은 볼 수 있다.

경북 김천에서 거창 쪽으로 가는 도로 20㎞ 지점에 지례면이 있다. 지례를 지나 오른쪽 길로 들어가면 부항댐이 나오고, 이 부항댐에서 자동차로 10분 정도 들어가면 삼도봉 터널로 가는 길목에 10여 가옥이 살고 있는 학동이라는 자그마한 산촌 마을이 있다. 내가 태어나 자란 마을이다. 마을 뒤로는 낮은 산이 둘러서 있고 마을 앞에는 작은 시냇물이 흐르고 있다. 이곳에서 내가 태어나기 전에 나의 아버님과 할 아버님께서도 이곳에서 태어나시고 평생을 농사를 지어가면서 살아온 곳이다. 잊을 수 없는 고향이다.

아버님은 농사일만 하시면서 평생 살아오셨다. 아버지의 세계는 농사만의 세계였다. 내가 초등학교에 입학했을 때 입학 기념으로 지게를 만들어 주시면서, 이 지게를 지고 소를 먹일 꼴과 땔감을 책임지라고 말씀하셨다. 아버지는 나의 공부에는 관심이 없으셨다. 그러나 나는 초등학교 4학년부터 6학년 졸업까지 이계원 선생님을 만나 공부를 열심히 하게 되었고, 중학교 진학을 가슴에 품었다. 그리고 미국 선교사를 만나고 김천에서 경서고등성경학교에 다니던 이모님을 따라 우리 동네 윗마을에 있는 가목교회를 가게 되어 예수님을 믿게 되었고 초등학교 5학년 때 하나님을 만나는 체험을 하였다. 호롱불 밑에서 공부하던 시절에 교회 다니는 것이 나에게는 큰 기쁨이었다.

농사일을 도우라 하셨던 아버님을 이계원 담임선생님께서 잘 설득하셔서 나는 학동에서 12㎞ 떨어진 지례중학교에 입학하게 되었다. 나는 지례에서 친구와 같이 자취를 하며 공부했다. 고생하시는 아버지를 생각하며 열심히 공부했고, 지례교회에 출석하며 열심히 신앙생활도 이어갔다. 아버님은 내가 지례중학교에 다니던 3년 동안 땔감과 먹을 쌀, 그리고 반찬으로 마련한 콩장을 가마니 속에 넣어 한 달에 두 번씩 지게를 지고 학동에서 자취방까지 갖다 주셨다. 아버님의 도우심과 하나님의 은혜로 나는 지례중학교 3년 동안 등록금을 면제받고 공부를 마칠 수 있었다. 그리고 지례교회에서 1964년 12월 성탄절 때 소도열 목사님으로부터 학습을 받았다. 나를 이끌어 가시는 하나님의 손길에 나는 열중하여 감사했다.

내가 이 회고록의 제목과 핵심어를 '하나님'으로 정한 것은 일찍이 마음에 품은 바였다. 그것은 나의 존재론적 정체성을 가장 명료하게 나타내는 것이었다. 대개 청소년기의 종교적 감수성에서 믿음 생활을 접했다가도 성인이 되면서 다시 세상 가치로 나가는 경우가 많지만, 나는 그렇지 않았다. 평생을 주 안에서 나의 존재와 나의 소망을 실현해 왔다. 인간사의 어려움과 시련은 늘 있었지만, 나는 하나님과 그 말씀을 믿음으로써 넘어지지 않았다. 나를 은혜롭게 지켜 왔다. 이 회고록은 그런 나의 마음을 담은 것이기도 하다. 청년기의 모습을 반추해 보면, 그런 은혜가 더 의미 있게 다가온다.

지례중학교를 졸업하고 김천고등학교에 입학하였다. 가목교회 장학문 전도사님의 도움으로 이모님이 다녔던 김천 경서고등성경학교 기숙사에서 살면서 김천고등학교에 다녔고, 황금동교회에서 1965년 4월 18일 부활절 주일에 임도준 목사님으로부터 세례를 받았다. 열심히 공부하여 등록금을 면제받을 수 있었고 고등학교 1학년 2학기부터는 초등학교 5학년 남자아이와 3학년 딸아이를 지도해 달라는 농기계 회사 사장 집에 입주 가정교사로 두 아이를 가르치며 김천고등학교에 다닐 수 있었다.

3학년이 되어 가정교사를 그만두고 김천고등학교에서 가까운 곳에서 자취하며 대학입시에 전념하였다. 김천고등학교 문과 반을 졸업하고 담임선생님의 권유로 서울대학교 사범대학 영어교육학과를 지원했으나 입학시험에 떨어지고 대구로 내려가 가정교사를 하면서 대학입시를 준비하게 되었고, 선배들의 조언으로 1969년 3월 경북대학교 신설학과인 기계공학과 1회생으로 입학하여 5·16장학금으로 대학을 졸업하고 강창수 교수님의 권유로 대학원 석사과정에 진학하여 석사과정 2년차인 1974년 3월 서울 구로공단에 위치한 한국정밀기기센터에서 방위산업체 기술요원 교육전담으로 5년 6개월간의 근무로 병역을 마치고 1979년 9월부터 경북대학교 기계공학과 교수의 길로 들어서게 되었다.

1983년 7월 박사학위를 취득하기 위해 일본 도호쿠대학 대학원에 입학하여 가또 교수 연구실에서 트라이볼로지 전공으로 1987년 3월 공학박사학위를 취득하였다. 나는 한국으로 귀국하여 경북대학교에 복직하고 대구남덕교회에서 2년 과정의 베델성서대학에 아내와 같이 입학하여 졸업하였으며 이어서 크로스웨이 과정도 마쳤다. 1989년 11월 장로에 임직되어 장용덕 목사님과 함께 선교사역에 동참했다. 대만 선교를 시작으로 러시아선교, 필리핀선교, 브라질 선교, 말레이시아 선교 등 30여 년간 선교에 헌신하였다. 그리고 2002년도에는 대구남덕교회 50년사 준비위원장이란 중책을 감당하기도 하였다.

나의 장년 시절은 대학교수로서의 책무를 성실히 수행하는 것이었다. 교육과 연구에도 게을리하지 않았다. 이런 책무감은 내 안에서 스스로 우러나오는 것이었다. 그러나 나는 '내 스스로 우러나오는 것'이라고 생각하지 않았다. 그렇게 나를 이끌어 가기를 기도로써 간구했고, 내 안에서 역사하시는 성령의 도와주심이 있었기에 가능한 것이었다. 고단하고 분주했지만 나는 열심히 일했다. 그러나 마음 한구석에 기쁨과 열정이 있었다. 그런 시간을 내 생애를 통해서 허락하신 하나님을 어찌 찬양하지 않을 수 있겠는가 싶다. 이런 일들이 돌아 보인다.

나는 기계공학 전공 학자로서 기업체 기술교육과 산학협력에 증진하여 대구 경북지역 기업체의 기술력 향상에 기여했다고 자부한다. 특히 대학원 교육에도 중국, 베트남, 에티오피아 유학생들을 받아들여 공학박사 학위를 취득하도록 도와주었다. 한편 공대학장과 산업대학원 원장직을 맡아 공과대학 학훈을 제정하여 세방화(世方化) 시대의 공과대학 교육 목표를 분명히 하였다. 그리고 경북대 글로벌 기독센터 건립을 위해 모금활동에 증진하였으며 학원 복음화에도 미력하나마 최선을 다하였다.

35년간의 경북대학교 교수직을 마감하고 하나님의 은혜로 말레이시아 사바국립대학에서 7년간의 교수직을 이어갈 수가 있었다. 특히 이 기간 나는 한국과 말레이시아 간의 국제협력 증진에 노력하였다. 42년간의 대학교수로서 학문연구와 선교사역에 동참할 수가 있도록 특별한 은혜를 베푸신 하나님께 깊이 감사를 드린다. 그리고 나의 마음 밭에 복음의 씨를 뿌려주신 이모님과 부족한 나를 오늘까지 더욱 큰 믿음의 분량으로 성장시켜 주신 믿음의 아버지 장용덕 원로목사님께 이 회고록을 드리게 되어 나에게는 말할 수 없는 큰 영광이 되었다.

이 회고록을 내면서 내 인생의 큰 가르침을 베풀어서 나를 정신적으로 학문적으로 신앙적으로 이끌어 주신 세 분 어른에 대한 감사의 마음을 다시금 느끼며 그 은혜를 가슴에 새긴다. 초등학교 때 나를 가르쳐 주시고 우리 아버지를 설득하여 나를 중학교에 진학하게 해주신 이계원 선생님은 내 가슴에 불망비(不忘碑)로 남아 있다. 나는 그때 이계원 선생님을 만나지 못했으면 초등학교만 마치고 일생 산골의 농사꾼으로 지냈을 것이다.

다음으로는 대학에 들어와서 기계공학의 세계에 눈뜨게 하고, 나를 학문하는 교수가 되도록 길러 주신 강창수 은사 교수님을 잊을 수가 없다. 강창수 교수님은 나를 유학의 길로 밀어주시고, 뒷날 내가 트라이볼로지 공학을 세계적 수준에서 연구하고, 이 분야 세계의 학자들과 교류하고 참여하는 학자가 되도록 나를 이끌어 주셨다.

끝으로 나의 일생을 기독교 신앙의 세계로 인도하여 일찍이 주 안에서 내 영성을 일구어 갈 수 있도록 해주신 나의 이모님 배옥임 권사님께 한량없는 감사를 드린다. 내가 하나님께 이를 수 있도록 해주신 이모님과의 운명적 인연이 없었으면, 나는 이 세상을 어떻게 살아왔을까? 생각만 해도 내 인생의 축복됨이 사무치게 감사로 이어지게 하는 그런 이모님이시다.

내가 연구와 개발에 몰입하여 연구실에 파묻혀 지내는 동안 집안의 어려운 살림을 감당해 나가며, 나를 언제나 옆에서 보살펴 준 내 평생의 반려자 장무현 권사에게 큰 감사를 드린다. 이 회고록이 발간되기까지 용기와 도움을 준 김천고등학교 시절 학창의 죽마고우 박인기 교수에게도 고마움을 전한다. 불황의 어려운 여건에서도 이렇게 훌륭한 책이 나오도록 애써 주신 도서출판 '소락원' 대표님과 출판 관계자들에게 심심한 감사를 드린다.

2025년 입춘을 맞으며
대구 상인동 서재에서
김석삼 쓰다

CONTENTS

제1장
유년 시절

1. 내가 태어난 학동마을

내가 태어난 곳은 경상북도 금릉군 부항면 월곡리에 속한 작은 마을 학동이다. 학동마을은 아버지께서 태어나셔서 한평생 74년 동안 사시고 돌아가신 곳이다. 행정적으로 학동마을은 1914년에 이웃 몽구동과 함께 월곡리 소속으로 편입되었다. 내가 태어날 당시는 단지 열세 집이 살고 있던 작은 산촌 오지 마을이다. 세분의 5촌 당숙 어르신들과 아버지 형제들이 주로 살고 있는 마을이었다.

학동마을은 김해 김씨 가정 일곱 집이 모여 살던 곳으로 우리 집안의 발원지이기도 하다. 마을 뒷산이 학을 닮았다고 하여 학동(鶴洞)이라고 한다고 전해진다. 부항면 소재지인 사드래(사등리)마을을 지나 삼도봉을 향해 올라가다 보면 부항천을 사이에 두고 월곡리가 자리하고 있다. 부항초등학교가 위치한 이 마을은 거북이가 달을 쳐다보고 있는 듯한 형상이라 하여 거북바위란 큰 바위가 있어, 고유어 지명으로는 '다래실'이라 부르고 한자 이름으로는 월곡(月谷)이라 했다고 전한다.

내 고향 부항면은 지리적으로는 백두대간의 한 축을 이루고 있는 삼도봉 아래에 있다. 삼도봉은 경상북도 금릉군(현 김천시), 충청북도 영동군, 전라북도 무주군이 만나는 정점으로 높이 1,178m의 산이다. 많은 등산객이 전국에서 모여 산행을 즐기는 곳이기도 하다.

내가 태어날 당시 얘기를 어머니로부터 전해 들었다. 어머니가 내게 해주신 말씀은 이러하다. 음력으로 1947년 11월 24일 새벽, 닭 울기 전에 배가 아프다고 하니까 아버지께서 학동마을 위 가목으로 가는 길가 주막집에 가서 주전자에 막걸리를 사 오셔서 어머니에게 주었다고 했다. 아버지는 해산의 통증을 줄여볼 생각으로 막걸리를 어머니에게 주신 것으로 생각된다. 당시엔 병원이 없으니까 산후 처리도 아버지가 하셨다고 했다. 아기의 탯줄을 아버지가 가정용 가위로 잘랐다고 했다. 너무 짧게 잘라서 나의 배꼽을 찾을 수 없을 정도다.

첫아들이라고 아버지와 어머니는 크게 기뻐했다고 하셨다. 나의 이름은 '팔수'라고 불렸다. 그렇게 지은 이유를 들어보니 점쟁이가 자주 다녀갔는데, 그 점쟁이가 자기에게 이름을 지어야 오래 살 수 있다고 해서, 그 점쟁이 말을 듣고 내 이름을 '팔수'라 지었다는 것이다. 하지만 호적상 이름은 석삼(石三)이다.

나의 호적상 이름을 '석삼'으로 지은 연유는 이러하다. 윗동네 가목에서 부자가 살고 있었는데, 그분의 이름이 '석샘'이라고 해서 아버지와 어머니는 그분 이름을 따르고자 했다고 한다. 학교에 다녀본 적이 없으신 아버지께서 나의 출생신고를 남에게 부탁하셨다. 즉, 우리 동네에서 30리 떨어진 지례장에 가시는 분에게 그 중간 20리 지점 유촌마을에 있는 부항면사무소에 나의 출생신고를 부탁했다고 하셨다. 이름은 '석샘'으로 하라고 부탁을 하신 것이다. 그분이 부항면사무소에 들러 담당 호적계 서기에게 나의 출생신고를 했다고 한다. 한자로 이름을 기록해야 하니 '석샘'이를 한자로 적을 수 없어서 담당 면서기가 '석삼(石三)'으로 기록한 것으로 생각된다.

그리고 점쟁이가 어머님에게 부탁한 대로 음력 2월 보름이면 하얀 백찜떡을 만들어 동네 냇가 바위 밑에 가서 절하라고 시켜, 나는 매년 2월 보름에는 어머니가 시키는 대로 절을 하고 소지를 올렸다. 어머니는 점쟁이가 시키는 대로 하면 앞으로 부자가 되고 오래 살 수 있다고 믿었기 때문이다.

2. 초등학교 입학 기념으로 지게를 받다

아버지, 나의 아버지

아버지는 엄혹한 일제 치하였던 1922년 3월 2일(음력 1922년 2월 4일)에 경북 금릉군 부항면 학동에서 5남 2녀 중 셋째 아들로 태어나셨고, 어머니는 1927년 12월 1일(음력 1927년 11월 8일) 전북 무주군 무풍면 금평리 부평동에서 1남 3녀 중 막딸로 태어나셨다. 어머니께서는 1943년 16살에 큰어머니의 중매로 결혼하였으나, 아버지는 일본에 징용으로 잡혀가서 1945년 8월 15일 해방되고 1947년쯤 한국으로 돌아오신 것으로 나에게 말씀하셨다.

일본 생활 중에서도 아버님은 아주 열심히 그리고 신실하게 일을 하셔서, 아버지를 좋게 본 일본 사람이 일본에 같이 살자고 했다 한다. 나는 이 이야기를 큰집 누님에게서 들었는데, 그 일로 인해서 어머니가 아버지에게 매우 화를 냈다고 했다.

가정 형편상 학교 다녀 본 적이 없으신 아버지와 어머니는 나를 제때에 학교에 입학시키지 못하셨다. 나는 9살 때인 1956년 3월에 동네 친구들과 함께 초등학교에 입학하였다. 그리고 입학 기념으로 아버지께서는 지게를 만들어 주시면서 앞으로 소 꼴을 베어 오는 일과 땔감용 나무를 해 오는 일은 내가 책임지라고 하셨다. 학교 공부보다는 농사일 많은 집안의 일을 나에게 맡긴 것이다.

초등학교 입학 전부터 나는 아버지를 도와서 농사일을 거들었다. 당시는 6·25전쟁이 지난 후였으므로 먹을 것이 부족했다. 봄에는 송구(송기(松肌)의 방언, 송기는 소나무의 속껍질로 쌀가루와 함께 섞어서 떡이나 죽을 만들어 먹기도 한다)를 꺾어 먹기도 했고, 길가를 걸으면서 길섶에 새싹이 나온 삐삐를 빨면서 허기진 배를 채우기도 했다.

아버지는 결혼 후 살림을 차렸을 때 농사지을 논이나 밭을 물려받은 게 없었다. 그래서 남의 논이나 낮은 산을 개간하여 벼를 심고, 보리를 심어 먹고 살았다. 내 기억에는 아버지는 너무나 열심히 일하시고 사셨다. 새벽닭이 울 때가 되면 일어나셔서 먼저 양동이를 들고 냇가로 가셔서 냇물을 길러 부엌의 솥에 가득 채우고 장작불을 피우고는 지게를 지고 마을 뒤 '밤우산'으로 올라가서 땔감을 한 짐 지고 와서, 그리고는 소죽을 만들어 송아지에게 먹이셨다.

겨울철이 되면 나는 아버지와 같이 짚으로 가마니를 짜기도 했다. 그리고 가을이 되어 추석 무렵이 되면 높은 산으로 송이버섯을 따러 아버지를 따라나섰다. 한편 어머니는 바깥일보다는 집안일을 주로 하셨다. 봄에는 누에고치를 먹였다. 그것을 12km 떨어진 지례장터에 팔아서 돈을 만들고, 그 돈으로 꽁치 생선 맛을 볼 수가 있었다. 나는 어머니가 좋아하는 돈나물과 쑥을 열심히 뜯어 드렸고, 동네 위 냇가에서 미나리나물을 베어다 드렸다.

아버님이 경작하는 논은 비가 오지 않으면 모내기를 할 수 없는 논이었다. 그래서 모내기 철에는 서로 자기 논에 물을 대려고 물 대기 전쟁이 벌어진다. 아버지는 남의 논에 들어가는 물을 우리 논으로 끌어오기 위해 캄캄한 밤에 어린 나를 데리고 다니셨다. 세월이 이렇게 지니고 워낙 어렸을 때의 일이지만 나는 그 일이 기억에 생생하다. 아버지는 아마 무서워서 나를 데리고 가신 것 같다. 초등학교는 월곡 마을에 있었다. 우리 동네 학동에서부터 출발해서 꼬불꼬불한 냇가의 오솔길을 따라서 걸어가면 약 20분 정도 걸리는 거리였다. 책보자기를 등에 불끈 둘러매고 친구들과 같이 가고 오가는 길이 즐겁다. 중간에서 장난치면서 놀다 보면, 시간 가는 줄을 모른다. 아버지께 꾸지람을 많이 받았다.

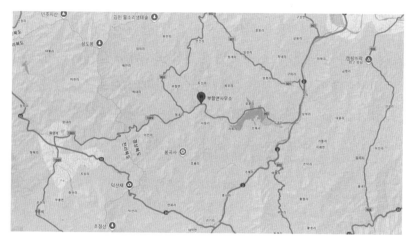

경북 김천시 부항면 일대. / 구글 지도

가난한 소년기이었지만 자연환경은 더할 수 없이 좋았다. 산촌 시골에 자동차 다니는 도로가 없던 시절이라, 사람들이 다니는 길은 모두 냇가를 따라서 걷게 되어 있었다. 책보자기를 둘러매고 학교 가는 길과 집으로 오는 길에 친구들과 어울려 장난치며 재미있게 보냈다. 여름철에는 웅덩이에 들어가 물놀이를 하기도 하고, 겨울철에는 얼음

위를 걷기도 하고 아버지가 만들어 주신 썰매를 타기도 하며 지냈다. 얼음이 깨져 물에 빠지면 불을 피워 젖은 옷을 말리다가 불에 옷을 태워 어머니에게 야단맞은 적도 많다.

여름철에는 친구들과 같이 소먹이를 하면서 남의 논과 밭에 있는 감자를 몰래 캐서 익혀 먹기도 하고, 밀을 불에 살라 익혀 먹기도 하였다. 우리는 이를 두고 '감자 서리', '밀 서리'라고 했다. 가을에는 산속에 있는 머루랑 다래와 얼음 열매 등을 따 먹기도 하며 참 즐겁게 지냈다. 또한 가을철에 재미있었던 기억은 산에 나무하면서 송이버섯을 비롯한 여러 가지 버섯들을 따던 일이다. 채취한 온갖 버섯을 담쟁이덩굴에 주렁주렁 꿰어서, 소나무 밑에 떨어진 소나무 갈비를 모아 갈비 뭉치 뒤에 달고 오는 기분은 결코 잊을 수 없다. 참으로 소중한 추억이다. 당시 소나무 갈비는 땔감으로 사용했는데, 땅에 떨어진 소나무 갈비를 긁어서 한 짐 모으는 일은 내가 매일 책임져야 하는 책무 중 하나였다.

초등학교 시절과 이계원 선생님

초등학교 입학 당시 나의 이름이 김석쇠로 기록되어 있었다. 그래서 초등학교 6년간 석쇠로 불렸다. 그런데 졸업을 앞두고 호적등본을 떼어 보니 나의 이름이 김석삼(金石三)이었다. 그래서 초등학교 졸업장에는 김석삼으로 되어 있다. 초등학교 시절을 회상해 보니 1, 2학년 때는 공부에 관심이 없었다. 당시 학교 수업은 적당히 지나치고, 학교 토지에서 하는 농사일에 시간을 많이 투여했다. 담임선생님이 모든 과목을 가르치는 때였다. 국어 수업 시간 중 책 읽기 순서가 나에게 지명되면 부끄러움이 많았던 나는 일어서서 책을 읽지 못했다.

초등학교 2학년 때 유재철(劉在哲) 담임선생님과 학교 뒷동산에서 뒹굴면서 같이 놀던 생각이 지금도 기억에 남아 있다. 학교 성적도 좋지 않았다. 당시 가정통신문을 보니 2학년 1학기 성적표엔 국어 '미', 산수 '우', 사회생활 '우', 자연 '수', 보건 '우', 음악 '우' 미술 '미'다. 2학기 성적은 국어 '수', 산수 '미', 사회생활 '수', 자연 '수', 보건 '수', 음악 '수', 미술 '수'로 기록되어 있다. 당시는 학업 성적 평가는 수, 우, 미, 양, 가 5단계로 평가했다. 수는 매우 잘한다(5% 정도), 우는 조금 잘한다(20% 정도), 미는 보통이다(50%), 양은 조금 모자란다(20% 정도), 가는 모자란다(5% 정도)를 의미한다.

당시 나의 2학년 출석 사항은 1학기 15/20, 2학기 20/21이었다. 행동 발달 상황 평가 항목으로는 친절예식, 사회성, 자율성, 근로성, 준법성, 협동성, 정직성, 명랑성, 검약성, 창조성, 인내성, 결단성, 책임감, 안정감, 정의감, 지도 능력, 기타로 17개 항목이었다. 그때 가정통신문을 보면 당시 학교의 교육목표를 미루어 짐작해 볼 수 있다.

6학년 가정통신문은 담임 이계원 선생님의 지도로 모든 학과 성적이 '수'였다. 출석도 1학기 35/35, 2학기 34/34로서 결석 없이 수업에 최선을 다했다. 여기서 이계원 선생님의 도움을 잊을 수가 없다. 이 선생님은 1957년 5월 20일 부항초등학교에 부임하셨다. 이 선생님은 1947년 3월에 5년제이던 김천중학교 사범과에 입학하여 공부하다, 1949년 초등교원양성소에 입학하여 1950년에 수료하고, 6·25전쟁이 발생한 1950년 11월에 포병간부 사관학교에 입학하고 1952년 5월 소위로 임관하여 1956년 2월 대위로 예편하셨다. 그리고 1957년 5월 20

일 20대 후반의 젊은 나이에 부항초등학교에 부임하셨다.

부항초등학교 부임 후 2년이 지난 후인 1959년 내가 4학년이던 시절, 나의 담임을 맡으셨다. 선생님은 학생 지도에 특별한 열정을 보이셨다. 4학년 학생들을 정상 수업을 끝내고 다시 2시간 방과 후 특별과외지도를 하셨다. 운동회도 매년 개최하면서 군인 출신답게 특별 기계체조 덤블링을 지도하여 운동회 당일에 선보였다. 많은 학부모와 주민들이 참석하여 운동회 진행 과정을 관람하면서 선생님을 크게 칭송하였다.

특히 선생님은 우리들이 6학년이 되었을 때, 중학교 진학을 장려하면서 특별 진학반을 구성하고, 방과 후 중학교 입학시험 준비를 하도록 하였다. 당시는 중학교 입학시험 경쟁률이 높은 시기였다. 나는 아버지가 입학 때 지게를 만들어 주면서 공부보다는 집안일을 돕게 하셨다. 그리고 산에 가서 칡을 거두어 팔게 하여 돈을 벌도록 하셨다. 산에서 나무를 잘라 장작을 만들고, 장날이 되면 장작 1평씩을 팔도록 하였다. 아버지는 내가 바쁜 농사일을 도와야 하는데, 학교에서 아이를 집에 빨리 보내지 않아서 농사일을 돕지 못하도록 하느냐며 선생님에게 불평하기도 했다.

하지만 이계원 선생님께서는 아버지를 설득하여 나를 중학교에 진학하도록 하셨다. 6학년 2학기에 선생님은 중학교 입학을 앞둔 학생들이 저녁에 열심히 공부하는지 확인하기 위해 밤마다 손전등을 들고서 각 마을을 방문하셨다. 당시는 호롱불을 사용하던 시기였다. 선생님의 열정으로 중학교 입학성적이 아주 좋았다. 김희수 동기는 김천 성의중학교에 수석으로 입학했고, 가정형편이 좋은 친구들은 김천중학교에 여러 명이 입학했다. 나는 가정 형편상 우리 집에서 12km 떨어진 지례중학교에 입학하였다. 이계원 선생님의 도움으로 나는 중학교에 다닐 수 있게 되었다. 오늘의 내가 있을 수 있는 토대를 만들어 주신 잊을 수 없는 선생님이다.

1962년 2월 13일 부항초등학교 졸업식이 있었다. 졸업식에서 나는 성적 우수자로 금릉군 교육회장상을 받았다. 졸업생은 남학생 46명, 여학생 19명으로 총 65명이었다. 그 옛날 산골학교인지라 재미있는 일도 있었다. 김은자와 김무곤은 누나와 동생 남매 사이인데 같은 학년 동기생으로 학교를 다니고 졸업도 같이했다. 이후 이계원 선생님은 내가 지례중, 김천고를 거쳐, 경북대를 졸업하고, 경북대 교수가 되기까지 나의 모든 학업 수행 과정을 꾸준히 지켜보고 계셨다. 그리고 또 한편으로 선생님은 부항면 일대에 뽕나무를 심어 누에고치로 농가소득을 올리게 하는 등 지역소득 향상에 크게 기여하셨다. 1964년 3월, 선생님은 부항면 오지인 대야초등학교로 가셔서 부항면의 교육과 농촌 소득증대를 위한 일을 하시다가, 그 후 대구 반야월에서 당신의 처남이 경영하는 도자기공장 경영을 떠맡게 되었다.

선생님은 처남이 갑자기 입원하게 되었고, 문병차 대구에 갔다가 처남으로부터 도자기회사를 맡아서 경영해 달라는 부탁을 받게 되었다. 처남이 세상을 뜨게 되어 그 회사를 떠맡게 되었다. 당시 회사 경영의 경험이 전혀 없었던 선생님은 공장을 떠맡은 지 2년 만에 회사는 문을 닫게 되었으며, 남은 것은 부도난 어음 종이뿐이라고 했다. 이러한 사연을 알게 된 것은 그 당시로부터 한참 뒤였다. 내가 1979년 9월 경북대 교수로 봉직한 지 얼마 되지 않아 갑자기 나의 연구실로 선생님이 찾아오셔서 그간의 사정을 말씀해 주셨다.

그 후로 선생님께서는 자주 나의 연구실에 오셔서 초등학교 동기들소식을 전해 주셨다. 선생님은 우리 동기생들이 중학교 진학, 고등학교 진학, 대학 진학까지 하는 동안 은밀하게 알아보시고 뒤에서 말없이 응원하고 계셨다. 매년 5월 스승의 날에는 동기들과 선생님을 부항초등학교까지 모시고 가서 하루를 즐겁게 지냈다. 그리고, 가끔 선생님께서 살고 계시는 경산 자인까지 가서 함께 식사하는 시간을 가졌다.

하지만 안타깝게도 1998년 경북대 병원에 입원하셔서 1998년 7월 29일(음력 6월 7일) 돌아가셨다. 이계원 선생님은 나에게는 참스승이셨다. 오늘의 나를 있도록 하신 선생님이셨다. 선생님과의 만남은 나에겐 큰 축복이었다. 시간이 지나 서울대에 근무하는 선생님의 장남인 이병재 교수와 연락이 되어 선생님의 묘소를 알게 되었다. 경북 김천시 어모면 남산리 산2번지였다. 나는 김천의 동기들과 연락하여 선생님 묘소 참배를 제안했다. 2023년 10월 30일 대구에서 허인 군과 내가, 그리고 김천에선 김영두 외 3명이 선생님의 묘소를 찾았다.

허인 동기는 초등학교를 졸업하고 가정 사정으로 중학교 진학을 못 했는데, 중학교 입학이 끝난 후에 선생님이 부모님을 설득하여 보결로 지례중에 입학했다고 나에게 말했다. 그 은혜를 잊을 수가 없다고 하면서 꼭 선생님의 묘소에 참배하고 싶다고 했다. 나는 대구에서 국화꽃을 준비하고, 김천 김영두는 법주 한 병과 오징어 한 마리를 준비해왔다. 묘소 주소만 가지고 선생님의 묘소를 찾으려 했으나 동일 번지산이 워낙 넓은지라 찾기가 힘들었다. 산 중턱과 밭 가에 몇 곳을 찾아가 보았으나 선생님의 묘소가 아니었다. 하는 수 없이 동네에 내려가 주민들에게 물어보았으나 모두가 알 수 없다고 해서, 김천시청에 근무했던 동기 이현훈에게 전화를 했더니 집에 있는 컴퓨터의 GPS를 이용해서 묘소를 알아내어 나에게 전화로 안내해 주어서 선생님의 묘소를 찾을 수가 있었다.

묘소의 위치는 낮은 산 중턱에 남향으로 사모님과 함께 안장되어 있었다. 묘소 앞에 놓인 상석(床石) 전면엔 선생님과 사모님의 성함이 새겨져 있고, 상석의 양측 면엔 자녀들의 이름과 태어나신 날과 돌아가신 날짜가 기록되어 있었다. 우리 세 명은 먼저 상석 앞에 국화꽃을 꽂고 나는 기도를 올리고, 두 친구는 법주를 종이컵에 따라서 오징어와 함께 상석 위에 올려놓고 두 번씩 절하며 제례의 예를 갖추어 선생님께 감사의 인사를 올렸다.

부항면사무소 쟁탈 싸움

초등학교 시절 지워지지 않는 기억이 있다. 부항면사무소 쟁탈전이다. 1959년부터 2년간 금릉군 부항면 주민들이 구남천을 경계로 윗면과 아랫면으로 갈리어 서로 싸웠다. 아랫면 유촌에 있는 부항면 사무소를 윗면으로 옮기려고 하면서, 부항면 사무소 쟁탈전이 벌어졌다. 당시 이승만 대통령의 3·15부정선거로 야기된 시위들이 어지러울 때였다. 1960년 4월 19일 전국의 학생들이 이승만 자유당 정부에 항거하는 데모를 일으킨 사건에 더하여 부항면에서는 면사무소를 부항면 중앙(윗면 쪽)으로 이전해야 한다는 명분을 내세워 윗면 주민들이 죽창을 만들어 아랫면 사람들과 살벌한 전쟁을 벌였다.

당시 윗면에서 앞장서서 진두지휘한 사람은 두데 마을에 살던 씨름 선수 김준식 씨였다. 김 씨는 소문에 사등리에 있는 부항면 지서 무기고에서 소총을 탈취하여 청년들을 무장시키고, 나머지 사람들은 죽창으로 무장시켜 아랫면 유촌에 있는 면사무소로 가서 그곳에 있는 보관중인 서류를 쟁탈하려는 싸움을 벌인 것이다. 나의 기억에는 점심시간에 학교에서 사이렌이 울리면 어머니들은 밥을 머리에 이고 학교로 와서 아랫면과 전투에 나서는 남자들에게 점심과 간식을 날라 주었다. 이로 인해 또 다른 어려움이 생겼다. 윗면 사람들은 4일과 9일에 열리는 지례장에 장을 보러 가려면 반드시 아랫면 유촌을 거쳐야 하는데, 위아래 면민 간의 싸움으로 인해서 유촌으로 갈 수가 없었다. 하는 수 없이 전라북도 무주를 거쳐 둘러 둘러서 대덕면으로 돌아서 지례장을 다녀야 했다.

신문의 보도에 따르면, 일제 강점기 시절 일본이 행정의 편의상 부항면사무소를 아랫면에 해당하는 유촌리에 설치하여 40여 년을 지내왔다. 1959년이 되자 부항면사무소를 새로 건축해야 한다는 의견이 제기되었다. 부항면사무소가 너무 낡아 행정업무를 제대로 볼 수 없었기 때문에 부항면의회는 부항면사무소를 새로 건축하기로 했다. 당시는 우리나라가 지방자치제도를 시행하고 있었기 때문에 면 의회가 있었다. 부항면의 인구분포는 아랫면이 6개 동에 370여 가구였고, 윗면에는 11개 동에 750여 가구가 살았다. 그러자 윗면 사람들은 인구가 많은 윗면에 면사무소가 들어서야 한다고 강력하게 요구했다.

결국 부항면의회는 면사무소의 입지를 투표에 부치게 되었고, 11명의 면의원 중 7명이 면사무소 위치를 윗면으로 해야 한다는 데에 찬성하였다. 당시 조례에 따르면 2/3 이상(8명)이 찬성해야 하지만, 사사오입(四捨五入)으로 처리하여 부항면사무소를 윗면에 새로 건립하기로 결정하였다. 이 일은 당시 김천의 자유당 여성 국회의원인 김철안 의원에게 보고되었다. 이승만 대통령의 양딸이라 불릴 정도의 실세였던 김철안 의원이 면사무소 신축 예산을 확보하여 그해 12월 31일에 부항면 사등리에 부항면 신청사가 준공되었다. 그 후 아랫면 사람들은 허탈감 속에 투쟁을 벌여왔고, 한때는 김철안 의원의 차가 부항면을 방문하다가 아랫면 주민들의 항거에 차량이 뒤집히고 불태워졌다 하는 이야기들이 나돌았다. 불행한 일이었지만, 다행스럽게도 당시 사망자는 한 명도 없었다고 한다.

3. 예수님께로 인도해 주신 이모님

신실한 신앙인 나의 이모님

나에겐 두 명의 이모님이 계신다. 한 분은 나보다 다섯 살이 많으신 큰이모님이시고, 다른 한 분은 두 살이 많으신 작은이모님이시다. 어머님과 큰이모님 사이에 외삼촌이 계신다. 어머님은 1남 3녀 중 장녀였다. 외할아버님은 한쪽 다리가 불편하셔서 힘든 일을 할 수가 없어 마을 서당에서 갓을 수리하며 생활해 오시다가 1954년에 갑자기 돌아가시게 되어 의지할 곳 없는 외갓집 식구들 모두 학동 우리 집으로 와서 함께 살게 되었다. 외삼촌은 집을 나가서 혼자 무주구천동에서 생활했다.

가난하게 살아가는 우리 집 형편을 고려한 외삼촌이 당시 12살 먹

은 큰이모님을 서울로 데려가 가정집의 어린이 돌봐주는 일을 하도록
하였다. 마침 큰이모님이 일하는 그 가정의 가장은 서울 신촌교회에
출석하시는 군인으로 장로님이셨다. 군인 장로님의 부인은 권사로 교
회 봉사하시는 가정이어서 큰이모님도 자연스럽게 신촌교회에 따라
다니게 되었다.

큰이모님이 약 2년간 서울 생활을 하고 외삼촌이 다시 시골 우리
집으로 큰이모님을 데리고 왔다. 그 당시 학동 우리 집에서 20분 거리
인 가목이란 윗동네에 가목교회가 있었다. 이모님은 어린 시절 외갓집
에 가끔 전도하러 온 분이 있었는데, 그분 말씀이 하나님은 살아 계시
고, 우리가 골방에서 하는 기도도 들으시고 응답하신다는 이야기를 들
었다고 한다. 그 생각이 떠올라 자연스럽게 가목교회로 나가게 되었다
고 했다.

당시 가목교회는 장학문 전도사님께서 설립하여 교회를 담당하고
계셨다. 가목교회 당회장이셨던 김천 황금동교회 황병혁 목사님께서
이모님을 미국 선교사인 라이스 선교사에게 소개하였다. 라이스 선교
사는 김천 황금동교회 옆에 경서고등성경학교를 설립하여 운영하였
는데, 라이스 선교사는 미국선교의 후원금으로 이모님을 경서고등성
경학교에 입학시켰다. 1960년 3월에 있었던 일이다. 큰이모님은 3년
간의 수업을 마치고, 1962년 12월 경서고등성경학교를 졸업했다. 그
후 경서고등성경학교에서 고향 무풍면 출신 이모부를 만나 결혼하게
되었다.

나는 초등학교 4학년이던 1959년 12월 크리스마스 전에 처음으로
이모님을 따라 가목교회를 갔었는데, 부끄러움을 많이 타는 성격이라

예배당 안으로 들어가지 못하고, 예배당 밖에서 빙빙 돌다가 예배가 끝나자 이모님과 같이 집으로 돌아왔다. 교회 안의 모습이 선명하게 기억에 남아 있다. 성탄절이 다가오니까 성탄절 노래를 부르는 모습이 나에겐 너무 즐겁고 행복해 보였다. 그래서 주일날 저녁 예배에는 용기를 내서 다시 이모님을 따라서 가목교회로 가서 예배당 안으로 들어갔다.

저녁에도 교회 안에서 초등학교 친구들이 힘차게 크리스마스 노래를 부르고 있었고, 석유등불(일본어 이름으로 '호야'불이라 했다)이 어두컴컴하게 예배당 안을 밝히고 있었다. 나무 장작으로 예배당 안을 따뜻하게 해 주는 무쇠 난로 위로 연기가 자욱하게 배어있었다. 그리고 사람들은 문종이에 빼곡하게 적은 찬송가 가사와 성탄절 찬양 가사를 보면서 찬양 노래를 부르고 있었다. 그날 후부터는 주일날 예배와 저녁 예배, 그리고 수요일 저녁 예배를 한 번도 빠지지 않고 참석했다.

특히 재미있었던 것은 주일 낮 예배 후 전도사님 집에 모여서 하는 '천당 지옥 주사위' 게임이었다. 성탄절이 다가오면 전도사님께서 지례장에 가서 꽁치를 사와 큰 가마솥에 무를 많이 넣고 끓여 모두가 둘러앉아 즐겁게 먹은 기억이 생생하다. 겨울방학 때와 여름방학이면 항상 이모님께서 우리 집에 오셔서 함께 교회에 가는 것이 나의 큰 즐거움이었다. 겨울방학 때 우리 집에 오시면 외국 선교사님들이 보내준 크리스마스 카드를 보는 것이 신기하기도 하고 재미있었다. 고향 마을을 떠나 본 적이 없는 나는 도대체 외국은 어떻게 살고 있을까 하고 너무나 궁금해하면서, 그곳이 혹시 천국인가 하고 상상해 보기도 했다.

이모님께 배운 성서의 추억

여름방학 때는 시골집엔 모기가 너무 많아 모깃불을 피워 놓고, 마당에는 멍석을 깔고 식구들이 나누었던 이야기가 지금도 생생하게 떠오른다. 이모님은 주로 성경 이야기를 많이 들려주었다. 아버님은 일본에 징용당해서 일했던 이야기를 많이 해 주셨다. 특히 일본과 미국이 전쟁할 때 있었던 여러 모습을 얘기해 주셨다. 여름철 저녁이면 집 앞 먼 산 위에서 번갯불이 번쩍이는 모습을 자주 보았다. 그러면 아버님은 그것이 일본과 미국이 포를 쏘며 공격하는 모습 같다고 하셨다.

이모님이 옆에서 해 주셨던 성경 말씀 이야기 중에는 마태복음 24장에 있는 세상 끝 날에 예수님이 세상에 오실 날의 징조를 이야기해 주신 대목이 기억에 남는다.

그때는 큰 전쟁이 나고, 해는 변해서 어두워지고, 달은 변해서 피가 되고 하는 그런 징조가 나타난 후에 예수님이 오셔서 죄인을 심판해서 불이 펄펄 끓는 지옥에 던져 버린다고 했다. 난 그 얘기를 듣고 너무나 두려웠다. 나는 내가 죄를 많이 지었다고 생각을 했다. 방학이 끝나고 이모님은 다시 김천성경학교로 가시고 나서도 나는 잠을 자지 못했다. 예수님이 오시면 어떻게 하지? 남의 밭에 감자를 몰래 훔쳐 친구들과 익혀 먹기도 했고, 남의 밭에 밀을 베어다 밀 서리를 하기도 했었다. 그뿐인가. 남의 밭에 콩을 뽑아서 콩서리를 해 먹기도 한 적이 한두 번이 아닌데, 걱정에 밤잠을 잘 수가 없었다.

걱정만 하다가 하나님을 만나보고 싶은 생각이 들어서 나는 기도하기 시작했다. "하나님 아버지, 저에게 하나님을 꼭 한 번만 보여 주세요"라고 매일 저녁 간절히 기도했다. 그렇게 기도를 시작한 지 한 달쯤 지난 어느 날 잠이 들었는데, 아버지와 함께 자주 나무하러 갔던 큰 산인 밤우산 꼭대기에서 태양과 같은 큰 불덩어리가 타오르고 있는 모습이 나타났다. 그래서 나는 너무나 신기해서 눈을 더욱 크게 뜨면서 쳐다보았다. 이글거리는 불길 가운데 금덩어리 같은 모습의 둥근 모습이 보였다. 아하, 저게 하나님인가 하면서 쳐다보고 있는데, 그 불덩어리가 나에게로 갑자기 굴러떨어져 내려오는 것이 아닌가. 너무나 놀라서 잠에서 깨어났다. 처음으로 겪어본 체험이다. 너무나 신기하였다. 그 모습이 하나님인가 하는 의심이 들었다.

지금까지 하나님을 만나본 사람은 없다고 알고 있는데, 성인이 되어 성경을 읽어 보니 출애굽기 3장에 모세가 시내산 산 위에서 하나님과 만나는 장면이 기록되어 있었다. 기원전 16세기 하나님이 애굽에서 430년 동안 노예 생활로 살아온 이스라엘 민족을 구원하기 위해서 이스라엘 민족의 지도자로 모세를 시내산으로 불러서 위대한 사명을 주는 장면이 바로 하나님이 나타나신 장면임을 보여 준다. 성서에는 이렇게 기록되어 있다.

"여호와의 사자가 떨기나무 가운데로부터 나오는 불꽃 안에서 그에게 나타나시니라. 그가 보니 떨기나무에 불이 붙었으나 그 떨기나무가 사라지지 아니하는지라."(출애굽기 3장 2절)

이것이 나에게 성령님이 임하신 것인가? 나는 더욱 열심히 교회에 출석했다. 주일 낮 예배와 저녁 예배, 그리고 수요일 저녁 예배에 빠지지 않고 참석했다.

농사일이 바쁜 농번기 때는 아버님이 농사일을 함께하자고 하셔서,

할 수 없이 교회에 가지 못하고, 들판에 갈 수밖에 없었다. 언젠가 주일 낮에 밤우산 아래에 있는 밭에서 일하고 있었는데, 가목교회에서 종치는 소리가 귓가를 울렸다. 주일 낮 예배 시작을 알리는 종소리였다. 교회 종소리는 조용한 시골 동네와 산을 건너와, 그 메아리까지 울려, 멀리 내가 있는 밭에까지 들려오는 것이었다. 내 마음은 너무나 괴로웠다. 하나님께 너무 죄송했다. 할 수 없이 나는 머리를 숙여 기도했다. "하나님 아버지 저를 용서해 주세요." 오늘 너무 바쁜 농사일로 교회 예배에 참석을 못 했다며 용서를 구했다. 그때 문득 생각나는 것이 밀레의 '저녁 종' 그림이 떠올랐다. 해가 질 녘 두 부부가 밭에서 일하다가 멀리서 들려오는 교회 종소리에 조용하게 머리 숙여 기도하는 모습이 내가 처한 모습과 비슷했다.

여름방학이 되면 김천 경서고등성경학교에서 공부하시는 이모님과 장용덕 전도사님이 오셔서 재미있는 노래와 성경 이야기를 해 주셔서 매일 빠지지 않고 가목교회 가서 참석했다. 장 전도사님의 실감 나는 성경 이야기는 지금도 기억에 생생하다. "욕심이 잉태한즉 죄를 낳고 죄가 장성한즉 사망을 낳으리라."(야고보서 1장 15절) 이 말씀을 배경으로 시골 과수원에서 발생한 사망사건을 얘기해 주었다. 어느 과수원 주인이 과수원을 지키기 위해서 총을 구해서 과수원을 지키고 있었는데, 어떤 사람이 그 과수원 과일을 따 먹고 싶은 욕심이 생겨, 몰래 과수원 울타리를 넘어가 과일을 따다가 주인에 발각되어 그 사람이 총에 맞아 사망하게 되었다는 이야기였다. 과일을 먹고 싶은 욕심이 생겨 그 과일을 도둑질하는 죄를 범하게 되어 사망에 이르게 되었다는 것이다. 어린 나이에 어찌나 진한 느낌으로 다가오는지 지금도 잊히지 않는다. 이모님은 여름 성경학교 노래를 가르쳤다. 당시 불렀던 여름 성경학교 교가 가사를 여기에 소개해 본다.

(1절)
흰구름 뭉게뭉게 피는 하늘에 아침 해 명랑하게 솟~아 오른다
손에 손~마주 잡은 우리 어~린이 발걸음 가벼웁게 찾아가는 집
즐거운 여름학교 하나님의 집 아아~진리의 성경말씀 배우러 가자

(2절)
매아미 매암매암 숲에서 울면 우리도 랄라라라 노~래 부른다
배우는 시간시간 너무 재~밌어 웃음이 얼굴마다 넘쳐흐른다
즐거운 여름학교 하나님의 집 아아~희망의 성경말씀 배우러 가자

(3절)
모이면 서로서로 친구가 되고 약하던 우리 마음 튼~튼 해진다
사랑이면 이세상도 평화의 동산 사랑의 어린이를 길러 내는 곳
즐거운 여름학교 하나님의 집 아아~사랑의 성경 말씀 배우러 가자

이모님은 어린 시절 나를 하나님 앞으로 인도해 주시고, 하나님을 만나게 해 주셔서 오늘날까지 교회를 떠나지 않고 믿음을 지켜오도록 인도해 주셨다. 이 글을 쓰면서 그 고마운 마음을 잊지 않고자 기록해 두고자 한다.

또 한 가지 기억에서 지워지지 않는 것이 있다. 성탄절에 가목교회

전도사님 집에 모여서 하는 '영생도' 게임이다. 주사위나 윷을 사용해서 하는 놀이인데, 윷판처럼 출발에서 천국까지 먼저 도달하는 팀이 승리하는 게임인데, 성경을 배경으로 하는 즐거운 놀이였다. 게임이 끝나면 지례장에서 사 온 오징어에 무를 잘라 넣고 삶아서 밥과 함께 둘러앉아 먹는다.

어린 시절 먹을 것이 별로 없던 시절이라 항상 크리스마스를 기다렸다. 어린 시절 추억으로는 책보자기를 둘러매고 냇가를 따라 학교 갔다가 집에 오는 길에 유리병 속에 메뚜기를 잡아넣고 오는 즐거움, 여름철엔 소를 깊은 산골짜기에 밀어 넣고는 머루와 다래 등 가을 먹거리를 따먹는 재미, 특히 추운 겨울철엔 친구들과 좁은 방에 모여 배추 뿌리를 깎아 먹기도 하고, 고욤나무 열매를 단지에 넣어 두었다가 퍼먹기도 하였다. 봄철엔 돈 나물과 쑥을 뜯어와서 이것으로 어머니가 쑥버무리를 만들어 주시면 배를 채우기도 했다. 지금 생각하면 건강식이었다.

4. 초등학교 시절 내가 다닌 가목교회(架木敎會)

가목교회 설립의 배경

가목교회 설립 과정을 통해서 나는 하나님의 손길을 알게됐다. 경상북도 김천지방의 교회 설립 역사는 2004년 12월에 발간된 〈경북교회사〉에 잘 정리되어 있다. 여기에 보면 경상북도 서북지방의 선교를 담당했던 선교사는 부해리(傅海利, Henry M. Bruen, 1874~1941)였다. 부해리 선교사는 1874년 미국 뉴저지주에서 출생하였으며, 프린스톤

대학교 2학년 때 메사추세츠의 노스필드에 있는 무디학교에서 개최된 '학생자원자 운동'에 참석하여 모트(Dr. J.R. Mott) 박사의 설교를 듣고 선교사가 될 것을 결심했다.

1896년 대학을 졸업하고 스페인으로 가려고 했으나 사정이 여의치 않아 한국선교를 결심하고 1899년 9월 29일 인천에 도착하였고, 그해 10월 26일 대구로 내려왔다. 부해리 선교사는 대구와 경북 서부지역의 선교에 힘쓰는 한편, 계성학교를 설립하여 대구지역에 서양교육을 시작했다. 그의 부인은 대구 신명여자중·고등학교를 설립하였다. 1907년 1월 평양 장대현교회에서 불기 시작한 '대부흥운동'이 대구는 물론이고 경상북도 오지마을 곳곳으로 들불처럼 번져 나갔다.

하나님께서 예비하셨던 선교사 부해리를 통해서 이 지역에 많은 교회가 설립되었다. 부해리 선교사는 67세였던 1941년 9월 14일까지 42년간 대구와 경북 서북지방 일대를 열심히 선교했다. 그는 말을 타고 첩첩산중 오지마을을 직접 다니면서 57개 교회를 설립하였다. 나의 고향인 부항면의 경우에는 1906년에 삼도봉 자락 작은 마을 부항면 하대리 640의 2번지에 네 칸짜리 초가집을 구입하여 조사(助事) 이재욱과 함께 예배를 드림으로 처음으로 기도소(祈禱所)가 시작되었다.

그 후 1911년 6월 10일에 부항면 파천리 410번지에 189평의 대지를 구입하여 10평의 교회당을 건축하여 '파천교회'로 명했다. 선교사 부해리와 지례에 사는 조사 이춘화가 파천교회를 인도하였다. 당시 대구에 거주하고 있던 부해리 선교사는 말을 타고 자신이 개척한 여러 교회들을 순회하면서 각 교회를 담당하고 있는 조사들과 함께 성도들의 신앙을 이끌었다. 이런 모습은 마치 초대교회의 바울의 선교여행을 연상케 한다.

내가 처음으로 찾아갔던 교회, 가목교회 이야기를 여기에 남겨 두기로 한다. 가목교회 설립의 배경을 대구남덕교회 원로 목사이신 장용덕 목사님에게 들은 대로 남겨 본다. 장 목사님께서 어린 시절을 회상하며 하시는 말씀은 다음과 같다.

장 목사님께서 태어나신 고향은 나와 같은 시골이다. 목사님은 백두대간의 줄기인 삼도봉에서 동남쪽에 있는 산골 오지 마을인 가목동 점터골 외딴집에서, 누님 한 분과 형님 세 분을 위로 두고, 5남매 중 막내아들로 태어나셨다. 목사님이 4살 때 일어난 사고가 목사님의 집안을 미신의 집안에서 기독교 집안으로 변화시킨 계기가 되었다고 한다. 하루는 시집간 누님이 오신 때인데 모친께서 형수님과 마구간에서 멍석을 깔고 삼베옷을 만들기 위해 삼을 삼고 있었다고 한다. 그런데 갑자기 모친께서 혼절하여 정신을 잃고 쓰러지셨다고 한다.

당시는 병원이라고는 없던, 아니 '병원'이라는 이름조차 모르던 시골이라 모친 얼굴에 찬물을 붓고, 팔다리를 주무르는 것이 전부였다. 얼마 후에 모친은 간신히 의식이 돌아왔으나 정상적인 정신을 회복하지 못하고 헛소리를 하는 등 이상한 모습을 보였다. 남자 소리를 냈다가 여자 소리를 내기도 하는 등 정신이 불안정한 이상한 모습을 보였다고 한다. 이 같은 모습이 3년간 지속되었다.

그러는 동안 백방으로 치료 방법을 알아보았다. 당시에는 이런 질환이 생기면 점쟁이들을 불러 점을 치고 굿을 하였는데, 이러기 위해서는 상당히 큰 경비가 들었다. 그러지 않아도 빈한한 가정은 너무나 어려운 상황으로 빠져들어 가게 되었다. 신기한 것은 점쟁이들이 가정의 이런저런 일을 잘 적중해서 맞추었다고 한다.

이러한 가운데 목사님 모친은 가끔 정신이 정상으로 돌아오기도 했었다. 그럴 때 이런 말씀을 하셨다고 한다. 옛날 시집오기 전 처녀 시절에 뱃뜰 양지마을 서당 옆에 우물이 있었는데, 그 우물곁에 서양 사람이 말을 타고 와서 예수교회를 세웠는데, 그 교회에서 귀신 들린 사람도 고친다고 하는 소문을 들었다. 그러니 그 교회에 한번 가보면 좋겠다고 하셨다고 했다.

하지만 유교를 신봉하는 인동장씨 가문이라 아버님께서 완강하게 거절하셨다고 한다. 이러한 가운데 온 가족이 밭에 일하러 가고 집에 아무도 없는 사이 어머니께서 집을 나가 버렸다고 한다. 모두 집 근처와 산골 이곳저곳을 찾아보았으나 찾을 수가 없었는데 장 목사님의 형님이 외갓집 가는 길에 어머님이 쓰러져 있는 것을 발견하였다고 한다. 그제야 어머니가 친정 마을에 있는 교회로 가려고 했다는 데에 생각이 미치었고, 아버지에게 어머니가 외갓집이 있는 교회로 가신 것이라고 전했다.

그런데 그 교회는 이미 뱃뜰 양지마을에서 파천리로 옮긴 지 오래되었다. 하는 수 없이 장 목사님 산골 집에서 20여 리가 되는 파천교회로 어머니를 모시고 가서, 교회 앞집에 살면서 교회 사찰로 봉사하는 권찰님에게 교회를 찾아오게 된 형편을 부탁했다고 한다. 마침 그날이 토요일이어서 주무시고 다음 날 주일 예배 참석하고 오후에 어머님이 건강한 모습으로 집으로 돌아오셨다고 한다. 혼자가 아니고 파천교회 권찰님하고 같이 오셨다고 했다.

그리하여 어머니는 마침내 건강을 찾으셨다. 형수님이 어머님에게 드린다고 매일 솥에 해서 남겨 두었던 그 밥을 3년 만에 어머니가 다 먹어 치웠다고 한다. 그러한 경험을 계기로 집안의 귀신 산당을 완전히 정리했다고 했다. 목사님의 모친께서는 파천교회에 갔던 그 주일날, 교회에서 있었던 일을 차분하게 일러 주셨다고 했다. 주일날, 그 권찰님의 안내로 예배당 안으로 한발을 들어 놓는 순간 등에서 큰 바윗돌 같은 것이 소리를 내면서 떨어졌다는 것이다. 그 순간 몸이 가벼워지면서 정신이 맑아져서, 권찰님의 손을 놓고 자신도 모르게 강대상 제일 앞자리로 달려가 앉았다고 한다.

그 후 권찰님이 모친의 집에 사흘 동안 계시면서 집안의 우상숭배 잔재를 깨끗하게 정리하고 그날 밤 온 가족을 모아놓고 처음으로 예배를 드렸다고 했다. 예배가 끝난 후 그 권찰님이 가족 한 사람씩 질문하고 답변을 구하며 전 가족이 예수를 믿도록 결심하게 했다고 한다. 가장 완강하게 고집했던 아버지로부터 "예"라는 답변을 받아 내고는 다음으로 큰형님, 둘째 형님 순서로 모든 가족에게 순차적으로 확고하게 믿음을 갖게 해주었다고 한다.

하나님 기적의 큰 역사가 일어난 것이다. 술과 담배를 즐기셨던 아버님부터 술과 담배를 완전히 그만두게 되었고, 담뱃대는 엿장수에게 주었다고 목사님은 기억하고 계셨다. 이와 같은 기적으로 유교적인 미신을 섬기던 가정이 어머님을 통해 하나님을 섬기는 신앙의 가정으로 변화한 것이다. 집에서 파천교회까지 거리가 20리 되는 산길임에도 주일날이면 온 가족이 걸어서 예배에 참석하며 열심히 성경 말씀을 배우며 신앙생활을 이어갔다.

이같이 열심히 파천교회를 오가며 온 가족이 신앙생활을 하는 가운데 가목 마을과 파천교회가 너무 멀어서, 1946년 3월 15일 현성초씨 사랑방에서 현성초씨 가족과 장학문씨 가족과 월곡에 살면서 파천교회를 다니던 허칠곤씨가 모여서 처음으로 예배를 드렸다고 한다. 그 후에 박정경 전도사님이 1년 정도 설교하셨고, 장학문 전도인이 가목교회 설교를 이어갔다. 장학문 전도인은 장용덕 목사님의 두 번째 형님이시다. 그 후 장학문 전도사님이 직접 가목교회당을 건축하여 지내다가 1974년 3월 1일 내가 살고 있던 학동으로 이전하였다. 대지 80평, 예배당 23평의 규모로 교회를 새로 지었다. 장학문 전도사님이 목수의 일도 하셨기 때문에 교회를 이전할 수가 있었다. 가목에서 학동으로 이전한 이유는 학동이란 동네의 위치가 어전과 월곡, 그리고 가목과 몽구동의 중심이기 때문으로, 여러 마을에서 교회에 모이기가 편리할 것으로 생각했다고 한다.

가목교회의 교역자들

교회가 학동으로 이전한 다음 해인 1975년 3월에는 교회의 명칭을 부항중앙교회로 변경하였다. 장학문 전도사님은 전도에 많은 노력을 기울이셨다. 장 전도사님은 먼저 나의 아버님과 어머님을 교회로 인도하셨다. 부지런하신 아버님은 교회 사택에 필요한 나무를 산에서 잘라와서 교회에 공급해 주셨다. 그러던 중 여러 전도사님이 부항중앙교회에 오셨으나, 너무나도 깊은 산골에 있는 교회인지라 일 년도 채우지 못하고 떠나셨다. 그러한 가운데 1985년 6월에 서울 장로교신학대학원에 재학 중인 김철기 전도사님이 부임하셔서 교회가 활력을 찾기 시작했다.

김철기 전도사의 부인인 허운석 사모는 부지런하고 활동적이었다. 서울의 교회에서 전도 용품을 받아서 부항중앙교회 교인들에게 나누어 주고, 부모가 없는 어린이들을 특별히 서울의 교인들과 연결하여 도움을 주기도 하였다. 교회의 이런 노력은 지역사회인 부항면에 감화를 주는 소문으로 돌았다. 봄과 가을 농번기 때 농촌이 한창 바쁠 때는 허운석 사모는 오토바이를 몰고 다니면서 농사일을 돕기도 하였다. 특히 어전리 마을에 사는 젊은 여인이 극단적인 선택을 하였으나 아무도 돌보지 않던 시신을 허운석 사모가 혼자서 장례를 치러주는 등 남자들도 하기 힘든 일을 하였다. 부항면 전체 주민들에게 이러한 소문이 퍼졌다.

교회를 통해서 이웃 동네로도 그리스도의 선한 영향력은 알려졌다. 1987년 2월에 내가 일본 유학을 마치고 귀국해서 고향에 갔을 때였다. 김철기 전도사님 내외가 우리 집에 오셔서 반갑게 인사를 나누었다. 그때 김철기 전도사님은 신학교 과정을 마치면 은퇴할 때까지 부항중앙교회에서 목회를 하고 싶다고 했다. 김 전도사님은 부항면의 중앙인 월곡으로 교회당을 이전하고, 공동목욕탕도 건축하여 마을 주민들에게 봉사하면서 살고 싶다며, 부항중앙교회를 중심으로 부항면 전체를 신앙공동체로 만들고 싶다고 말했다.

하지만 3년이 지난 1990년 9월에 김철기 선교사님 내외는 부항중앙교회를 사임하고 브라질 아마존 지역, 적도 부근인 검은강 상류의 성까브리엘 지역 원주민 선교사로 떠났다. 서울 신촌교회가 파송하는 선교사로 가게 된 것이다. 김철기 선교사는 그가 평생 섬기겠다고 작정했던 산골 부항중앙교회보다 더욱 열악한 선교지로 가셨다.

이어서 1990년 11월에 채법관 전도사가 부항중앙교회로 새로 부임하셨다. 채 전도사님도 장로교신학대학원에 재학 중인 총각 전도사였다. 채 전도사님은 자주 학동 우리 집에 오셔서 어머님과 대화하면서 신앙심을 심어 주셨다. 한번은 어머님께서 기도하는 중에 하늘에서 음성이 들려왔는데, 찬송가 500장을 펴라고 하셨다면서, 가정예배 중에 찬송가 500장을 함께 부르자고 하셨다. 그 찬송가 가사는 다음과 같다.

"주 음성 외에는 참 기쁨 없도다. 날 사랑하신 주 늘 계시옵소서. 기쁘고 기쁘도다. 항상 기쁘도다. 나 주께 왔사오니 복 주옵소서…."

채법관 전도사님도 서울장로교신학대학을 졸업하고 목사 안수를 받고 부항중앙교회 사역 중 결혼도 하셨다. 결혼식은 1991년 11월 23일 서울의 신반포교회에서 올렸다. 예식 후 김천으로 내려와 김천관광호텔에서 첫날 주일 예배를 마치고, 내가 예약해 준 동대구관광호텔에서 하루 저녁을 보낸 후, 제주도로 신혼여행을 떠났다. 부인도 결혼하기 전 부항중앙교회가 있는 학동에 오신 적이 있다고 했다. 부인은 컴퓨터공학을 전공한 도시 여성이셨다. 채 전도사님과 결혼하여 너무나 열악한 시골에서 함께 살 수 있겠는지 물으니 "어느 곳이냐가 문제가 아니고 누구와 함께 있느냐가 중요합니다"라고 대답하여 모두를 감동하게 하였다. 또 그 대답으로 인하여 바로 결혼하기로 했다고 했다.

부항중앙교회를 학동에서 월곡으로 이전하는 문제가 본격적으로 대두되었다. 나는 장용덕 목사님과 함께 월곡에서 대구로 내려와 사업을 하고 계시는 문재곤 씨를 만나 부항중앙교회 예배당 부지용으로 산지를 매입하고 싶다고 하였다. 문 씨가 즉시 허락하여 내가 600만 원을 지불하고 그 땅을 구매하였다. 그리고 장용덕 목사님과 장로교신학대학 동기인 서울 충현교회 박종순 목사님으로부터 1억 원의 농어촌 교회설립 지원금을 받아 1992년 8월 20일 월곡리 산 53-1번지에, 3,800평의 대지 위에 예배당 55평, 교육관 39평, 사택 23평 총 117평을 짓기 시작하여, 1992년 12월 6일에 건축을 완공하여 입당 예배를 드렸다.

이어서 1993년 4월 8일 헌당식을 올렸다. 채법관 전도사님은 그해 12월 31일 자로 부항중앙교회를 사임하고, 서울 북아현교회 부목사로 부임했다. 부항중앙교회는 그로부터 오랜 역사 가운데 많은 목회자가 이 교회를 섬겼다. 가목교회 설립자이시며 설교를 담당하셨던 장학문 전도사님의 두 아드님은 모두 목회자의 길을 걸었으며 장용덕 목사님의 세 아드님도 목회자의 길을 이어 가고 있다. 장남은 캐나다에서 한인교회의 담임목사로 활발한 목회를 하고 있고, 둘째와 셋째 아들 모두 김천과 포항에서 담임목사로 활약하고 있다. 일하시는 하나님께서 역사를 이어가고 있다. 감사한 일이다.

제2장
꿈을 키워나간
중·고등학교

1. 지례중학교, 어린 인내의 시절

자취 집에 땔감 지고 오시던 아버지

1962년 2월 부항초등학교를 졸업하고 이계원 선생님의 도움으로 지례중학교에 입학했다. 1961년 5월에 발생한 5·16 군사혁명정부는 초등학교 졸업 후 중학교에 입학하기 위한 시험을 국가 고사 형태로 통일시켰다. 각 중학교 단위로 각각 치르던 중학 입시를 전국적으로 통일된 국가시험 형태의 입시로 바꾸었다. 가정형편이 좋은 친구들은 김천 시내에 있는 중학교로 진학하고, 가정형편이 어려운 친구들은 지례면에 있는 지례중학교에 입학했다. 당시 초등학교 졸업생 중 50% 정도가 중학교에 진학했다.

김천 시내는 부항면 학동 우리 집에서 80리이고, 지례면은 30리 거리이다. 학동 우리 마을에서 선배 3명이 지례중학교에 이미 다니고 있었다. 이번에 나와 함께 지례중학교에 입학한 친구는 3명이었다. 지례중학교는 1951년에 경상북도 금릉군 지례면 교리에 공립학교로 설립되었다. 30리 거리(12㎞)에 있는 지례중학교는 학동 우리 집에서 걸어 다니기에는 너무 먼 거리여서, 친구 한 명과 함께 학교에서 가까운 거리인 생기에 작은 방을 얻어 자취(自炊)생활을 했다.

지례면은 지리적으로 구성면, 증산면, 대덕면, 부항면 5개 면의 중심지로서 4일과 9일에 전통시장인 5일장 지례장이 열리기 때문에 아버지가 한 달에 두 번 정도 지례 장날에 오시면서 밥을 지을 쌀과 반찬, 나무토막을 땔감으로 가마니에 넣어서 지게에 지고 옮겨다 주셨다. 당시 군사정부에서는 산에서 나무를 함부로 베지 못하도록 했다.

박정희 정부가 전국적으로 산림녹화 사업을 강력하게 추진할 때였다. 3년 동안 아버지가 매달 두 번씩 지게로 땔감과 쌀과 콩장 등을 지게에 지고 오셨다.

이 일을 생각하면 나는 가슴이 미어진다. 이 땅에서 내가 가장 존경하는 분은 바로 아버님이다. 아버지의 정성을 생각해서 나는 죽도록 공부했다. 일등을 해야 중학교 공납금을 면제받을 수 있기 때문이다. 주일 예배 출석은 15분 정도의 거리에 있는 지례교회로 했다. 그 무렵 지례교회에는 북한에서 피난 온 홍해선 전도사님이 시무하셨다. 주일 낮 예배, 주일 저녁 예배, 수요일 저녁 예배에 꼭 참석했다. 한 번은 학교 시험 준비를 다 하지 못해서 주일 저녁 예배에 참석하지 않고, 그 시간에 시험 준비 공부를 했는데 시험 결과가 좋지 못했다. 그 후부터는 어떠한 경우도 공식적인 예배 시간을 빠진 적이 없다.

중학교 3학년 마지막 달인 1964년 12월, 지례교회 임시당회장이신 김천시 농소면 봉곡교회 소도열 목사님이 지례교회에 오셔서 학습 문답 예식이 있었는데, 나도 학습 문답을 받고 지례교회의 학습 교인이 되었다. 〈경북교회사〉에 기록된 자료를 참고하면 지례교회는 1915년 부해리 선교사가 대구 남성정교회(南城町敎會, 현 대구제일교회) 박순도 여사 헌금으로 지례면 상부리에 설립하였다. 부해리 선교사는 경북 서북지역 선교를 담당하면서 부항면 파천교회, 대덕면 관기교회, 증산면 장전교회를 1906년경에 먼저 설립하였다.

그때 선생님들

부항초등학교 시절은 담임선생님이 모든 과목을 가르치는데, 중학교에 들어가니 모든 과목마다 전공과목이 있어 매시간 다른 선생님이 교실에 들어오셔서 강의해 주셨다. 어떤 과목 선생님은 강의 노트를 작성해 오셔서 칠판에 백묵으로 판서한 후 간단히 설명하기도 하고, 이야기식으로 핵심 단어를 칠판에 쓰면서 설명하기도 했다. 체육 시간에는 배구와 농구, 축구공을 주면서 운동장에서 신나게 뛰놀게 했다. 나는 운동을 좋아해서 배구선수로 활동하기도 했다. 농업 시간에는 김종우 교장 선생님의 전공이 농업이라, 3년 동안 냇가에서 돌을 주워 모아 학교 운동장 구석의 연못 파기에 동원되었다.

중학교 시절 시험 준비는 강의 노트를 모두 외우고, 전과를 활용해서 다시 내용을 정리한 후 전과에 시험문제가 있어서 각 과목의 예상 문제를 풀어보고, 또 과목마다 수련장을 구매해서 시험을 준비해 좋은 성적을 얻었다. 가장 기억에 남는 선생님은 훈육 담당 우구정 선생님으로 담당 과목은 생물인데, 강의는 전과지도서 책을 그대로 베껴와 강의했고, 학교 정문에서 학생 복장을 단속하면서 복장이 불량하면 사정없이 그 학생의 뺨을 후려쳐서 학생이 넘어질 때까지 폭행했다. 지금으로서는 상상할 수 없는 일이다.

2학년 때 담임을 하신 장인원 선생님은 특히 여학생들에게 잔인하게 매질을 했다. 지례장터인 '지례여관'에서 하숙하고 있었는데, 졸업하기 전에 친구들과 숙소를 방문하여 그 이유를 물어보았다. 여학생을 특히 미워한 이유가 분명했다. 6·25전쟁 당시 호남에서 어느 가정의 딸이 아버지를 공산당에 밀고하여 그 아버지가 공산당에게 총살당하는 모습을 보고, 그때부터 여자들을 증오하기 시작했다고 답변했다. 중학교 2학년 때는 장 선생님이 담임을 맡았는데, 마침 교무실 옆이라 너무 시끄럽게 떠든다고, 장 선생님이 들어오셔서 모두 책상 위에 올라가 꿇어앉으라고 명령하고는 칠판에 남(南)자를 써놓고는 모두 이 글자를 눈을 바로 뜨고 쳐다보라고 하면서 "만약에 눈을 깜작거리는 놈은 죽일 거야"라고 하며, 우리를 기합 주었다.

군사정부 시절이라 교사들의 폭력이 대단했다. 학생들은 아무 항의도 할 수 없었다. 지례중 2학년인 1963년도 생활통지표를 보니 나는 2학년 A반으로 학생 수가 51명이었다. 그런데 6개월이 지난 후 A반은 47명, B반은 남녀학생 합해서 48명이었다. 2학년 모두 95명으로 학기 도중에 자퇴생이 상당히 많았다.

공부하며 농사일하며

지례중 시절을 회상하면 힘든 시절이었지만 그 고단한 것들에도 향수가 일어난다. 학동 우리 집에서 30리 떨어진 지례에서 자취하면서 공휴일이나 농번기에는 집으로 가서 아버지 농사일을 돕기도 했다. 자전거가 있는 친구들은 자전거로 집에 가지만, 나는 걸어서 학동까지 갔다. 아버지가 술을 좋아하시기 때문에 집에 갈 때는 2리터 들이 댓병 소주 한 병을 사서 가지고 갔다. 집에 도착하면 아버지는 이웃 동네 친구들을 불러 모아 그 소주를 나누어 드셨는데, 그런 시간을 너무 좋아하셨다. 우리 집에서 농사짓는 논은 주로 천수답이었고, 밭은 산골짝 구석 밭이었다. 일하러 가기가 편리한 평지의 논밭이 아니기 때문에 농사일 자체가 너무 힘이 들었다.

밤우산 올라가는 천수답에서 논농사 일을 할 때, 너무 힘들어서 논가에 잠시 앉아 있으면 아버지는 "그걸 힘들다고 벌써 앉아서 쉬냐."

하고 나무라시고, 어머니는 "좀 더 쉬었다가 해라" 하시면서 내 편을 들어 주셨다. 특히 봄보리 농사는 정말 힘들었다. 보리농사를 마치고 6월 하지 전까지 모내기를 완료해야 하기 때문이다. 보리 베기를 마치고 서둘러 보리타작을 한다. 보리타작은 보릿단을 지게로 집까지 지고 와 도리깨로 보리 이삭이 떨어지도록 힘차게 내리쳐야 한다. 그러면 보리 수염이 바짓가랑이 속을 타고 올라가 몸에 붙어서 자꾸 옷 속으로 파고 들어가 온몸이 까끌까끌하고 간지러워 견디기가 힘들었다.

보리는 씨 심기에서부터 거두기까지, 벼농사 짓기에 비해 너무 힘들었다. 그래도 당시 먹을 것이 부족한 4, 5월 춘궁기에는 보리가 식량으로서 소중한 양식이다. 먹을 쌀이 부족한 시기에는 보리밥이라도 배불리 먹었으면 하는 것이 당시 시골 사람들의 소원이었다. 보리농사는 힘들지만, 보리쌀만 얻기 위한 목적으로 농사를 짓는 것은 아니다. 보리타작 후 남는 보리 줄기는 땔감으로 사용되고, 보리의 겨는 개떡이라고 하는 보리떡을 만들어 먹기도 했다. 성경에도 보리떡 이야기가 기록되어 있다. 보리떡 다섯 개와 물고기 두 마리로 5,000명을 먹이고도 열두 바구니가 남았다는 예수님의 '오병이어(五餅二魚)' 기적의 기록이 있다. 보리떡을 가지고 온 어린아이는 가난한 집안의 아이인듯하다. 2013년 7월 사이언스에 발표된 논문에 따르면 1만여 년 전부터 서남아시아지역에 밀과 보리가 경작되었다고 한다. 즉, 그 지역은 이스라엘, 시리아, 요르단 지역의 비옥한 초승달 지대로 추정된다고 전한다.

벼농사는 보리농사에 비해서 수월하다. 보통 4월에 못자리를 만들어 볍씨를 뿌려 5월경에 모내기를 시작하는데, 보리 베는 일을 빨리 마치고, 모내기를 6월 하지 이전에 마쳐야 한다. 논에 물이 부족한 논은 모내기가 힘들게 되고, 비가 적당한 시기에 내리지 않으면 그해 벼 농사를 망치게 된다. 나도 모내기할 쟁기와 소를 이용한 논 갈기를 해본 적이 있다. 모내기 준비로 논을 평평하게 고르는 쓰레질을 해본 경험도 있다. 모내기는 보통 동네 어른들이 모여서 단체로, 그리고 순차적으로 한다. 못줄을 대고, 피로를 잊기 위해 노래를 불러가면서 모내기를 한다. 동네 농사 공동체의 협동 정신이 발휘된다. 고된 일이므로 잘 먹어야 한다. 점심 먹기 전에 중참이 제공되고, 점심 식사가 제공되고, 오후 중참이 제공된다. 식사와 함께 막걸리가 제공되기도 한다. 어린 시절 우리 집에서도 몰래 밀주를 담갔다가 김천 세무서 직원에게 발각되어 벌금을 냈던 기억이 있다.

가을이 되어 벼 이삭이 누렇게 익어 고개를 숙이기 시작하면 사람들의 마음이 푸근해진다. 곧 쌀밥을 먹을 수 있겠다는 희망이 생기기 때문이다. 햅쌀은 맛이 더욱 좋다. 10월 중순이 되면 벼 수확이 시작되는데, 가까운 이웃과 품앗이로 한다. 벼를 논에 베어 눕혔다가 잘 말린 후에 적당한 크기의 볏단으로 묶어서 탈곡기로 타작한다. 참 신나는 순간이다. 타작한 알곡은 곳간에 보관했다가 아랫마을 물레방앗간에 가서 정미하게 된다. 남은 볏짚은 소 먹잇감으로 사용하기도 하고, 초가지붕에 이엉 만들기나 새끼 꼬기, 가마니 짜기 등으로 쓰인다.

이외에도 누에고치를 치면서 열심히 뽕잎을 바구니에 따다 먹이고, 누에를 올리기 전에는 뽕잎이 달린 뽕나무 가지를 누에 잠박(누에를 치는 데 쓰는 채반)에 열심히 먹인다. 오디를 따먹어 입술이 퍼렇게 물들게 된 일, 할머니가 묵을 좋아하시기 때문에 아버지와 함께 밭두렁에 불을 질러 메밀을 심어 할머니에게 묵을 만들어 드리신 어머님의 정성, 춘궁기에 먹을 것이 없어 들판에 있는 돈 나물을 채취하여 보리밥에 비벼먹던 일들 등등이 생생하게 머릿속에 남아 있다. 특히 지례중 시절에유행했던 국화빵을 잊을 수가 없다. 중학교 졸업식을 마치고 국화빵 굽는 틀을 사서 집에 가서 국화빵을 만들어 먹은 일도 기억난다.

2. 김천고등학교 시절과 경서고등성경학교 기숙사

배가 고팠던 시절

나는 1965년 2월 13일 지례중학교를 졸업하고, 3월에 김천고등학교에 입학했다. 고등학교 진학을 고민하면서 먼저 생각한 것은 취업해서 돈을 벌어야겠다는 것이었다. 우선 대구공업고등학교와 김천농업고등학교를 떠올렸다. 대구공고를 졸업하고 큰 회사에 취업이 되면많은 돈을 벌 수 있고, 김천농고를 졸업하면 면사무소나 금릉군청에취직하기가 쉽다고 생각했다. 공고는 기계를 다루어야 한다고 어머니에게 말씀드리니까, 어머니가 절대 안 된다고 말씀하셨다. 이유는 내가 초등학교 3학년 때 우리 집 뒤 지붕 아래 보관 중이던 탈곡기를 만지고 있었는데 마침 그 순간에 사촌 형님이 탈곡기 발판을 밟아서 마침 그때 내가 탈곡기 톱니바퀴를 만지는 바람에 왼쪽 손가락 두 개가톱니바퀴 사이에 끼어 그 손가락이 망가져 버린 사고가 있었기 때문이었다.

내가 다니던 지례중학교에서 나의 3학년 담임을 맡으셨던 오성근선생님께서 김천고등학교를 자세하게 소개해 주셨다. 김천고를 졸업하고 서울대학교에 입학하면 김세영 김천고 이사장이 학비 전액과 생활비를 지원한다고 하셨다. 담임선생님의 말씀에 김천고 입학을 결심하고 입학시험을 치렀다. 입학시험 결과 240명 모집정원에 나의 입학성적은 16등이었다. 지례중에서 1등으로 졸업했지만, 김천고 입학성적은 기대 이하였다.

이 같은 입학성적은 1학년 2반 조욱연 담임선생님이 알려주어서 알게 되었다. 부모님께서 입학등록금을 마련해 주셔서 김천고에 입학하였다. 하지만 김천에 자취방 얻을 돈이 없어서 가목교회 장학문 전도사님이 김천 황금동교회 옆에 있는 경서고등성경학교 기숙사에 들어갈 수 있게 도와주셨다. 경서고등성경학교는 이모님이 다니던 학교였다. 마침 장학문 전도사님의 장남인 장명석 형님이 이 학교에 재학 중이어서 기숙사 같은 방에서 함께 생활할 수 있게 되었다.

경서고등성경학교는 미국 선교사가 설립한 학교로, 김천 인근 시골 입학생들이 입학하여 성경학교에 다니고 있었다. 모두가 가난한 집안 학생들이었다. 기숙사 학생들의 식사는 때마다 한 홉의 쌀을 거두어 식사를 준비하는데, 밥을 짓는 식사 당번은 쌀을 내지 않고 식사할 수 있도록 하는 방식으로 기숙사를 운영하고 있었다. 모두가 어려운 가정에서 온 학생들이라 서로 식사 당번을 하려고 했다. 학생들의 반찬은 마가린과 일본간장으로 밥공기에 밥과 마가린, 그리고 간장을 섞어 비벼서 몇 숟가락 입에 떠 넣으면 밥공기는 텅 비게 된다. 늘 배가 고픈 가운데서도 모두 열심히 성경 공부를 하고 있었다. 목사가 되어 복음을 전해야겠다는 사명감으로 열심히 공부하고 있었다.

남기탁을 생각하며

이 기숙사 시절에 특히 내 기억 속에 남아 있는 한 분이 있다. 영동에서 김천까지 걸어서 내려왔다는 남기탁이란 학생이었다. 이 학생은 1943년생으로 4살 때 아버지가 돌아가시고 다음 해인 5살 때 어머니마저 세상을 떠나셔서 칠순의 할아버지 밑에서 한문을 배우면서 초등학교 5학년까지 다녔는데, 할아버지마저 돌아가시자 의지할 곳이 없어서 5촌 당숙 어른 집에서 농사일을 거들어 주면서 당숙 어른 집에서 먹고 자며 지냈다. 이렇게 고아가 되어 생활하여 오던 중 14살 때에 동네 머슴으로 일하는 형에게서 전도를 받아 충북 영동군 매곡면 노천리 노천교회에 출석하게 되었고, 바로 그해에 예수님을 만나는 '거듭남'의 체험을 한 후, 목회자가 되기로 결심한 학생이었다.

그리하여 20살이 되던 1963년 영동에서 나무 70짐을 팔아 960원을 만들어 김천으로 내려와 경서고등성경학교에 입학했다. 내가 김천고에 입학하던 시기에 조금 앞선다. 남기탁 학생은 혼자 벌어 가며 성경학교에서 공부해야 하니, 수업이 없는 시간에는 버스정류장에서 닥치는 대로 버스에 올라가 연필이나 공책을 팔아서 생활비를 마련했다. 여름방학이나 겨울방학 때는 기차를 타고 전국을 돌아다니면서 물건을 팔아 생활비를 마련해서 학업을 계속했다. 언젠가 선산군에 유명한 무당들이 굿하는 곳을 찾아가 돼지머리, 과일, 떡 등 먹을 것을 가져다가 먹기도 했다고 했다.

경서고등성경학교를 졸업하고는 부산으로 내려가 부산신학교에 입학하여 근로장학생으로 일하며 신학을 이어갔고 국방부 군무관 시험에 합격하여 4급 6호봉 군무시보로 낮에는 전군 병기 기지창에서 근무하고 야간에 신학을 계속하여 부산신학교를 졸업했다. 부산신학교를 졸업하고 철거민촌인 부산시 동래구 반송동으로 들어가 반송재건학교를 설립하여 교장직과 이사장직을 겸하여 철거민촌 학생들을 교육하였다.

5년 동안에 500여 명의 학생이 모여 6학급을 편성하여 10여 명의 교사들과 중대형 중학교를 만들었다. 후에 남기탁 씨는 서울로 올라와 단국대 사학과에 편입하여 학사과정을 마치고 장로회 신학대학교 신대원을 졸업하였으며, 학문에 열중하여 아세아연합신학대학교 대학원에서 신학 문학석사 학위를 취득했다. 2002년도에는 Fuller Theological Seminary에서 목회학박사 학위를 받았다. 남기탁 목사님은 부산 항서교회, 서울 신광교회와 영광교회 전도사로 봉직하던 중 박정희 독재정치에 항거하여 자진해서 강원도 태백 탄광촌으로 들어가 산업선교를 시작했다.

탄광 채탄 현장 광부로 취업하여 광부들과 일하면서 광부들에게 복음을 전했다. 이것이 탄광 산업선교였다. 1980년 대한예수교 장로회 강원노회에서 목사안수를 받았다. 그 후 1982년까지 강원노회 태백산 탄광산업 선교회 실무자로 봉사했다. 그리고 서울 동안교회 부목사를 거쳐 1988년도에 경기도 부천시 복된교회 담임목사로 부임하여 '선교하는 교회, 이웃을 섬기는 교회, 그래서 날마다 부흥하는 교회'라는 목회방침을 정하여 국내 선교는 물론 해외 선교에 최선을 다하여 복된교회를 크게 부흥시켰다. 이후 대한예수교장로회 부천노회 노회장을 역임하는 등 교단과 신학대학 이사를 맡아 봉사활동도 하였다.

특히 1998년 IMF 위기 때부터 부천 중앙공원 및 부천역사를 중심으로 실직자와 노숙자들을 위한 무료급식 제공을 하며, 하루 평균 300명의 어려운 이웃에게 점심 식사를 제공하며, 총 누계 70만 명에게 그리스도의 큰 사랑을 전해왔다고 했다. 그뿐만 아니라, 지역사회 불우청소년들에게 장학금 전달, 장애인 시설 지원, 외국인 근로자 한글교육 등 각종 봉사 및 후원활동과 섬김 사역을 통해 모든 이의 귀감이 되었다.

2013년 12월 30일에 조기 은퇴함으로써, 복된교회에서의 25년을 포함한 총 45년의 목회여정에 마침표를 찍었다. 남 목사님은 그간의 공로를 인정받아 복된교회에서는 원로목사로, 노회에서는 공로목사로 추대되었다. 김천고등학교 1학년 때 내가 경서고등성경학교 기숙사에서 함께 숙식을 나눌 수 있었기 때문에 만날 수 있는 소중한 만남이었다.

황금동교회 고등부, 신앙적 성장

나는 김천에서의 교회 출석은 황금동교회로 정했다. 김천고 입학과 더불어 성경학교 기숙사에서 생활했기에 바로 옆 건물 황금동교회에 출석하기로 했다. 황금동교회 고등부에도 참석하고, 고등부 학생 성가대에도 참여하여 베이스 파트를 맡았다. 물론 대예배에도 참석하여 임도준 담임목사님의 설교를 들었다. 그리고 그해 4월 18일 부활주일에 임도준 목사님으로부터 세례를 받고 부활절 기념 성찬식에도 참여할 수 있었다.

지례교회에서 학습 받은 지 4개월 만이다. 당시 교회 규칙으로는 학습을 받고 6개월이 지나야 세례를 받을 수 있는데, 나는 장명석 형님과 상의 끝에 2개월이 모자라지만 그대로 신청하여, 임도준 목사님으로부터 세례를 받았다. 세례를 받게 된 주목적은 나 자신 마음의 평안을 얻기 위함이었다. 그리고 고등학교 2학년 때는 고등부 학생회장 직을 맡아서 통일호 기차를 타고 구미역에 내려서 금오산까지 다녀온 기억이 난다. 또한 나는 김천고등학교 입학과 동시에 고등학교 등록금을 면제받기 위해서는 1학기 성적이 전체 240명 중에서 1등을 해야만 했다. 이 때문에 정신적으로 많은 스트레스를 받고 있었다.

예배의 시작과 함께 묵도 송으로 피아노 소리를 들으면 왠지 모르게 내 마음이 참 평안했다. 주님께서 허락하시는 참된 평안을 항상 느꼈기 때문에 주일 예배와 저녁 예배 그리고 수요일 공식 예배는 꼭 참석했다. 성경학교 기숙사에서 김천고까지는 걸어서 30분 정도 걸린다. 자전거를 타고 다니는 학생들도 많지만, 난 자전거 살 형편이 못되어 걸어서 학교까지 갔다가 수업을 마치면 성경학교 기숙사로 돌아와 공부했다. 수업을 철저히 듣고, 학업에 최선을 다했다. 참고서와 더불어 각 과목 시험문제집을 구매해서 시험에 대비했다. 열심히 노력한 결과 고등학교 1학년 1학기 성적이 전체 학생 중 최고점을 받아 수업료와 기성회비를 면제받았다.

이러한 결과로 황금동교회 김천고 3년 선배인 강준형 고등부 학생회장의 어머니가 내 형편을 도와주셨다. 황금동 교회에서 가까운 농기구 판매점인 '태평농기사' 사장님 댁의 가정교사로 나를 소개해 주신 것이다. 성경학교 기숙사 생활 6개월 만에 나는 입주 가정교사 생활을 하면서 고등학교 과정을 공부하게 되었다. 내가 입주 가정교사로 들어간 사장님 댁의 집은 2층으로, 2층 방 하나를 나에게 주고, 초등학교 5

학년 아들 김대영과 3학년에 다니는 딸에게도 하루에 한 시간씩 공부를 가르쳐 주도록 했다. 당시에는 초등학교에서 중학교에 진학하려면 입학시험을 치러야 하므로 가정교사를 두어서 자녀를 교육하는 집이 많았다. 나는 내 공부도 열심히 해야 하고 가정교사로 매일 2시간을 지도해야 했다. 다른 일에는 생각할 여유가 조금도 없었다.

고등학교 특활 활동에도 제대로 참여할 시간을 갖지 못했다. 이러한 상황 중 조욱연 담임선생님께서 갑자기 나에게 질문을 했다. "석삼이는 대학 진학을 어디로 생각하고 있느냐?" 나도 모르게 담임선생님에게 "저는 신학교로 진학할 생각입니다"라고 답을 드렸다. 그러니까 바로 조욱연 담임선생님은 "꼭 신학교로 가서 목사가 될 필요가 있나? 장로가 되어서 교회 봉사하면 되지"라고 말씀하셨다.

이러한 나의 대답은 그동안의 신앙생활에서 나온 것이고, 성령님의 가르침이라 생각된다. 요한복음 14장 26절에 예수님께서 다음과 같이 말씀하셨다.

"보혜사, 곧 아버지께서 내 이름으로 보내실 성령 그가 너희에게 모든 것을 가르치고 내가 너희에게 말한 모든 것을 생각나게 하리라."

그런데 시간이 지나고 3학년 선배들의 대학 진학 소식을 선생님들이 전하면서 마음이 흔들렸다. 특히 나는 7남매 장남으로서 가정을 책임져야 한다는 책임감이 들었다. 황금동교회 고등부 학생회장이었던 강준형 선배는 중앙대학교 4년 전면 장학생 시험에 합격하였다는 소식을 접했다. 당시 중앙대학교 장학생 시험에 문과생은 영어와 국어만 시험을 치렀다. 그래서 강준형 선배는 고등학교 2학년 때부터 영어와 국어만 열심히 해서 목적을 달성한 것이다.

후에 강준형 선배는 중앙대학교 재학 중 외무고시에 합격하였다. 그리고 강호진 선배는 서울대학교 상과대학에 수석으로 입학했다는 소식도 접했다. 김천고 졸업생들의 대학 입학성적이 아주 좋았다. 김천고가 전국에서 우수한 사립 명문 고등학교라는 소식을 실감했다. 이러한 소식은 나에게 큰 도전이 되었다. 나도 더욱 열심히 공부해서 좋은 대학에 진학해야겠다는 각오를 다졌다. 그리하여 1년 만에 태평농기사에서의 가정교사 자리를 정리하고 남산공원 옆 남산동에 작은 방을 얻어서 자취를 시작했다. 대학입시 준비만 하기로 한 결심이다. 고등학교 3학년이 되어서는 시간을 절약하기 위해서 자취방을 김천고가 가까운 김천 서부초등학교 근처 김천형무소 뒤로 옮겨서 부항초 동기인 김정진과 같이 자취하면서 열심히 공부했다.

김천고 시절 특히 기억에 남는 것은 1967년 5월 3일 대한민국 제6대 대통령선거였다. 김천고 2학년 2학기 때(1966년 11월) 민주공화당 박정희 대통령이 김천 성의상업고등학교 옆 장소에서, 김천과 경상남도 삼천포를 연결하는 '김삼선' 철도 공사 착공식을 했다. 많은 시민과 고위 공직자들이 모인 가운데 표를 얻기 위한 가짜 기공식을 한 것이다. 이듬해 대통령 선거 결과는 박정희 후보가 51.4%, 윤보선 후보가 40.9%를 획득하여 박정희 후보가 대통령에 당선되었다. 1967년의 우리 국민소득은 114달러였다.

김천고등학교에서의 학업 수행

김천고 2학년부터는 문과와 이과로 구분하여 수업을 받게 되었다. 나는 수학이 싫어서 문과를 선택했다. 사실 지례중 시절 적성검사를 받은 결과 나는 문과였다. 수학은 해석과 기하로 분리되어 기하는 양갑석 교감 선생님이 가르치시고, 해석은 김용해 선생님이 가르치셨다. 양갑석 교감 선생님은 수재들만이 졸업할 수 있다는 일본 동경 물리학교를 졸업하시고 대구 경북고등학교에서 수학을 가르치시다가 김천고로 스카우트되어 오셨다. 어려운 기하를 강의하시는데, 학생들은 기하 시간에 숨도 제대로 쉬지 못할 정도로 엄격하셨다. 보통 고등학교 교감선생님은 도덕 과목을 맡아 등록금 납부 독촉, 학생 복장 등 학교 생활지도를 하는데, 김천고 교감 선생님은 특별하였다.

해석을 담당하신 김용해 선생님은 김천고를 졸업하고 바로 김천고 해석을 가르친다고 했다. 김천고 졸업생들이 서울대학교 입학시험을 비롯하여 서울 명문 사립대학에 많이 합격하는 것은 수학에서 거의 90점 이상을 취득하기 때문이다. 상대적으로 영어 성적은 저조한 편이었다. 나는 문과를 선택해서 과학 과목은 화학을 선택했고, 유도부에 들어가 신체 단련에도 힘을 기울였다. 기억에 남는 수업은 음악 시간이다. 음악 담당 선생님은 50분 수업 시간에 우리들의 부족함을 야단치시고, 끝머리에 월남파병 노래, 맹호부대 노래 등을 부르고 수업을 마쳤다.

고등학교 2학년부터 입학시험을 대비하여 여름방학 기간 한 달간 증산면 청암사에서 특별수업을 했다. 나도 여기에 참여했다. 고등학교 3학년까지 방학 중에도 입학시험을 위한 긴장을 더욱 강하게 특별수업을 진행하였다. 주로 일본대학 입학시험 문제를 강의하며 모의고사도 병행해서 입학시험을 준비시켰다. 나는 고등학교 1학년 담임선생님이었던 조욱연 선생님에게 대학 진학은 신학교에 가겠다고 했던 생각을 바꾸었다. 부모님과 동생들을 위해서 돈을 벌 수 있는 대학 학과를 선택하기로 하고 상과 대학을 선택했다. 당시에 서울대학교 상과대학은 도저히 자신이 없어 서강대학교 경제학과를 목표로 정했다. 서강대학교는 1960년에 미국 위스콘신 관구의 예수회가 설립한 대학으로 학과는 경제학과, 영어영문학과, 사학과, 철학과, 수학과, 물리학과로서 6개 학과 정원 166명이었다.

경제학과 교수진은 미국에서 선진 경제학을 배워 한국의 경제개발 과정에서 크게 기여한 남덕우 교수가 중심이 되어 미국식 교육을 하고 있었다. 고등학교 3학년 끝나고 대학입시가 다가오자 담임선생님이신 전장억 선생님께서, "석삼이 너는 서울대학교로 가야 한다." 하시며 강하게 요청하셨다. 나는 그간 내가 준비했던 입시 과목과 전혀 다른 요강으로 뽑는 서울대학교 사범대학 영어교육학과로 원서를 제출하였다. 그간 내가 준비했던 서강대학교 경제학과 입시 과목과 서울대학교 사범대학 입학시험 과목이 완전히 달랐다. 각 대학별로 자유롭게 입시 과목을 정하여 신입생을 선발하던 시절이었다.

1968년 1월 21일 북한 김신조 일당 공작원 31명이 청와대를 폭파하려고 침투했던 날이었다. 나는 입학시험 전날 서울대학교 사범대학으로 가서 수험표를 받고 숙소로 오려고 하는데, 서울지역에서는 김신조 일당의 청와대 침공으로 계엄령이 선포되어 무장한 군인들이 서울 시내 전역을 지키고 있었다. 나는 완전무장한 군인들이 시내를 장악하고 있는 모습을 보고 순간 머릿속에 서울에 입학시험 치러 왔다가 전쟁으로 죽는 것은 아닌지 불안에 했다. 2월 10일에 합격자 발표가 있었으나 나는 합격자 명단에 없었다.

재수(再修)의 시간, 믿음의 인연

1968년 서울대학교 입학시험에 실패한 3월에 대구로 내려왔다. 주위 사람들이 나를 비웃고 있는 느낌을 받았다. 봄이 되어 들과 산에는 예쁜 꽃들이 만발했지만, 나를 쳐다보는 사람들의 표정이 싸늘하게만 여겨졌다. 집에 머물러 있을 수가 없어 대구에서 생활하고 있는 6촌 형님 집을 방문하여 가정교사 자리를 구해볼 생각을 했다. 그 형님은 당시 장화 없이는 살 수 없다는 빈민촌 비산동 인동촌시장 근처 조그마한 셋방에서 생활하고 있었다. 형님은 부산 수산대학을 졸업했으나 마땅한 직장을 갖지 못하고 형수가 일수놀이를 해서 근근이 살아가고 있었다. 가정교사 자리를 찾기 위해서 동산병원과 서문시장이 가까운 대구 서성로 교회를 찾아가 담임목사님에게 문의했다.

"목사님, 교인 가정 중에 가정교사를 할 만한 곳은 없을까요?" 목사님은 대답했다. "죄송합니다. 없을 것 같습니다." 나는 실망하고 형님 집으로 돌아왔는데, 형님 옆방에 세 들어 사는 아주머니가 초등학교 5학년과 3학년 학생이 있는데, 불편하더라도 같이 생활하며 두 아이를 지도해주면 좋겠다고 했다. 이분은 6·25전쟁이 발발한 다음 해인 1952년에 추풍령에서 7살짜리 임창식 큰아들과 3살짜리 둘째 아들 임창호를 데리고 대구로 내려와 보따리 장사를 하며 어렵게 살아가고 있었다. 미군 부대에서 화장품을 가지고 와서 팔기도 하고, 꿀을 받아서 팔기도 하면서 경상북도 시골 여러 마을을 돌며 이런저런 물건들을 팔아서 어린 두 자녀와 어렵게 살아가고 있었다.

아주머니는 추풍령에서 대구로 두 아들을 데리고 온 사연을 들려주었다. 추풍령에서 농업학교를 졸업한 남편과 결혼하여 두 아들까지 낳아 잘 살아가고 있었는데, 남편은 일은 하지 않고 공산주의 사상에 물들어 밤낮으로 북한 인공기를 만들어 방안 천장이나 다른 곳에 숨겨두는 등 공산당 활동을 하다가 6·25전쟁이 발발하면서 일언반구 없이 북한으로 혼자 넘어가 버렸다고 했다. 남편이 말없이 월북하는 바람에 새로운 삶을 위해서 두 아들과 친정 두 남동생과 함께 대구로 왔다고 했다. 1968년은 이분이 대구로 내려온 지 벌써 16년이란 세월이 흘렀다. 큰아들은 23살이 되었고, 둘째 아들은 19살이 되어 다른 집에서 독립해서 살아가고 있었다.

지금 아주머니의 두 자녀인 5학년짜리 우진 아들과 3학년 짜리 딸 선애를 데리고 살았다. 그러니까 당시에는 세 식구가 너무나 어려운 환경 가운데 살아가고 있었다. 나는 이 가정의 요청을 받아들여 가정교사로서 두 자녀를 지도하며 가까운 비산동 교회에 등록하여 신앙생활을 하게 되었다.

이분 아주머니 모습을 보면서 요한복음 4장에 기록된 예수님을 만난 사마리아 여인의 모습이 생각났다. 당시 유대인들은 사마리아인들과는 상종하지 않던 시절임에도 물을 길으러 온 여인에게 예수님이 다가가 "물 좀 달라"며 다가가니 그 여인은 "당신은 유대인인데 어찌하여 사마리아 여자인 나에게 물을 달라고 하십니까"라고 하니, 예수님은 "네가 주는 물은 다시 목마르려니와 내가 주는 물을 마시는 자는 영원히 목이 마르지 아니하리니 내가 주는 물은 그 속에서 영생하도록 솟아나는 샘물이 되리라"라고 말씀하시매 그 여자가 대답했다.

"주여, 그런 물을 내게 주사 목마르지도 않고 또 여기 물 길으러 오지도 않게 하소서."

예수님을 만난 사마리아 여인은 예수님이 기다리던 메시야임을 확신하고 물동이를 버려두고 동네로 달려가 예수님에게로 사람들을 오게 하였고, 그 여인도 다시는 목이 마르지 않는 사람으로 변하였다는 성경 말씀을 마음에 새기며, 나는 그 아주머니를 비산동교회로 안내하여 새 신자로 등록시켰다.

주일마다 나와 함께 예배에 참석했고, 세례까지 받은 신자가 되었으며 두 자녀는 물론 동생들과 모든 자녀를 교회로 안내하였다. 심지어 부산에 사는 동생의 온 가족들을 교회로 인도하였다. 그리고 비산동 교회 집사 직분을 받았고, 큰아들은 비산동교회 집사, 그 며느리는 권사로, 둘째 아들과 그 며느리는 집사로 봉사하였다. 그리고, 아들 우진은 비산동교회 장로로, 그 며느리는 권사로 비산동 교회의 일꾼들이 되었다.

더욱 놀라운 사실은 부산의 동생 가족들이 모두 예수님을 영접하였고 둘째 조카는 수영로교회 장로로 봉사하고 있다고 했다. 그리고 모든 손자와 손녀들도 신실한 교인이 되었다며, 언젠가 그녀는 나에게 내가 전도한 사람 숫자가 총 40명이 넘는다고 자랑했다. 세월이 흘러 내가 2014년 경북대학교를 은퇴하고 그해 말레이시아 사바 국립대학 (UMS) 교수로 근무하던 3년 차인 2017년에 6월 UMS 학생들의 현장 실습을 위해 한국에 들어와 있을 때였다. 그해 9월 3일 주일날 나에게 비산동 교회 우진 장로한테서 전화가 걸려 왔다. 대구시 서구 북비산 요양병원에 입원 중인 어머니가 위독하다는 나쁜 소식이었다.

마침 주일날이어서 오후에 아내와 같이 그 요양병원으로 갔다. 내가 입원실을 들어가니 반갑게 맞이해 주셨다. "김 박사, 그동안 너무

고마웠어. 나를 예수님에게로 인도해 주시고…" 하며 입가에 웃음을 보이며 말씀하셨다. 그리고 다음 날 9월 4일 월요일에 91년간의 고달 프고 힘들었던 이 땅에서의 삶을 마감하고 다시는 눈물과 고통이 없는 예수님의 품에 안기셨다. 후에 들은 얘기인데, 돌아가시기 하루 전날 그동안 몰래 모아 두었던 돈 400만 원을 꺼내서 큰아들, 둘째 아들, 셋 째 아들, 그리고 넷째 딸에게 각각 100만 원씩 주었다고 했다.

제3장
대학 생활 그리고
아내와의 만남

1. 경북대 기계공학과 입학

미래의 이상과 입시의 현실

1968년, 나는 대구에서 가정교사 생활을 하면서 대학 진학을 준비했다. 낮에는 대구 반월당에 있는 대구영수학원에서 정통영어와 수학의 정석을 중심으로 공부했다. 당시 비산동교회에는 김치영 목사님이 담임이셨다. 김 목사님의 설교는 대학교수 강의처럼 내 마음에 흡족했다. 비산동교회는 1952년도에 설립된 임마누엘 교단 소속 교회였다. 우리 남덕교회도 비산동교회와 동시대에 설립되었다. 임마누엘 교단 출신 목사님들은 성경 말씀 위주의 신학교육을 받았기 때문에 성경을 거의 암송하여 설교하는 모습을 보였고, 대구 동부교회 김덕신 목사님도 임마누엘 교단 최정원 목사님이 설립한 대구 공평동교회가 개설한 성경학교 1회 졸업생이다.

그러던 중 1967년도에 김치영 목사가 중심이 되어 임마누엘 교단을 대한예수교 장로회 통합측인 경북노회와 통합하였다. 그리하여 김치영 목사는 대구동산병원 원목으로 활동하게 되었고, 이때부터 김치영 목사는 대학생들을 위한 성경 지도에 뛰어난 역량을 발휘하시며, 대학생 밀알선교회를 만들어 동산병원 내에 성경공부반을 개설하였다. 방학 중에는 서울에서도 많은 대학생이 대구로 내려와 이 성경 공부에 참여했다.

시간은 빠르게 흘러 1969학년도 대학입시가 다가왔다. 나는 그동안 대구영수학원에 다니면서 선배들과의 대화를 통해서 경북대학교 문리과대학에 기계공학과와 금속공학과가 신설된다는 소식을 접했다. 1968년도에 이미 전자공학과와 고분자공학과가 문리과대학에 설립되었다. 그리고 나의 귀를 솔깃하게 한 것은 1회 졸업생에게는 교수님들이 책임지고 취직을 시켜준다고 했다. 1회로 졸업하면 교수가 될 수 있다고도 했다. 이러한 사연으로 서울대학교를 포기하고 경북대학교로 진학하기로 했다.

김천고 졸업생은 거의 모두가 서울에 있는 대학을 선호하고 대구에 있는 대학은 거의 지원하지 않았다. 그래도 당시에는 경북대학교 신입생들은 전국에서 우수한 학생들이 지원하고 있었다. 국립대학으로는 서울대학교 다음으로 경북대학교를 선호하는 시대였다. 마침 국가의 대학교육 정책이 변경되어 1969년도 신입생 선발 방식이 바뀌었다. 당시에는 사립대학들이 불법적으로 정원을 무시하고 청강생과 편입생을 마구 선발하여 대학을 운영하는 폐단이 있었다. 그래서 정부는 대학입학 예비고사제도를 도입하여 대입 정원의 150%를 선발하여 그렇게 선발된 합격자들만 학생들이 희망하는 각 대학에 지원하게 하고, 그런 뒤에 대학별 본고사를 거쳐 신입생들을 선발하도록 했다.

전국의 대학들은 전기와 후기로 나뉘어 본고사를 실시하여 신입생들을 선발했다. 나는 전기에 입학시험을 치르는 경북대를 선택했다. 경북대 입학원서를 사서 김천고를 방문했다. 김천고 교무실에 양갑석 교감 선생님과 여러 선생님이 계셨다. 나는 먼저 교감 선생님께 인사를 드리고 경북대 원서를 보이니까 교감 선생님께서 의자를 돌려 앉으시면서 쳐다보지도 않았다. 보기도 싫다는 표정이었다. 아마도 내가 서울대 입학원서를 제출할 것으로 기대했던 것 같다. 그 순간 1학년 담임선생님이셨던 조욱연 선생님께서 내게 다가오셔서, "석삼아 잘 생각했다. 서울대 꼴찌보다 경북대 1등 하는 게 좋다"라고 격려해 주셨다.

결국 나는 경북대 기계공학과에 입학원서를 제출하고 1968년 12월 19일에 대학입학 예비고사를 치렀다. 그리고 1969년 1월 20일 경북대학교 신입생 선발시험을 봤다. 기계공학과는 정원 30명 모집에 원서 제출자가 53명으로 경쟁률은 1.8대 1이었다. 합격자 발표는 1월 29일이었다. 입학시험 결과 총 860명의 합격자 명단이 학과별로 경북대 대운동장 벽에 게시되었고 나의 이름도 합격자 명단에 포함되었다. 그리고 등록금 고지서가 발부되었다.

1969학년도 1학기 등록금은 총 26,700원이었다. 내역을 보면 다음과 같다. 입학금 1,800원, 수업료 5,700원, 기성회비 4,000원, 교양연구지도비 600원, 실험실습비 7,000원, 실험실습지도비 1,000원, 총학생회비 280원, 단대학생회비 480원, 학과회비 350원, 보건비 170원, 체력비 400원, 신문비 800원, 가운비 100원, 학생회관건립비 100원, 수첩 및 배지비 200원, 도서비 1,300원, 박물관비 350원, 학생연구소비 180원, 언어학실습비 450원, 시청각비 90원, 저축 및 제비 380원이었다.

대학 풍경과 신입생의 심경

1969학년도 입학식은 동년 3월 4일 10시 경북대 본관 앞 광장에서 박정기 총장님을 비롯하여 다수의 교수들과 재학생, 그리고 신입생 859명, 그 가족·친지들이 참석한 가운데 간소하게 거행되었다. 그리고 8일까지 신입생 오리엔테이션이 실시되었다. 4일간 신입생들에 대한 대학생활과 학사행정에 대한 자세한 안내가 교양학부 주관으로 학생회관과 학생지도연구소에서 개최되었다. 특히 신입생들의 수강 신청 지도가 핵심이었다. 오리엔테이션 기간에 경북대 교가를 배웠다. 당시 경북대에는 음악 전공 교수가 없어서 사범대학 체육교육학과 안우홍 교수님이 가르쳐 주었다. 기계공학과에는 담당 교수님이 없었기 때문에 전자공학과 손병기 조교수님이 임시 지도교수가 되어 신입생 수강 신청 등 대학 생활 지도를 해주었다.

　1학년 수강 신청에서 전공과 관련된 것은 공업수학과 물리였다. 3학점씩 1년간 각각 6학점으로 필수과목이었다. 사회계열 선택과목으로 3학점 종교학을 선택했다. 강사는 이탈리아 유학을 마치고 귀국한 젊은 신부였다. 기독교인으로 종교학을 공부하고 싶었다. 2학기에는 법학개론을 들었다. 살아가는 데 기본적인 법은 알고 있어야 한다는 생각이었다. 법학개론 강의는 여성 강사로 법대를 졸업하셨고, 남편은 판사라고 했다. 기억에 남는 강사님의 말씀은 "일반적으로 법을 잘 아는 사람들과는 멀리하는 게 좋다"라는 말씀이었다.

　대학 1학년 수업은 교양과정으로서 문리과대학 화학과 학생들과 기계공학과 학생들이 합반으로 수업을 받았다. 강의실은 주로 과학관 계단강의실에서 전자공학과, 고분자공학과, 기계공학과, 금속공학과 총 120명이 물리와 화학을 수강했다. 다른 과목은 강의실이 부족해서 임시로 된 가건물에서 수강하기도 했다. 특히 1964년 9월부터 베트남 전쟁에 한국군이 참전하게 되면서, 대학에서 교련과목이 한 학기 2시간씩 1년간 교양필수과목으로 이수하게 되어 있었다. 강사는 월남전에 참전했던 장교 출신들이 강의했고, 월남전에서 경험했던 생생한 애기를 들려주었다. 1학년 1학기 수강 신청은 23학점이었고 2학기도 23학점이었다.

1969년 1학년인 내가 느낀 경북대 학생들의 분위기는 박정희 대통령의 장기집권 계획과 맞물려 긴장된 분위기가 역력했다. 3월 29일 학생회관에서 신입생 환영회가 있었고, 당시에는 문리과대학 내에 있는 2년간의 의예과 학생들과 함께했다.

기계공학과 학생들은 가까운 동촌유원지나 반야월 유원지, 청천유원지, 고산 딸기밭에 강의를 빼먹고 놀러 다니기도 했다. 기억에 남는 것은 청천유원지에 피라미 조림이 기가 막히게 맛있었다. 고추장과 설탕 맛이 어우러져 어느 때도 느껴보지 못한 맛이었다. 세월이 너무 빠르게 흘러 중간고사 기간이 되었다. 4월 28일부터 5월 3일까지였다. 5월에는 개교기념 축제가 있었는데, 고분자공학과, 전자공학과, 기계공학과, 금속공학과 학과대항 체육대회가 대운동장 각종 경기장에서 개최되었다. 체육대회를 이유로 휴강을 하게 된다. 대학에 들어오니까 휴강이 너무나 많았다. 고등학교에서는 상상할 수 없는 현상이다. 1학기 기말고사가 7월 4일부터 10일까지 진행되었고, 1학기가 마무리되었다.

박정희 정권의 3선개헌을 반대하는 학생운동이 서울을 중심으로 전국적으로 퍼지고 있을 때 경북대 법과대학생회 주관으로 6월 23일 오전 10시에 법정대 강당에서 140여 명 학생이 모여 민주헌정 수호 성토대회를 개최하였다. 이 같은 학생운동이 2학기 개강에 영향을 미쳤다. 9월 1일 개강계획이었는데, 2일부터 휴강에 들어갔다. 9월 14일 새벽 2시 45분, 3선 개헌안이 국회를 통과했다. 대학생들의 반정부 데모로 인해서 4개월간 수업이 불가능했다. 대학생들이 거리로 나가 데모를 벌였고, 경찰은 데모행렬을 저지했다. 학생과 경찰 간의 투석전까지 발생하여 학생들이 부상당하기도 했다. 학생들은 대운동장에서 경찰이 설치하는 바리케이트를 뚫는 연습을 하기도 했다.

'5·16 장학생'이 되다

이러한 혼란 가운데서도 문교부에서는 경북대 공과대학 설립을 인가했다. 1969년 12월 17일 기존의 4개 학과와 응용화학과와 공업교육학과 등 6개 학과로 경북대 공과대학이 신설되었다. 1970학년도 신입생부터 기계공학과 입학생은 공과대학 신입생으로 입학하게 되었다. 나는 문리과대학 학생으로 입학하여 2학년부터는 공과대학 학생이 되었다.

1970년 1월에 기계공학과 주임교수로 강창수 교수님이 부임하셨다. 서울대 조선항공학과를 졸업하시고, 해군장교를 거쳐 5년제인 부산공업전문대학 교수로 재직하시다가 경북대 조교수로 발령받았다. 지난 1년간 부모 없는 자식들처럼 지도교수도 없이 지내다가 강 교수님이 오셔서 모두 너무나 기뻐했다. 강 교수님이 부산에서 대구로 이사하시는 데 이삿짐을 도왔다. 강 교수님 자택은 대구 만촌동 교수마을에 있었다. 그리고 동년 3월에는 부산대학교 기계공학과를 졸업하고 대구 공군부대 중위로 제대하신 송지복 교수님이 고체역학을 강의하셨다. 하지만 송 교수님은 이듬해인 1971년 12월에 모교인 부산대학교로 전출하셨다.

1970년 10월에 김재호 교수님이 대구 선학알루미늄회사 생산과장이었는데 강창수 교수님의 설득으로 기계공학과 조교로 기계공학과로 부임하셨다. 김재호 교수님은 대구사범대학부속고등학교를 졸업하시고 서울대 기계공학과에 입학하여 우수한 성적으로 졸업하시고 공군장교를 거쳐 월남에서 미국계 회사에 근무하시다가 귀국하여 대구 선학알루미늄회사 생산과장으로 오신 것이었다.

내가 경북대 기계공학과를 입학하여 졸업까지 4년간 기계공학과 전임교수는 세분이었다. 사실은 강창수 교수님과 김재호 교수님께서 거의 모든 전공과목을 강의하시고 인근 대학과 고등학교 교사들이 시간강사로 오셔서 강의를 했다. 지금 생각하면 4년간 대학에서의 강의가 너무나 부실했다. 교수님들이 대학원 교육을 받지 못했기 때문에 고등학교처럼 강의하는 것으로 대학교육이 이뤄졌다. 당시 한국의 상황이 모두 열악하여 대부분 대학교육이 비슷하였다. 신설학과는 특히 열악했다.

하지만 나에게는 너무나 기쁜 소식을 그해 5월 어느 날 대학본부 학생과로부터 받았다. 당시 가장 금액이 큰 '5·16 장학생'으로 선정되었으니 가능한 한 빨리 본적지 면사무소에 가서 호적등본과 부모님 비과세증명서를 발급받아 학생과에 제출하라는 소식이었다. 소식을 받자마자 달성공원 앞 대구시외버스 주차장으로 가서 버스를 타고 김천 시외버스정거장을 거쳐 대한교통 버스를 타고 부항면 사무소로 달려가 급히 관련 서류를 발급받아 다시 김천으로 오는 버스를 탔다.

김천으로 오는 과정에서 지례를 지나 송죽휴게소에서 대형교통사고를 당했다. 내가 타고 있던 대한교통버스와 김천에서 비료를 싣고 거창으로 향하는 농협 버스가 좁은 커브 길에서 서로 충돌하여 내가 탑승한 버스가 약 5m가 넘는 낭떠러지로 굴러 냇가 모래바닥으로 추락한 것이다. 내 기억으로는 버스가 3바퀴를 굴러 언덕 아래 모래사장에 떨어진 것이다. 다행히 버스가 냇가 모래바닥에 거꾸로 뒤집히지 않아 사망자는 없었다. 하지만 당시는 5월인지라 시골에서는 논농사 준비 관계로 부항면의 많은 농민이 그 버스 안에 타고 있었는데 탑승자 전원이 큰 부상을 당했다. 차가 구르면서 탑승자들이 버스 유리창에 충돌하여 얼굴과 옷에 피투성이로 뒤범벅이 되어 보기조차 힘들었다. 나도 버스 유리창에 충돌하면서 얼굴과 코에 상처가 나서 피투성이가 되었다.

특히 안타까웠던 것은 구성면 파출소에서 근무하던 젊은 청년이 과거 수류탄을 잘못 만져 폭발 사고를 당하여 두 팔이 잘린 상태였는데, 이 버스를 탔다가 크게 다쳤던 것이었다. 버스 탑승구 바닥에 쓰러져 고통에 시달리고 있었다. 아비규환이었다. 때마침 그곳을 지나던 시외버스들이 모두 정차해서 사고를 당한 부상자들을 김천 시내 병원으로 이송하여 여러 병원에서 치료를 받았다.

하루가 지나 김천병원에서 치료를 받던 중 사고 관련 보험회사 직원들이 나타나 부상자들과 배상 문제를 협의하기 시작했고, 사고 버스 운전기사는 도망가고 없었다. 소문에는 사고 당시 버스 운전사가 붙잡히면 보호자들에게 맞아 죽을 수가 있으니 어디론가 도망쳐 버렸다고 했다. 하지만 나는 어떻게든 빨리 서류를 경북대 학생과에 제출해야 했다. 고민 끝에 대구에 사는 지인(현 아내)에게 연락해서 서류제출 부탁했다. 그분이 김천으로 내려와 다음날 서류를 대학에 제출했다.

지금 생각해도 아찔한 순간이었다. 필요한 서류는 전달되었고,

5·16장학재단으로부터 1970년 1학기 장학금으로 3만 원을 받았다. 대학등록금은 2만 2,000원이었다. 2학기도 같은 금액을 받았다. 당시의 5·16장학재단은 장학금 지급액 기준을 사립대학교 등록금 전액 수준으로 지급했으므로 국립대학 학생들의 경우는 대학교에 등록금을 납부하고 상당한 금액이 남게 되었다. 3학년이 되던 1971학년도에는 1학기 3만 5,000원, 2학기는 5만 원 그리고 4학년인 1972년에는 매 학기 8만 원씩의 장학금을 받았다. 대학등록금을 납부하고 남는 금액은 시골 부모님에게 송금해 드렸다. 시골에서 농사일로 고생만 하시는 부모님을 기쁘게 해드리고 싶은 마음이었다. 도우시는 하나님께 감사했다.

장학금 전달식은 대구문화방송국에서 거행되었다. 원래 문화방송국과 5·16장학재단은 설립 단계에서부터 공익적 목표를 공유하고 있었다. 박정희 대통령께서 가난하고 우수한 학생들에게 장학금을 지급함으로써 그들을 고급인재로 육성하여 국가발전에 공헌하게 한다는 정신이 들어 있었다. 문화방송국과 5·16장학재단은 서울특별시 중구 정동에 그 건물이 있다. 초창기 문화방송국 직원들은 거의 5·16 장학생 출신들을 채용하여, 해당 지역 장학생들을 지도하게 하였다. 문화방송국 설립 규정에 주식의 100%가 5·16장학재단에 속하게 하였다. 문화방송국 수입의 100%가 5·16장학재단에 귀속되게 한 것이다. 현재는 30%라고 들었다.

대구·경북 지역의 5·16 장학생 지도는 대구문화방송국에서 맡아서 하고 있었다. 주로 학생들의 지역 문화 활동과 사회봉사 활동을 지도하였다. 우리는 방학 기간에는 고아원과 양로원 방문을 통해서 사회봉사 활동을 하였다. 내가 장학생으로 선발되어 지원을 받던 1970년에서 1972년 사이에는 손상락 '영남TV(현 대구문화방송국)' 아나운서가 장학생들을 지도하였다. 그 또한 5·16 장학생 출신으로 1967년도에 광운공과대학 전자공학과를 졸업하고, 대구에 내려와 '영남 TV'에 근무하며 대구·경북 지역 5·16장학생을 지도하였다. 당시 영남TV는 대구시 중구 동성로2가의 대구백화점 내에 스튜디오를 두고 TV방송 개국을 준비하였다. 1970년 7월 18일 영남지방에 TV 방송을 시작하면서 TV방송국이 출범하였다.

5·16 장학생들이 주축이 되어 발행하는 '청오(靑五)'라는 잡지가 매년 발간되었다. 그 잡지 표지 다음 장에 박정희 대통령께서 친히 쓰신 사자성어가 있다. '飮水思源(음수사원)'이란 네 글자다. 즉, 사람이 목이 말라 물을 마실 때는 물을 마시기 전 그 물이 어디에서 왔는지를 생각하고 감사함을 표시한 후에 물을 먹으란 뜻이라고 한다. 우리가 살아가면서 모든 일에 감사할 수 있으면, 그것이 나에게 어떤 넉넉함의 마음을 갖게 하고 도움이 된다. 내가 누리고 있는 것들이 있게 된 근본을 잊지 말라는 뜻이다.

뒷날 나는 학술대회 참석차 중국 서안 교통대학을 방문한 적이 있는데 그곳에서도 '飮水思源(음수사원)'이란 말을 본 적이 있다. 마침 내가 공부했던 일본 도호쿠대학 트라이볼로지 연구실의 후배가 교수로 와서 그곳에 재직하고 있었다. 그의 연구실이 있는 대학 정문에 조그마한 분수대가 있는데, 그곳에서 '飮水思源'이란 한자가 기록된 작은 팻말을 목격한 적이 있다. 중국인 교수들에게 물어보니 이 고사성어는 중국 사람들에게는 잘 알려진 것이라고 했다.

공대에서의 전공과목 공부

대학 2학년이 되어 본격적인 기계공학 전공과목을 공부하였다. 다음과 같이 수강 신청을 하였다. 강창수 교수님의 지도하에 1학기엔 교양 3학점, 전공 18학점 총 21학점, 2학기엔 교양 2학점, 전공 20학점으로 총 22학점을 신청했다.

강 교수님은 유체역학을 강의하셨고, 도학은 영남대 기계공학과 하재현 교수님이 강의하셨고, 금속재료는 경북대 금속공학과 조현기 교수님이 강의하셨다. 교수님 수가 적어서 강사님들이 강의를 많이 담당했으며 학생들의 데모 등으로 휴강이 너무나 많았다. 대부분 과제물을 제출하여 학점을 받았다. 특히 기계공작 실습은 실습 장비가 없어서 가까운 대구공업고 공작실습실을 이용했다. 그리고 대구 공항 내에 있는 공군 전투기를 견학하며 전투기 정비하는 매뉴얼을 학습하기도 했다. 당시 상황으로는 어쩔 수 없는 일이었다.

그때 우리는 강창수 교수님의 안내로 공장견학을 많이 했다. 1968년도에 공장설립에 착공한 포항제철을 견학했던 일은 아주 인상적이었다. 공장건설이 한창인 현장을 방문하면서 우리는 포항제철 대외협력 담당 직원들의 현장설명과 향후 계획에 대한 설명을 듣고 미래에 대한 희망을 보았다. 우리 청년들에게 좋은 취업의 기회가 올 것이라 생각을 하면서 기뻐했다. 졸업 후에 좋은 직장으로 진출할 수 있다는 것은 그 당시로서는 큰 용기와 힘을 주는 일이었다. 울산 한국비료 공장 방문도 인상적이었다. 직원들의 월급도 많았고, 전체 사원들이 기숙사와 함께 아주 좋은 근무환경에서 일할 수 있다는 데에 크게 고무되었다.

공과대학은 신설대학이라 자체 건물이 없었다. 강창수 교수님조차도 단독 연구실 없이 지내셔야 했다. 1970년도에 경북대학교의 북문 근처에 농과대학 '농화학관'을 건축하고 있었는데, 신축 중인 그 건물의 3층 일부를 기계공학과가 사용할 수 있도록 대학본부에서 배려해 주었다. 1972년 4학년이 되어서야 비로소 공과대학 1호관이 완공되어서 공대 건물에서 강의를 듣고 공대 도서관을 활용할 수 있었다.

그 무렵, 대구 공군부대에서 장교로 근무 중이던 부산대 기계공학과를 졸업한 서창민 장교가 시간강사로 4학년 과목 냉동공학을 강의했고, 신명여고 교사였던 장병주 선생님은 동력학을 강의했다. 돌이켜보면 기계공학과 1회 입학생으로서 신설대학의 서러움과 부실함을 경험했다. 건물도 없었고, 교수님도 부족했다. 그분들마저도 학문적 토대와 연구 경험이 없는 형편이어서, 대학 강의가 마치 고등학교 수업의 연장처럼 행해졌다.

경북대학교로서는 일본으로부터 해방되어 처음으로 일찍이 없었던 공과대학을 만든 것이다. 지방대학이라는 불리한 위상 속에서 이처럼 처음 공과대학을 신설한 것이었으니, 여건을 충분히 갖출 틈도 없었을 것이다. 게다가 산업화를 통한 조국 근대화를 뜨거운 열망으로 추동하던 시대였다. 내가 1회로 입학한 경북대학교 공과대학 기계공학과는 박정희 대통령의 산업화 정책에 따라 대학이 급속하게 신설된 면도 있었다. 형편이 그러했다. 대학 4년간의 수업은 체계적이고 탄탄한 커리큘럼으로 운영되지 못하고, 강사님들에 의한 땜질 강의가 대부분이었다.

2. 대학 생활의 즐거운 추억

축제와 미팅

대학 생활 중 즐거웠던 추억도 많다. 매년 5월이면 캠퍼스에서 여러 가지 축제가 열렸다. 단과대학 체육대회, 동아리별 행사, 경산 고산골 딸기밭에 가서 친구들과 즐기던 추억, 동촌 유원지와 청천 유원지 천막 식당에서의 피라미 조림 맛은 지금도 군침이 돈다.

4학년 때는 친구 일곱 명이 공주를 방문하고 계룡산을 넘어 동학사로 이어지는 7일간의 등산으로 대학 생활의 자유로움과 함께 다양한 사회 경험을 할 수가 있었다. 당시 김향중 동기가 충청도 보건소에서 근무하다가 늦은 나이에 경북대 기계공학과에 입학했기 때문에 가능한 여행이었다. 김향중 친구의 부친이 충청도 군수 출신이었다고 했다.

대학 2학년 시절 경북고등학교 출신들이 주선한 미팅에 참여하였다. 효성여자대학 음악학과 여대생들과 경북대 기계공학과 남자 대학생들 사이의 미팅이었는데, 나는 이런 미팅은 처음 경험해 보는 일이었다. 남학생들뿐인 기계공학과 학생들에게 미팅은 아주 흥미로웠다. 양쪽 대학의 과 대표가 미팅 티켓을 팔아서 참가자를 모집하면, 무작위로 파트너가 정해지고, 이에 따라 서로 자리를 같이하며 미팅이 이루어지는 것이다. 이 미팅은 경북대학교 학생회관 강당에서 처음 만나서 행사를 진행하고 헤어지는 프로그램이었다. 그 미팅을 계기로 이후에도 서로 간의 대화가 이어지는 커플이 생기기도 했다.

나의 파트너는 효성여대 피아노과 2학년 여학생이었다. 그날 미팅 행사 이후 한번 더 약속을 해서 대신동 동산병원 아래 산다방에서 만났다. 다방이라곤 처음 가보는 곳이라 매우 당황했다. 여학생의 대화 내용은 피아노 전공이라 그런지 향후 미래 가정에 대한 꿈을 얘기했다. 집은 2층 양옥집에, 거실에는 좋은 피아노를 놓고 즐거운 생활을 누리며 살고 싶다고 했다. 나의 생활과는 너무나 동떨어진 인생관을 가진 학생이었다. 다방에서 나는 우유를 주문했다. 그 여학생은 커피를 주문한 것 같다. 우유를 주문하면 소금도 조금 같이 나왔다. 나는 그것이 설탕인 줄 알고 우유 속에 한 스푼 넣고 마시려 했다. 그러니까 그 여학생이 "그건 소금입니다"라고 나에게 일러 주었다. 나는 고백했다. "다방은 처음 왔기 때문에 잘 몰랐습니다." 서로 헤어진 후로는 연락하지 않았다. 대학 생활 중 처음 만나본 여대생이었다. 우리 과의 처음 미팅 후 한 가지 재미있는 이야기가 생겼다. 정진수란 친구는 미팅 때 만날 장소를 달성공원 코끼리 앞에서 서로 만나자고 약속했는데, 만나기 전날에 그 코끼리가 죽어 버린 것이었다. 그리하여 두 사람의 만남이 이뤄지지 못했다고 했다.

수학 과외 지도와 나의 영어 공부

나는 경북대에 입학하면서 동산병원 뒤편 신명여고 가까운 영남신학교 아래에 작은 자취방을 얻어 자취생활을 시작했다. 가정교사를 하면서 대학 공부를 계속할 목적이었다. 마침 자취방 앞집에 온양에서 구리공장을 경영하는 사장님의 외동아들이 계성고등학교 1학년생이었는데, 수학을 가르쳐달라고 해서 수학을 지도했다. 그리고 바로 경북고등학교 2학년 남학생 2명과 효성여고 2학년 여학생 2명이 그룹과외로 지도해 달라고 하여 2년간 한 여학생의 가정에서 가르쳤다. 과외

교재는 〈수학의 정석〉으로 하였다. 그 여학생의 아버지는 대구문화방송국의 편성부장이라고 했다. 그 외 대구전파관리국장 아들을 지도해 준 것을 비롯하여, 대구 종로 재수생 개인교습 등 대학 4년 동안 그룹과 개인과외를 하며 생활했다.

이러한 바쁜 생활 가운데도 나의 미래 발전을 위해 영어 공부에 집중하였다. 시내 외국어학원에서 영어 회화와 어휘력 향상을 위한 공부를 했다. 특별히 기억에 남는 것은 삼덕동 일본식 가정에서 김성혁 교수님의 Time 지와 다이제스트 영문잡지 강독 강의를 들었던 일이다. 김 교수님은 경북대 영문학과 교수로서 의예과 학생들의 영어를 강의하셨고, 신실한 기독교 장로님으로서 교수님들과 대학생들로부터 존경받았다. 항상 일정한 시간에 삼덕동 자택에서 경북대까지 걸어서 출근하고 퇴근하셨다. 손에는 항상 Time 지나 다이제스트 잡지를 들고 다녔다.

3. 아내를 만난 사연

동생을 먼저 알고 지낸 아내

혼자서 자취하며 대학 생활을 해오던 중 대구 영남신학교에서 신학 공부를 하고 있던 장명석 형님과 자주 만나서 대학 생활을 얘기하며 탁구도 치면서 지내던 중 결혼 얘기를 나누게 되었다. 당시 나는 가난을 벗어나기 위해서는 아내도 직장이 있는 여성을 만나고 가정형편이 비슷한 여성이면 좋겠다고 생각했다. 그런데 아내와의 인연은 나보다 동생이 먼저 만들었다. 물론 나는 아내와 결혼 할 마음을 가지고 있었다. 사연은 다음과 같다.

그 당시 시골에서 아버님의 농사일을 돕던 동생이 대구로 내려와서 마땅한 일이 없이 지내고 있었다. 적절한 일을 해보려고 애쓰던 동생은 일을 시작하기 위한 돈이 필요했다. 그런데 그 돈을 현재 아내로부터 빌리게 되는 일이 있었다고 한다. 물론 그때는 나의 아내가 아니었다. 동생은 그 돈을 빌려 신천동에 조그마한 슈퍼마켓을 내어 생활하게 되었다. 그때 아내는 신명여고를 졸업하고 침산동에 있는 섬유회사에 다니면서 돈을 벌고 저녁으로는 인근의 초등학생을 지도하고 있었다.

아내는 인동장씨 가문에서 태어났다. 아내의 아버지(나의 장인)는 경상북도 인동에서 정미소를 운영하고 있었으며 경찰 공무원으로 생활하고 살았다. 그러나 아내의 어머니(나의 장모님)는 딸만 둘을 낳아서 시가로부터 버림을 당하고 대구로 내려와 비산동에 살면서 서문시장에서 장사하며 생활하는 형편이었다. 가정적으로 매우 힘든 상황이었다.

그리고 한동네에 처 이모님(장모님의 언니)이 살고 있었는데, 이분은 서문시장에서 고무신 장사를 하면서 큰돈을 벌었으나 자녀가 없었다. 어느 날 어떤 스님이 찾아와서 하는 말이, 절을 하나 지으면 자녀를 낳을 수 있다고 했단다. 이 말에 처 이모님은 대구 와룡산에 사찰을 지었다고 했다. 그 후로 장모님과 처 이모님은 불교 신자로서 절에 열심히 다녔고 아내도 자연스럽게 어머니와 이모를 따라 절에 다니고 있었다.

그 무렵 나의 결혼 문제로 고민하던 시골의 부모님은 지금의 아내를 나에게 배필로 권하셨다. 내 동생을 도와서 슈퍼마켓까지 차리게 했으니 그 은혜를 잊으면 안 된다면서 나를 설득했다. 이러한 고민 속에 영남신학교에 다니는 장명석 형님과 자연스럽게 상의를 하게 되었다. 형님은 아주 긍정적으로 나를 설득했다.

상당 기간 고민하던 중에 어느 날 꿈을 꾸었다. 고향 학동마을 입구 어전 동네로 들어가는 다리 밑에 조그마한 웅덩이가 있는데, 이곳은 내가 어린 시절 여름철 더울 때 자주 친구들과 미역을 감던 곳이다. 나의 아내가 그 자그마한 웅덩이에서 혼자 목욕을 하고 나오는데, 완전히 변화된 모습으로 하얀 흰옷으로 갈아입고 물속에서 나오는 것이었다. 하도 신기해서 눈을 떠보니 꿈이었다. 이 꿈을 꾸기 전에는 서로 만나면 팔공산 파계사에 가서 나를 위해서 기도했다고도 했었다. 이 꿈을 꾼 후 장명석 형님과 상의하여 결혼을 결심하고 내가 조건을 제시했다. 비산동교회에 등록하고 먼저 세례를 받으라고 권하였다. 그로부터 비산동 교회에 등록하고 6개월 후에 세례를 받고, 1972년 11월 8일에 양가 부모님을 모시고 약혼식을 올리고, 1973년 2월 24일 대신동 달성공원 옆 삼성예식장에서 비산동교회 장승현 목사님 주례로 결혼식을 올렸다.

결혼식에는 가목교회 장학문 전도사님께서 참석하셔서 축사를 해주셨다. 지금도 장 전도사님의 축사 말씀이 생생하다. 주례도 장 목사, 신부도 장 씨, 축사도 장 씨라면서 축사를 해 주셨다. 결혼식을 마치고 신혼여행을 경주로 갔다. 다음날이 경북대학교 졸업식이었기 때문이다. 경주 불국사 앞 조그만 여관에서 하룻밤을 보내고 다음 날 아침에 대구로 올라와 졸업식에 참석했다. 30명 입학했으나 19명이 졸업했다. 졸업식장에는 장모님과 처 이모님 등이 오셔서 축하해 주었다. 여

태껏 초등학교, 중학교, 고등학교까지 나의 졸업식에 졸업을 축하하러 온 가족은 아무도 없었다. 아버지와 어머니는 오직 농사일만 집중하셨기 때문이다.

대학원 진학과 생활고

결혼 후 생활은 비산동 교회 옆, 비산동 2구 100번지 장모님 집에서 생활했다. 대학원 진학을 하였다. 대학 졸업 후에도 강창수 교수님께서 경북대 대학원에 입학하여 앞으로 교수가 되어 동문 후배 양성에 노력하라는 권유가 있었기 때문이었다. 나는 결혼 후 생활비를 마련하기 위해서 경산 진량고등학교에 수학 강사로 일을 하게 되었다. 내 형편을 잘 아시는 강창수 교수님은 일주일에 대학원 강의가 있는 날에만 대학 연구실로 나오라고 하셨다. 경북대 대학원 기계공학과 1회 입학생으로는 나를 포함하여 부산대 부정숙 조교와 경북대 전자공학과 이영문 조교 등 3명이었다. 대학원 석사과정 수강 신청은 유체역학특론, 열역학 특론, 기계가공학특론 각 3학점으로 총 9학점이었다.

강의는 세미나 식으로 진행됐다. 일본에서 출판한 교재를 선택하여, 학생들이 서로 돌아가면서 준비한 내용을 발표하고 토론하는 형식이었다. 강창수 교수님도 그때까지는 대학원을 다닌 적이 없었다. 심도 있는 대학원 강의가 사실상 불가능하였다. 항상 하시는 말씀은 대학원은 스스로 연구하는 것이라고 강조하셨다. 후에 강창수 교수님은 부산대학교에서 공학박사 학위를 취득하셨다. 당시 대부분의 교수들이 박사학위가 없었으므로 부산대와 경북대가 서로 협의하여 서로 다른 대학교에서 박사학위 과정을 하도록 제도화했었다. 정부에서도 일시적으로 인증한 제도였다.

이러한 생활을 하던 중 12월이 되었다. 1973년 11월 30일 수출의 날에 박정희 대통령의 강력한 수출진흥정책으로 캐시미론 합섬 제조 회사인 마산의 한일합섬이 최초로 1억불 수출의 탑을 수상하였다. 이를 기념하기 위해서 한일합섬회사에서 신입사원 모집 광고를 모든 일간 신문에 게재했다. 신입사원 초봉이 6만 7,000원이었다. 당시 삼성, 현대, 럭키그룹의 신입사원 초임이 5만 원 정도였다. 파격적 신입사원 대우였다.

나는 진량고 수학 강사 자리를 그만두고 마산 한일합섬 신입사원 모집에 서류를 제출하고 합격하였다. 전국에서 120여 명이 신입사원에 채용되어 경남 마산시 두구동 한일합섬 신입사원 기숙사에서 생활하면서 3개월간의 신입사원 교육을 받았다. 한일합섬의 모든 부서를 일주일간씩 돌아가면서 순차적으로 회사의 업무를 파악하는 교육이었다. 교육 중 대구에 있는 아내에게 전화하려고 하면, 결재 라인을 모두 거쳐서 전무까지의 결재를 받은 후, 마산 시내 전화국으로 가서 시외전화 통화 신청을 해야만 전화 통화가 가능한 시기였다. 대학 생활과 진량고 수학 강사 시절은 아주 자유로웠는데, 한일합섬의 회사생활은 개인 자유가 없는 감옥 같은 생활이었다. 3개월의 연수 후 첫 발령 근무지는 방직 1부였다. 첫 월급도 4만여 원으로 신문광고와는 전연 달랐다. 첫 근무지 발령을 받고 한일합섬에서 평생을 보낼 것을 생각하니 가슴이 답답하고 앞날이 캄캄했다.

제4장
방위산업체 기술자 교육과 서울살이

1. 한국정밀기기센터 교수 임용

서울의 새 직장

마산 한일합섬에서 방직 1부 발령을 받고 근무하던 중 어느 날 신문을 보다가 눈에 띄는 광고를 접했다. 서울 영등포구 구로동 수출산업공업단지 안에 있는 상공부 산하의 기관인 한국정밀기기센터 기술훈련소 교수모집 광고였다. 대학 시절 병역연기를 하며 군대 문제로 고민해 오던 터라 모집 요강을 꼼꼼히 읽어 보았다. 한국정밀기기센터 기술훈련소는 '군수 조달에 관한 특별법'에 근거해 설립된 2년제 전문대학 과정으로 방위산업체 기술 요원을 교육하는 기관으로, 여기에 교수로 선발되면 이 기관에 5년간 복무하는 특례보충역으로 편입 가능하여 병역문제가 해결될 수 있었다.

나는 하나님이 나에게 주신 기회라 생각하고 원서를 제출하기로 하였다. 즉시, 마산에서 대구로 올라와 구비서류를 갖추었다. 서울로 가는 기차를 타기 위해서 비산동 처가에서 나와 대구역을 향하는 시내버스를 탔다. 속칭 대신동 자갈마당이라는 곳에서 버스를 타고 대구역으로 가는 도중 대구시민회관 근처에서 건장한 청년 3명이 주위에 앉았다. 그중 내 뒤에 앉은 사람이 크게 기침을 하니 옆자리에 앉은 사람이 "아이구, 미안합니다" 하면서 내 어깨의 침을 닦는 척하기에 나도 모르게 뒤돌아보는 순간 옆자리 앉은 사람이 내 지갑을 털어 갔다.

직감적으로 소매치기를 당했다는 생각은 했지만 어떻게 대응해야 할지 몰라서 당황하다가 다음 버스 정거장에서 내렸다. 그 소매치기 일당들도 버스에서 내려서 유유히 사라졌다. 나는 멍하니 쳐다보고 있다가 비산동 처가로 되돌아왔다. 서울행 포기하고 싶었다. 그러나 장모님과 아내가 나를 설득해 다시 서울로 올라가도록 했다. 나는 한국정밀기기센터 기술훈련소에 입사원서를 제출하고 시험을 준비했다.

1974년 2월에 시험을 치고 최종 합격하여 동년 3월 1일부터 근무발령을 받았다. 대학원 석사과정 재학증명서가 크게 작용했던 것 같다. 당시 대학원 재학은 내가 유일했기 때문이다. 발령 내용은 한국정밀기기센터 기술훈련소 야간부 정밀측정과 조교수다. 야간부 소속 교수는 오후 3시 출근 저녁 10시 퇴근이었다. 당시 기술훈련소는 정규 2년제 전문대학 과정으로 정밀가공과, 정밀측정과, 전자과, 공업계기과로 운영되었다. 학생 입학정원은 주야간 각각 30명이었다.

그 무렵 내가 근무한 한국정밀기기센터 기술훈련소는 정부의 군수업체 기술자 특별기술교육과정으로 6주간 교육과정의 치공구설계과정, 정밀측정과정, 계량사양성과정 등 현장에 필요한 기술요원 교육을 박정희 대통령 지시에 따라 수시로 개설하였다. 당시 한국정밀기기센터 이사장 이춘화 장군은 통신감 출신으로 청와대의 지시를 잘 이행했다. 심지어 매년 12월이 되면 정부의 수출목표 달성을 위해 기술훈련소 교수들이 현장에 투입되어 각 회사의 생산 제품의 수출검사를 직접하기도 했다.

내가 담당한 과목은 공업수학과 정밀측정학이었다. 공업수학은 문제가 없으나 정밀측정학은 생소한 분야로서 실습을 요하는 내용이 들어 있었다. 당시 이 기술훈련소 졸업생이었던 태성길 조교가 나에게 잘 협력해 주었다. 정밀측정학 교재는 일본 교재를 번역하여 만든 강의용 교재였다. 측정실습교재는 정밀측정기능사 1급을 목표로 하는 길이측정, 각도측정, 형상측정, 표면 거칠기 측정 등의 기술을 익히도록 해야 했다. 그러기 위해서는 미국 군사 무기 설계와 제작에 적용되는 규격을 이해하고, 그에 적절한 측정 방법을 통해서 최종 측정값이 도면상의 공차 범위를 벗어나면 안 되는 수준이 되어야 했다.

정밀측정기능사의 역할과 기술 역량은 각종 무기 성능에 지대한 영향을 미치게 된다. 그렇기 때문에 정밀가공기능사와 정밀측정기능사는 방위산업체에 취업하면 특례보충역으로 편입시켜서 5년간 근무하면 병역을 마친 것으로 인정받게 했다. 이러한 병역 혜택 때문에 젊은 이들이 정밀가공기능사와 정밀측정기능사 자격증을 취득하려고 기능 교육 과정에 몰려왔다.

고단한 생활전선

대구 생활을 접고, 서울에서의 생활을 위해 서대문구 금화아파트 근처에서 살고 있는 이모님께 살림방을 찾아봐 달라고 부탁했다. 마침 금화아파트 아래 서대문구 충정로3가에 2층 다락방이 있는 작은방을 10만 원 전세로 얻었다. 전셋돈 10만 원이 없어서 대구 남산동에 살고 있던 처 이모님한테 부탁해서 곗돈 5만 원을 먼저 타게 해서 얻었다. 그리고 손위 동서한테 5만 원을 빌렸다. 이렇게 해서 전세금을 만들었다. 대학 공부하면서 결혼했으니 경제적 비축이나 여유가 전혀 없었다. 서울에서의 직장생활을 위해 3월이 시작되기 전 2월 말에는 올라와야 했다. 짐을 간단히 챙겨서, 당시 미국에서 수입한 중고 고속버스인 그레이하운드 고속버스를 타고 서울로 올라갔다.

장모님과 태어난 지 얼마 안 된 큰딸 주혜, 그리고 우리 부부 4명이 그레이하운드 고속버스를 타고 서울역 앞 고속버스 터미널에 도착했다. 경부고속도로가 처음으로 개통된 것은 1970년 7월 7일이었다. 장모님은 서울에 고속버스를 타고 오는 것을 큰 즐거움으로 생각하셨다. 나는 경제적 어려움을 타결해야 했다. 내가 야간부 소속이라, 오후 3시까지 출근하면 되었다. 나는 고단하지만 주간 시간에 다른 경제 활동을 해야만 했다. 서대문구 충정로 집에서 가까운 광화문의 대학입시학원에 수학 강사로 출강하여 〈수학의 정석〉을 강의하며 돈을 벌어야 했다. 동서에게 빌린 돈도 갚아야 하고, 새로운 살림집도 마련해야 하기 때문이었다.

한국정밀기기센터 출근은 시내버스를 이용해야 했다. 서대문구 충정로에서 구로동 수출공단 입구를 통과하는 시내버스로는 103번과 107번이 있었다. 107번 버스는 시흥이 종점이었고, 103번 버스는 종점이 안양이었다. 이 버스들은 충정로에서 타면 모두 신촌을 지나 제2한강교, 영등포 시장, 신길동, 대림동을 지나서 구로공단 입구에서 하차하게 된다. 충정로에서 구로공단 입구까지 한 시간 이상 걸렸다. 버스를 타면 오후 시간인 지라 버스 안에서 낮잠을 자고 깨어날 경우가 많았다. 구로공단 근로자들은 거의 모두가 회사마다 출퇴근용 버스나 시내버스를 이용하였다. 지하철이 없던 시대였으니 항상 버스는 만원이었고 혼잡하기 이루 말할 수 없었다.

버스 안내양은 한 사람이라도 더 태우기 위해서 승객들을 짐짝처럼 버스 안으로 밀어 넣었고 운전기사는 버스를 좌우로 한번 흔들어 승객들을 안으로 밀어 넣는 기술을 발휘했다. 서울에서의 출석교회는 가까운 김원우 목사님이 담임으로 시무하는 서현교회로 정했다. 이모님과 같이 여의도 순복음교회를 가보기도 했다.

서울 생활 첫해 내가 겪은 가장 충격적인 일은 1974년 8월 15일, 육영수 여사 서거였다. 나는 집에서 아내와 같이 서울 국립극장에서 거행되는 광복절 기념행사를 금성사 15인치 흑백 텔레비전을 통해 시청하고 있었다. 이 금성사 흑백 텔레비전은 결혼식 때 마련한 것이었다. 공산당의 사주를 받은 공작원 문세광이 박정희 대통령을 향해서 권총을 쏘는 장면과 경호원이 문세광을 향해서 권총을 쏘는 장면이 비치다가 화면이 꺼져버렸다. 그 순간 육 여사께서 문세광의 총에 맞아 서거하신 것이었다. 5·16 장학금으로 공부한 나로서는 큰 슬픔이었다. 당시 많은 국민이 박정희 대통령은 싫어해도 육 여사는 존경하였다.

육 여사께서 가난한 이 나라의 차세대를 위하여 고민하면서 뜻있는 사업을 펼치셨다. 가난한 젊은이들이 기술교육을 받아 좋은 회사에 취업할 수 있도록 설립한 '정수직업훈련원'이 그러하고, 어린이 교육을 위해 설립한 '어린이재단' 등이 대표적이다. 육 여사께서는 사회 취약계층을 위한 곳을 친히 방문하여 삶의 용기와 희망을 주었다.

어려운 중에도 힘을 얻게 하는 일들도 있었다. 서울로 이사하던 해 가을에 맏동서의 장남 S군이 경북고를 졸업하고 의과대학 입학시험에 불합격하여 서울에서 재수하기로 하였다. 마침 내가 서울에 있게 되어서 나에게 대학입시를 도와 달라는 부탁과 함께 100만 원을 보내왔다. 나는 그 돈으로 전셋집을 서대문구 서현교회에서 가까운 좀 넓은 집으로 이사를 했다. 작은방에서 시간이 나는 대로 〈수학의 정석〉을 S군에게 가르치며 지도했다. 이듬해 S군은 의과대학에 합격하지 못하고 중앙대 경제학과에 입학하였다. 나는 부모님처럼 계속 S군과 함께 서울 생활을 하게 되었다.

1976년 2월 17일에 귀여운 둘째 딸이 태어났다. 이름은 서현교회 담임목사였던 김원우 목사님께서 지어 주셨다. 김성혜이다. 장모님은 아내의 출산을 돕기 위해 서울에 오셔서 함께 계셨다. 아들을 기대했는데 딸을 출산하게 되어 실망감이 대단했다. 장모님의 실망감을 잘 이해한다. 장모님도 딸만 둘을 낳아서 시집에서 홀대받았고, 처형도 딸만 둘을 낳았으니 장모님 가슴속에 한이 맺혔기 때문이었으리라. 성혜를 낳고 모든 일이 잘 풀렸다.

한국정밀기기센터 기술훈련소 직장생활은 참 즐거웠다. 시간이 지남에 따라 동료도 생겼다. 수업이 없을 때는 회사 출퇴근 버스를 타고 오다가 대방동 해군본부와 공군본부를 지나 노량진에서 내려 함께 저녁 식사를 하며 이야기를 나누었다. 사람 사는 얘기를 듣는 것이 그렇게 큰 즐거움인지를 몰랐다. 2차로 회관에도 갔다. 당시 식사와 2차에 들어가는 돈은 기술훈련소 과장님이 담당했다. 세월은 빠르게 흘러 서울 생활 6개월이 지나서 1974년 9월 12일 자로 나는 특례보충역으로 편입되어 5년간의 근무가 시작되었다. 이로써 나의 병역문제도 반듯하게 해결되었다.

특례보충역 기초 군사훈련

그로부터 5년이 지난 1979년 9월 11일 자로 군 복무 완료로 병역의 의무를 마치게 되었다. 5년 근무 기간 중 3주간의 기초 군사훈련을 받아야 하는데, 나는 1976년 5월 24일부터 1976년 6월 12일까지 대구

50사단(현, 대구지검 대구지청 터)에서 기초훈련을 마쳤다. 당시의 기초 훈련은 특례보충역 해당자들을 대상으로 했는데, 우리 외에도 군의관 들과 함께 대구 50사단 8중대에서 기초 군사훈련을 받았다. 서울에서 대구로 내려와 대구 50사단에 입소할 때는 머리를 짧게 깎고 월요일 아침에 훈련소에 입소했다. 훈련소에 들어가는 순간부터 훈련소 분위 기가 살벌했다. 기압부터 시작했다.

점심시간이 되어 점심을 먹으려 하니, 이상하고 역겨운 군대 냄새 가 많이 나서 먹을 수가 없었다. 그러나 이런 식욕 저하는 잠시 잠깐일 뿐이었다. 오후에도 훈련이 이어졌다. 훈련소 목욕탕으로 끌고 갔는 데, 목욕탕 내에서 시끄럽게 소란을 피운다는 이유로 머리를 처박고, 양손은 허리로 돌려서 엉덩이는 하늘로 향하라고 훈련소 조교가 명령 했다. 한참 있다가는 노래를 부르란다. '울려고 내가 왔던가…' 하는 유행가다. 훈련병 몇 명이 웃음을 참지 못하고 소리를 내니까 더 힘든 기압이 이어졌다. 저녁 식사 시간이 되었다. 라면이 나왔다. 라면 맛이 꿀맛이었다. 그다음 식사부터는 훈련소 식사를 잘 먹을 수가 있었다.

기초훈련 강의는 50분 강의에 10분간 휴식으로 진행되었다. 50분 강의는 기압을 받는 게 대부분이었다. 사격훈련 시간에는 출발부터 오 리걸음으로 이동하게 했다. 이렇게 훈련병들의 정신상태를 바로 잡고 사격장에 올라갔다. 이렇게 바짝 긴장을 시키는 것은 해이한 상태에 서 일어날 수 있는, 만일의 사고를 방지하기 위한 것으로 이해했다. 내 가 훈련받을 당시는 50사단 내에서 누에고치로 소득사업을 하고 있었 는데, 훈련 중 부주의로 처벌받는 시간에 뽕을 따오는 사역에 동원되 기도 했다. 나는 어린 시절 누에를 먹이는 일을 하면서 뽕을 많이 따온 경험이 있어서 빠르게 뽕을 따서 돌아오곤 했는데, 그때마다 조교가 칭찬보다 기압을 주었다. 동료를 살피지 않고 혼자만 잘하려는 것을 기압 주는 이유로 들었다. 훈련소에서는 일등보다는 중간 정도가 제일 유리하다는 생각도 한 적이 있다.

3주간의 훈련이 끝나고 1976년 6월 12일 토요일 아침 식사를 마치고 바로 병무청으로 가서 훈련 수료 신고를 하라는 명령을 받고 훈련소 정문을 향해 군가를 크게 부르며 내려오는데, 다른 부대 조교가 우리를 멈추어 세우더니 기분 나쁘게 한다며 머리를 처박으라며 기압을 주었다.

대구 50사단 훈련소 정문을 통과하는 순간 해방된 기분이었다. 바로 경북지방병무청으로 가서 기초훈련을 신고하고 병역 수첩을 받았다. 당시 발급받은 내 병역 수첩의 기재 내용은 이러하다. 육군, 이병, 군번은 92839378, 병과(특기)는 100이다. 군인 계급으로는 최하위였다.

석사학위 취득과 믿음의 실천

바로 이어서 1976년 6월에 경북대 대학원 기계공학과 공학석사 학위 청구논문을 발표하였다. 심사 결과 '합격' 판정을 받아 8월 말 학위 수여식에서 공학석사 학위를 취득했다. 석사학위 논문 제목은 '평면측정자에 의한 치수 측정에 있어서 표면 거칠기와 측정정도'이다. 3년 6개월 만에 공학석사 학위를 취득한 것이다. 석사학위 논문 제목은 한국정밀기기센터에서 강의하는 정밀측정학 관련 내용으로 정밀측정실에서 마이크로미터로 길이를 측정할 경우, 표면 거칠기가 측정값의 정밀도에 얼마나 큰 영향을 미치는지를 통계학적으로 처리한 연구였다.

석사학위 논문은 일본기계학회 논문집에 발표된 논문을 참고하여 준비하였다.

석사학위논문 심사과정에서 강창수 지도교수님께서는 나에게 한국정밀기기센터에서 5년간의 대체 군 복무가 끝나는 대로 바로 경북대 기계공학과로 오라고 말씀하셨다. 공학석사 학위를 받고 나니까, 서울 고척동에 있는 동양공업전문대학에서 전임강사로 문교부에 등록할 수 있도록 해달라고 요청이 왔다. 그동안 동양공업전문대에서 정밀측정학 강의를 했기 때문에 학교 측은 그런 요청을 한 것이다. 나는 동양공업전문대학 외에도, 경기공업전문학교에서도 정밀측정학과 공차론을 강의했다.

경기공업전문학교(현 서울과학기술대학교)에서도 조교수로 오라는 요청을 받았다. 당시 신설 대학교인 명지대학교에서도 교수로 청빙을 받기도 했다. 당시 신설대학은 많은데 학위소지자가 국내에는 거의 없는 실정이었다. 공학석사를 마치기 전에도 경북대 기계공학과에서도 나를 배려해주었다. 기계공학과에 정밀측정학 강의를 개설하여 강창수 교수님과 석사학위 논문을 준비하도록 배려해 주셨다.

한국정밀기기센터 근무할 때 일이다. 어느 휴일에 집에서 '기독공보'를 읽고 있었는데, 갑자기 기사 하나가 내 눈을 강타했다. 서울 관악구 신림동의 개척교회인 세린교회가 빚으로 인해 어려움을 당하고 있다는 호소문이었다. 기사 작성자는 주성훈 전도사였다. 개인 사업을 하다가 사업에 실패하고, 목회자가 되겠다고 개척을 했다는 것이다. 우리나라 1970년대는 박정희 대통령의 산업화 정책으로 급성장한 시대였다. 순복음교회 조용기 목사는 3박자 축복론을 설교하며 물질적 축복을 강조한 시대였다. 어느 부흥사는 주식에 투자해서 엄청난 돈을 벌었다고 설교하던 시대였다. 모든 성도의 기도 제목이 물질적 축복이었다. 나는 아내와 상의해서 한국정밀기기센터에서 가까운 관악구 신림동으로 이사하기로 했다.

걸어서 직장까지 갈 수 있는 거리이고 세린교회에서도 가까운 관악구 신림동 산 237번지로 전세로 이사했다. 마침 집주인은 연세대학교 신학대학을 졸업한 감리교 목사로서, 성명은 옹 상곤이었고, 부인은 초등학교 교사였다. 그는 특이하게도 교회를 맡아 목회를 하면서 부동산 소개업도 겸했다. 전기세, 물세를 매월 청구하는데, 참으로 지독한 목사란 인상을 받았다. 철저하게 계산해서 돈을 요구했다. 이사를 하고 우리는 장로교 통합 측 교단인 세린교회에 등록했다. 세린교회는 1972년 11월에 창립된 교회로, 주성훈 전도사가 개척한 교회였다. 우리가 등록한 때는 교회가 개척된 지 3년이 지난 후였다. 교인은 30여 명이었다. 개척교회인지라 장로는 없었고, 집사님 몇 분과 나이 많은 권사님이 두 분인 것으로 기억된다.

교회에 등록하고 나니, 나를 교회 회계 담당 집사로 임명했다. 감사함으로 수락했다. 협력전도사로 마산에서 올라온 배종남 여전도사님과 주성훈 전도사의 남동생인 주칠훈 집사가 있었다. 그해 5월에 부흥회를 개최했다. 강사는 전북 익산교회 전수진 목사님이었다. 십일조 헌금을 강조하셨다. 부흥회에 참석하면서 아내가 은혜를 받은 것 같다. 부흥회가 끝나고 아내가 제안했다. 우리도 이제 십일조를 하나님께 드립시다. 우리 부부는 처음으로 소득의 십일조를 바쳤다. 마음이

편했다. 넉넉하지 못한 월급으로 생활해야 했기에 내가 먼저 십일조 헌금을 바치자고 할 수가 없었기 때문이었다.

2. 새집 마련과 아들 출산

가장으로서의 무거운 어깨

1977년 새해가 되었다. 주위 사람들과 직원들의 대화를 들어보니, 1977년 7월부터 정부가 부가가치세를 실시한다고 했다. 부가가치세가 도입되면 물가가 급격하게 오르게 된다는 것이었다. 나는 급히 집을 사기 위해서 근처 부동산소개소를 둘러보았다. 강남아파트 뒤편에 건축된 지 1년 된 건평 40평짜리 주택을 구입하기로 했다. 방 3개, 지하실에 방이 2개였다. 큰방과 작은방 2개는 우리가 사용하고, 나머지는 전세를 놓기로 하였다. 매매가격을 700만 원으로 결정했다. 국민은행으로부터 300만 원을 대출받고, 동서에게서 200만 원을 빌린 후 그동안 모은 돈으로 매매금액을 지불했다.

생애 처음으로 산 내 집의 주소는 서울특별시 관악구 신림동 1083번지였다. 결혼한 지 4년 5개월 만에 서울에 내 집을 구했다. 내 이름으로 등기를 한 것이다. 아내는 새집 산 것을 매우 기뻐하며, 철대문을 설치하고 울타리에 페인트칠하는 일을 혼자서 감당했다. 나는 빌린 돈을 갚아야 하기에 더 많이 노력해야만 했다. 동양공업전문대학 출강과 경기공업전문대학에 출강하면서 어떤 날은 하루에 18시간의 강의를 한 적도 있었다. 피곤한 몸을 회복시키기 위해 그 당시 구로공단 입구 보신탕집에서 보신탕을 먹은 적이 있었다. 피로회복에 효과적인 음식이란 생각을 했다. 나는 그 무렵에 각종 기술 자격증도 부지런히 취득했다. 국가기술자격법에 따른 다양한 기사자격증을 취득했다. 열관리기사 1급, 건설기계기사1급, 정밀기계기사1급, 계량기사 2급(길이계, 부피계, 질량계) 등을 취득하여 자격증이 필요한 분야에 아르바이트 형식으로 일했다. 정말 열심히 살았다.

이렇게 하니까 월평균 수입이 일반 회사원의 3배 정도 되었다. 서울이라는 곳은 내가 기술만 있으면 다양한 분야에서 일할 수 있는 곳이라는 것을 느꼈다. 열관리기사 1급 자격증으로는 수원에 있는 도자기 공장에서 한 달에 한 번씩 근무하는 조건으로 일했다. 새집을 마련한 지 1년이 지난 1978년 3월 24일 첫아들을 낳았다. 아내가 출산 통증이 있어 바로 가까운 대림동 누가병원으로 가서 입원하자마자 아들을 출산하고는 그 병원에서 잠시 안정을 취한 뒤 당일 오후에 퇴원해 버렸다. 아들을 낳았으니 병원에서 하루 정도는 안정을 취하고 퇴원해도 되는데 말이다. 퇴근해 보니 장모님께서는 갓난아이를 안고 집에 계시고 아내도 집에 누워 있었다. 세린교회 배종남 전도사님께서 오셔서 축복 기도를 해주셨다. 시골의 부모님께서도 너무나 기뻐하셨다. 내 생애 참으로 기쁜 순간이었다.

큰딸 주혜도 가까운 강남아파트 내 꽃동네 유치원에 다녔다. 세린교회에서 부흥회를 개최할 때 강사 목사님을 우리 집에 한두 번 모시기도 했다. 1970년대는 부흥강사를 호텔에 모시는 것이 아니고 교인의 가정에 모시는 것이 관례였다. 장로가 없는 교회에서 우리 집에 모시는 것이 옳다고 판단했다. 신림동으로 이사를 와서 개인적으로 하나님으로부터 많은 축복을 받았기 때문에 감사한 마음으로 부흥 강사님을 우리 집에 모셨다. 아내도 열심히 세린교회 권찰로 교회 일에 협조를 아끼지 않았다.

바른 믿음을 향한 도전

1979년이 되었다. 그동안 세린교회에서는 부흥회가 너무 자주 개최되어 대부분의 교인들의 부흥회에 대한 피로감이 축적되어 있어서 주성훈 전도사가 올해에는 10월경에 부흥회를 한 번만 열겠다고 발표했다. 모두가 그렇게 믿고 환영했다. 그런데 5월이 되자 주 전도사가 갑자기 다음 달에 우리 교회에서 부흥회를 개최하기로 했다고 발표했다. 주일예배가 끝나고 집에 돌아가 쉬고 있으니 여기저기에서 나에게 전화가 빗발처럼 왔다. 강사 목사는 합동 측 김두한 목사라고 하는데, 김 목사는 지난달 서울 목동 어느 개척교회에 가서 집회하고서, 헌금 약속을 5억이나 만들어 주었다는 소문이었다.

헌금 약속 전문 강사라는 선입감이 들었다. 이러한 교회의 어수선한 분위기 가운데 5월 20일 주일 저녁 예배에 차범근 축구선수가 공군 복무를 마치고 독일의 프로축구단에 합류하기에 앞서 세린교회에 신앙 간증하러 방문하였다. 그동안의 여러 가지로 힘들었던 순간들을 믿음으로 잘 마치고 하나님의 은혜로 더 좋은 프로축구단에 입단하게 되었다면서 가장 좋아하는 성경 구절을 소개했다.

"내게 능력 주시는 자 안에서 내가 모든 것을 할 수 있느니라."(빌 4장 13절)

이 구절은 사도 바울이 로마 감옥에 수감되어 고통 중에 있으면서도 빌립보 교인들의 협력과 기도에 대한 감사를 전하며 보낸 구절이다. 사도 바울은 빌립보 교인들에게 더욱 신앙생활을 돈독히 하라고 하는 격려의 편지 내용 가운데 이 한 구절을 강조하여 전했다. 나는 빌립보서를 참 좋아한다. 힘든 삶 가운데서도 위로와 용기를 주는 말씀이기 때문이다.

드디어 김두한 목사의 부흥회가 시작되었다. 월요일부터 금요일까지 새벽, 낮, 저녁 시간으로 하루 세 번의 부흥 설교를 듣는 집회였다. 강사의 숙소는 여 집사님 가정이었다. 남편은 중동지방 건설회사에 근무하는 분의 아내로서 신실한 신앙생활과 기도 생활을 하는 여자 집사님이었다. 첫날 월요일 저녁 집회에 참석했다. 집회가 끝나고 광고 시간 순서에서 부흥강사가 말을 어어 갔다. "내일 새벽 집회 마치면 세린교회 두 권사님은 저의 숙소로 오세요. 특별 안수기도를 해주겠습니다"라고 광고했다. 왜 특별 안수기도를 교회에서 하지 않고 개인 숙소로 오라고 하는지 의심을 할 수밖에 없었다. 아마도 특별한 이유가 있을 것으로 상상했다.

화요일 새벽 집회를 마친 후, 나는 두 권사님에게 전화를 했다. 부흥회 강사 목사가 자기 숙소로 오라고 한 이유가 궁금했다. 권사님의 대답은 내가 상상한 그대로였다. 숙소에 들어가니까 헌금 봉투를 내밀면서 헌금금액을 작정해서 봉투에 기록해 내라고 했다고 했다. 그로부터 나는 부흥 집회에 참석하지 않았다. 다음 순서는 나에게 돌아올 것이 불을 보듯 뻔했기 때문이었다. 집회 시간에 나를 호명했는데, 참석하지 않으니까 나를 공격하기 시작했다. 교회 일을 담당하는 앞장서야 할 집사가 부흥회에 불참하는 것이 말이 안 된다면서 상당한 시간을 할애해서 그 점을 지적하고 강조했다고 집회 참석자들이 나에게 전했다. 심지어 김석삼 집사는 7년 안에 죽을 거라고까지 강단에서 얘기했다고 전했다.

아내는 집회 기간 중 한 번도 빠지지 않고 참석했다. 참석은 했으나 마음은 참으로 불편하고 마음 한 곳에서는 말할 수 없는 울분으로 가득했을 것이다. 성경 어느 곳에도 강압적으로 헌금을 작정하라고 강제하는 곳은 찾아볼 수가 없다. 오히려 예수님의 말씀 중에는 맹세하지 말라고 마태복음 5장 34과 35절에 기록되어 있다.

"나는 너희에게 이르노니 도무지 맹세하지 말지니 하늘로도 하지 말라 이는 하나님의 보좌임이요 땅으로도 하지 말라 이는 하나님의 발등상이요 예루살렘으로도 하지 말라 이는 큰 임금의 성임이요."

야고보서 5장 2절의 말씀에도 "내 형제들아, 무엇보다도 맹세하지 말지니 하늘로나 땅으로나 아무 다른 것으로도 맹세하지 말고 오직 너희가 그렇다고 생각하는 것은 그렇다 하고 아니라고 생각하는 것은 아니라 하여 정죄 받음을 면하라"라고 기록되어 있다.

부흥 집회는 끝났다. 성도들의 마음이 오히려 혼란스럽기만 하다. 특히 아내가 큰 상처를 받았다. 집회 동안 상처받은 다른 집사님들과 함께 한얼산기도원으로 향했다. 태어난 지 일 년 남짓의 어린 아들을 업고, 먹을 식량을 가지고 한 주 간의 예정으로 기도원에 들어갔다. 당시 한얼산기도원은 유명한 이천석 목사가 운영하는 곳으로, 전국에서 많은 신도들이 와서 은혜를 체험하는 곳이었다. 아내는 한얼산기도원에서 하나님께 목이 터질 정도로 부르짖었었던 것 같다. 한얼산기도원에서 내려온 아내는 목이 잠기어 목소리가 제대로 들리지 않았다. 그 기도원에서 성령의 임재 체험과 함께 방언의 은사를 받았다고 했다.

사망의 음침한 골짜기를 지나 빛나는 아침을 맞이하는 전화위복의 체험으로 아내는 더욱 신실한 믿음의 경지로 들어갔다.

반면에 나는 그동안 이웃 교회의 다른 목회자들을 방문하여 집회 기간 중 있었던 여러 가지를 얘기하며 상담을 받았다. 상담에 응한 대부분 목사님은 '조용히 세린교회를 떠나라'고 나에게 권면했다. 목회자의 잘잘못은 하나님께서 감당할 것이라는 조언을 했다. 나는 세린교회를 떠날 결심을 하고 다른 교회에 출석했다. 아내는 계속 세린교회에 출석하며 권찰의 역할을 잘 감당했다. 나는 세린교회 문제를 통해서 새로운 다짐을 했다. 장립 집사와 장로와 같은 항존직을 맡지 않는 것이 나의 신앙생활에 유익하겠다고 판단했다. 교역자와 조금 거리를 두고 생활하는 것이 너무 가까이 생활하는 것 보다 서로의 관계에서 좋을 것으로 생각했다. 아름다운 산은 멀리서 바라보아야지 그 산속으로 들어가면 온갖 더러운 오물들이 보인다고 하지 않았던가.

새로운 진로를 찾아서

다시 나의 진로 문제를 생각해야 하게 되었다. 1979년 9월부터 병역문제가 해결되면 자유의 몸으로 다른 직장으로 옮길 수 있다. 자연히 여러 가지 생각을 하게 되었다. 서울에 있는 대학이나 수입이 많은 회사로 이동할까? 아니면 대구로 내려가 경북대 교수로서의 생활할까? 어떤 동양공업전문대 교수는 교수직을 버리고 현대양행 과장으로 갔다고 했다. 현대양행 월급이 3배나 많아서 그 회사로 갔다는 이유였다.

선택의 갈림길에서 아내와 상의한 결과 경북대 교수의 길을 선택했다. 고등학교 1학년 때 조욱연 담임선생님에게 나도 모르게 고백했던 신학교에 진학하여 목사가 되겠다는 생각을 떠올리면서 교수의 자리에서 교회 일을 협력하는 것이 하나님과의 약속을 지킬 수 있다고 판단했다. 그리하여 한국정밀기기센터 5년 근무로 병역문제가 마치게 되는 9월 12일이 지나면, 회사를 그만두고 경북대 교수로 가겠다고 한국정밀기기센터 측에 정식으로 보고했다.

당시에는 박정희 대통령의 지역 특성화 정책에 따라 경남 창원지역이 기계공업 특성화 지역으로 결정된 터였다. 한국정밀기기센터는 1976년 12월에 경남 창원에 설립된 기계금속시험연구소와 1979년에 통합되었다. 한국정밀기기센터 이사장이었던 이춘화 이사장이 기계금속시험연구소 이사장이 되었다. 이 연구소에 자동화기기센터를 설립할 예정이니 독일로 파견하여 2년간의 연수 과정의 기회를 주겠다고 나에게 제안했다. 나는 그 제안을 거절했다. 그동안 한국정밀기기센터에서는 나의 업무능력을 인정하여 경북대 출신을 불러와 같이 근무하라고 권유하여 다섯 명의 경북대 출신들이 함께 근무하기도 했다. 5년 6개월간의 서울 생활을 하면서 다양한 경험을 했다.

나는 대학에서 공학 교수로서 연구하는 것에 큰 가치를 부여하였다. 특별히 나는 다른 공학자와는 달리 지금까지의 경험으로도, 대학에서는 도저히 배울 수 없는 현장에서의 필요한 기술들을 직접 가르치고 경험함으로 기계공학 학자로서의 기술 자질을 충실하게 갖추었다고 할 수 있다. 정밀측정학의 이론과 실제, 치공구 설계 및 공정설계 이론과 실제, 제품의 품질을 판단할 수 있는 정밀도와 정확도 이론 등을 배우고 익혔다. 그리고 부산 조병창에서 실시하는 M16 소총 생산 과정을 배움으로써 각종 게이지 설계 및 치공구 설계를 숙지하였고,

미국에서 실시하는 무기들의 설계와 생산관리 기법을 터득하게 되었다. 이런 현장 기술 능력을 갖추고 있음으로써 나는 한국정밀 기기센터를 그만두고 경북대 교수를 하면서도 동시에 서울에서 기업체가 요구하는 특별 실무 교육과정의 전문 강사로 상당한 기간 활동을 할 수가 있었다.

서울 여의도 기계기술회관에서 100여 명의 회사원을 상대로 공차론과 정밀측정학 강의를 하기도 했으며, 서울 삼성동 무역센터 강의실에서 동일한 기술 강의를 여러 차례 하였다. 당시 상공부 산하 기관이었던 한국정밀기기센터에 입사하여 기계금속시험연구소를 퇴사하기까지의 다채로운 경력은 기술인으로서의 내 정체성을 내실 있게 고양해 주었다. 나의 경북대 교수 전의 최종직장은 한국기계금속시험연구소(현 한국재료연구원)이다.

제5장
경북대학교
초기 교수 생활

1. 모교 부임과 전국대회 최우수상 수상

경북대학교 전임강사 발령

1979년도 하반기 경북대 교수 공개채용 공고에 따라 필요서류를 제출하여 절차에 따라 경북대 인사위원회를 통과하고 중앙정보부의 엄격한 신원조사를 거쳐 10월 25일 자로 서돈각 총장님으로부터 전임강사 임명장을 받았다. 공교롭게도 박정희 대통령 서거 하루 전에 임명장을 받은 것이다. 유신헌법 반대운동이 심각하고, 반정부 학생운동이 치열하던 시기에 박 대통령 서거로 전국비상계엄령이 선포되었다. 경북대는 포항의 해병대가 진주하여 정문에 탱크를 세워두고 교직원과 학생들의 출입을 금지하였다.

대학 강의는 중단되었다. 더욱 철저한 통제가 계속되었다. 얼마의 시간이 지난 후에 교수들과 대학 사무업무에 필요한 직원은 대학 출입이 가능하게 되었다. 당시 이런 해프닝도 발생했다. 대학 정문에서 교직원 신분을 확인하는 해병대 군인들이 교수만 출입 가능하다며 부교수, 조교수, 전임강사의 출입을 금지하여 정문에서 교수와 군인 간의 다툼이 있었다. 체육교육학과의 모 교수는 정문에서 해병대 요원과 다툼으로 인해서 교수직을 박탈당했다. 그분은 상당 기간이 지난 뒤에 복직이 되어 교수직을 정년퇴임 할 수가 있었다.

한편 서울에 있던 아내는 집을 정리하는 데 시간이 걸렸다. 2년 반 전에 700만 원에 매입한 주택이 11월 30일에 매매가 되었다. 2,400만 원에 팔렸다. 대구에서 우리가 살 집을 구했다. 대구시 서구청 옆 평리동 1094-21번지에 건평 70평 규모의 2층 단독주택을 3,350만 원에 구매하여 대구에서의 생활을 시작하게 되었다. 아내는 서울의 집을 팔고 정리하는 데 시간이 걸려 1979년 11월 말에 대구로 장모님과 아이들 셋을 데리고 내려왔다. 그동안 나는 동서 집에서 출퇴근했다. 경북대 출퇴근은 대학 통근버스를 이용했다. 당시에는 다섯 대의 통근버스가 운행되었다. 나는 5번 통근버스를 이용했다.

대구로 내려오면서 교회 출석은 대구 남덕교회로 결정했다. 어린 시절 내가 가장 좋아하는 장용덕 목사님께서 담임목사로 계셨기 때문에 대구 비산동교회보다는 대구 남덕교회를 선택했다. 처음 대구 남덕교회에 목사님을 찾아갔을 때는 장 목사님께서 나에게 대구제일교회에 등록하라고 권했다. 대구제일교회에는 교수도 많고 의사도 많아서 서로 교류하면 도움이 될 거라고 말씀하셨다. 하지만 나와 우리 가족 모두 대구 남덕교회에 등록하고 평리동 우리 집에서 시내버스를 타고 교회를 다녔다. 그 당시 대구 남덕교회는 대구시 남산동 덕산파출소 뒷골목에 있었다. 교인은 약 40여 명 정도였다. 가족적인 분위기에 교회는 아주 따뜻하였다. 또한 영어 회화 능력을 키우기 위해 평리동에서 가까운 내당동 삼익아파트 앞에 있는 성서침례교회 목사님이 미국 선교사임을 알고 그곳을 방문했다.

나는 장로교 교회인 대구 남덕교회의 교인이라고 소개하니 한국인 통역 목사가 갑자기 나에게 질문을 했다. "교수님, 구원받으셨습니까?" 나는 당황하면서 답변하지 않았다. 순간적으로 구원의 문제는 하나님이 결정하는 것인데, 감히 어떻게 구원을 받았느냐고 말을 해? 망설이는 내 모습을 보고 그 목사가 말했다. "나는 1956년 미국 뉴욕 메디슨 가든에서 오후 6시에 구원을 받았습니다." 구원받은 시점과 장소까지 말해 주면서 나에게 말하기를 "장로교 신자들은 구원의 확신이 없어요." 그날 내가 방문했던 성서침례교회는 소위 말하는 구원파 교회였다. 그날 후로 나는 그 교회에 가지 않았다. 대신 충혼탑 아래 미국 선교사님 가정을 찾아 일주일에 두 번씩 선교사의 아들에게 영어 회화를 배웠다.

그러던 중 전두환 보안사령관을 중심으로 한 군인들이 1979년 12월 12일 군사 반란을 일으켜 정승화 계엄사령관을 체포하고 실권을 장악하였다. 이에 저항하는 데모대를 막기 위해 1980년 5월 17일 계엄군이 광주로 내려가 데모를 진압하면서 광주 민주화 항쟁이라는 우리 현대사의 아픈 상처를 남기게 되었다. 당시엔 대학 강의가 거의 이루어지지 못했고, 모든 교수들이 학생 지도하라며 학생들의 가정방문까지 시켰다. 학생들은 대부분 가정학습을 해야만 했고, 학생들 성적 평가는 과제물을 제출하도록 해서 평가 점수를 부여했다. 학생들에게는 참으로 불행한 시기였다. 그리하여 1980년대 대학생들은 정부에 대한 반감이 극도였었고, 좌파적 사고를 갖게 되었다.

대학생 학술발표대회 지도교수

한편 박정희 대통령의 대학 지역 특성화 정책으로 경북대 공과대학은 전자공업 특성화대학으로 지정받았다. 이에 따라 정부의 대학 관련 예산이 대부분 전자공학과에 배정되었고 전자공학과 이외의 학과는 소외감을 느꼈으며, 학과 교수들 간에도 서로 상당히 불편한 관계였던 시절이었다. 전두환 정권의 문교정책은 학생들의 반정부 운동을 방지하기 위해서 1981년도 입학생부터 졸업정원제를 전면 시행하였다. 졸업정원제란 대학의 정원보다 많은 신입생을 선발한 후 초과 인원을 중도에 강제 탈락시켜 졸업 시에 정원을 맞추는 교육 정책이었다.

이 제도의 명분은 '교육 정상화와 과열과외 해소'였다. 각 대학의 여건 및 특성에 관계 없이 졸업정원의 130% 학생을 선발하여 정원 초과 모집인원은 학사 경고, 유급, 강제 중도 탈락 등으로 졸업정원을 유지한다는 것이다. 이 당시 학생 간의 불신이 깊어지고 학생 간의 협력 정신이 사라지는 등 문제점이 많아 졸업정원제는 1987년에 폐지되었다. 당시 정부에서는 대학생들의 학습 의욕을 고취하고 전공분야 관심을 증대시키기 위해서 1981년 10월부터 전국 대학생 학술발표대회를 개최하였다. 대학생 학술발표대회에는 전국의 모든 대학에서 의무적으로 참석해야 하는 제도인데 경북대에서도 단과대학별로 학생들을 지도해서 발표하도록 했다.

공과대학에서는 1년 전부터 학과별로 학생들을 선발하여 지도하도록 했는데, 기계공학과의 경우는 내가 제일 늦게 임용받은 교수라면서 나를 학술대회를 준비하도록 지명했다. 하는 수 없이 1981년 1학기가 시작되어 기계공학과 3학년 학생 4명을 선발했다. 내가 지명한 것이 아니고 학생들 4명이 스스로 팀을 만들어 내 연구실로 찾아왔다. 기계공학과 실험실의 실험 장비를 살펴보았다. 마침 일본 도요볼딩사 제품의 마찰·마모 시험기가 있었다. 정부의 IBRD차관으로 구입한 실험 장비였다. 중요한 것은 연구과제인데 학생들 수준에 맞는 실험논문을 발굴하는 것이 중요했다. 시험기 사용법을 설명한 다음, 시험편을 준비하여 실험을 시작했다. 4명 중 손창현 학생과 방창섭 학생은 대구공고를 졸업한 학생이어서 실험 장비 사용 매뉴얼을 잘 읽고 숙지하도록 했다.

다음으로는 참고문헌 조사였다. 일본 기계학회 논문집 중에서 금속의 마모에 관한 연구논문을 찾았다. 중요한 것은 그 논문을 읽고서 새로운 재료의 시험편을 가공하여 실험데이터를 만들어 내고, 그 결과를 도표와 그래프로 작성해서 결론을 제시하는 것이다. 문교부에서 10월부터 분야별로 개최될 제6회 전국 대학생 학술 발표대회 일자 및 개최 대학을 공고하였다. 응용과학 분야는 11월 6일 아주대에서 개최될 예정이었다. 경북대 공과대학에서는 각 학과에서 준비한 학생들의 논문 발표와 자체 평가를 거쳐 4팀을 선발하였다. 이들 네 팀을 아주대 대회에 참가시키도록 했다. 예선발표에서 기계공학과에서 준비한 팀과 다른 3팀이 선발되었다.

드디어 1981년 11월 6일 금요일 발표날이 되어, 아침 일찍 손창현, 방창섭, 도한신, 김근택 등 4명과 함께 비장한 각오로 기차에 몸을 실었다. 학술대회 성격은 아주대 주최 문교부 후원의 대회였다. 우리 팀 논문의 발표자는 손창현 학생이었다. 연습을 여러 번 했지만 떨리는 마음이었다. 모든 발표가 종료되고, 심사 결과가 발표되었다. 심사위원장은 서울대 화학공학과 이기준 교수였다. 장려상, 우수상, 최우수상 순서로 발표되었는데, 최우수상 수상자는 "경북대학교 기계공학과 3학년 팀입니다"라는 소리를 들었다. 나도 모르게 눈물이 났다. 학생들은 물론 내가 더 기뻤다. 즉시 강창수 공대학장님에게 보고를 드렸다. 강창수 교수님도 너무 기뻐하셨다. 서로가 학생발표논문지도를 맡지 않으려 했는데, 경북대 기계공학과에서 처음으로 전국대회에서 최우수상을 수상하게 되어 모두가 기뻐했다.

대회 시상식이 끝나고 만찬장에서 심사위원장 이기준 교수님이 나에게 다가와서 심사과정을 얘기해 주셨다. 아주대학 측에서 최우수상을 가져가려고 무한히 애를 썼다는 것이다. 아주대학 측 발표논문은 무선제어 논문인데 학생이 준비한 게 아니라 교수가 작성한 논문이라는 이야기가 나돌았다고 심사 뒷얘기를 해 주었다. 우리 팀은 논문 내용의 수준이 학생 수준에 적합했으며, 발표자가 아주 잘했다는 것이었다. 최우수상은 상패와 상금 50만 원이었다. 대구로 내려오는 기차에서 학생들이 상금 50만 원을 기계공학과 동창회 장학기금으로 기부하겠다고 제안했다. 당시 내가 기계공학과 동창회 회장직을 맡고 있던 시기였다. 나는 감사하는 마음으로 학생들의 제안을 받아들이고 최우수 상패를 4개로 제작하여 4명에게 기념으로 보관하도록 주었다.

2 일본 도호쿠대학 유학

박사과정 공부를 위한 일본 유학

1979년 10월에 경북대 전임강사로 임용되면서부터 국내 정치문제로 여러 가지 어려움이 많았지만 보람된 일도 많았다. 나는 3년이 지나서 조교수로 승진되었으나 박사학위 과정을 고민하던 중, 1982년 10월 대한기계학회경북지부 추계학술대회가 경북대 공과대학 기계공학과 건물에서 개최되었다. 마침 특별초빙강사로 일본 도호쿠대학(東北大學) 공학부 기계공학과 가야바 다카오(萱場孝雄) 교수님이 오셨다. 가야바 교수님은 부산대 기계공학과 백남주 교수님께서 초청하신 분이셨다. 백남주 교수님과 강창수 교수님은 서울대 공과대학 동문으로서 서로 가깝게 지내는 관계였다.

학술발표대회가 끝나고 기계공학과 교수님들과 가야바 교수님 모두 대구 시내 동성로 심향각 한식당에서 저녁 만찬을 함께 했다. 그 만찬 자리에서 강창수 교수님께서 나의 유학 이야기를 꺼냈다. 김석삼 교수가 박사학위를 위해서 미국 유학을 준비 중인데 일본 도호쿠대학에서 유학이 가능한지를 타진했다. 가야바 교수님의 연구실은 재료 및 공작학 연구실이었고, 그 연구실 조교수인 가토 박사가 새로운 분야인 트라이볼로지(Tribology) 연구 분야를 개척 중이라면서 가토 조교수 박사학위논문이 금속의 마모기구에 관한 연구라고 소개해 주셨다. 그 후 가야바 교수님이 일본으로 돌아가 가토 조교수와 논의한 결과 나를 박사과정 학생으로 받아들이겠다는 통보를 받았다.

이렇게 되어 미국행 유학을 포기하고 그때부터 일본어 공부를 시작했다. 일찍부터 일본 유학을 목표로 했더라면 일본 문부성 장학생 시험을 준비했을 텐데 시간이 없어 바로 도호쿠대학 대학원 박사과정 입학 관련 서류를 보냈다. 심사 결과 박사과정 입학에 합격되었다는 통보를 받고 고민했다. 도호쿠대학은 일본 제국대학(帝國大學)령에 의거 설립된 동북제국대학(東北帝國大學)으로, 제국대학은 오직 일본 국내와 한국과 타이완에 9개 대학만 설립되었다고 했다. 일본 국내 7개 대학과 서울대학 전신인 경성제국대학(京城帝國大學)과 타이페이제국대학(臺北帝國大學)을 합해 9개 제국대학이다.

도호쿠대학은 2차 대전 당시 무기 개발을 목적으로 설립된 대학으로, 금속공학과 기계공학 분야가 세계적으로 유명한 대학이었다. 일본 내 제국대학 출신자들은 졸업앨범을 같이 제작함으로써 가짜 졸업생을 밝힐 수 있는 수단으로 활용되었다고 전한다. 이 같은 명문대학에서 박사학위를 취득하게 되면 향후 나의 연구 활동에 크게 도움이 될 것으로 확신하게 되었다.

그런데 작은 문제가 발생했다. 일본 박사과정 유학 중 경북대에서는 규정에 따라 휴직 처리가 된다고 했다. 휴직 처리가 되면 유학 기간 중에는 월급이 나오지 않기 때문에 가족의 생계가 걱정되었다. 고민 끝에 장 목사님과 상의를 했다. 목사님의 말씀은 아무 생각 말고 유학을 가라고 하셨다. 목사님 말씀에 따라 나는 일본 유학을 빨리 떠나기로 했다. 시골에 계시는 부모님과도 상의해서 일본 유학을 떠나기로 하고 유학 비자를 받고 1983년 7월 21일 목요일 부산공항 출발 항공권을 구입하였다. 한 주일 전 7월 17일 주일 저녁 예배에 일본 유학을 떠나면서 저녁 찬양 예배 시간에 특송을 불렀다. 내가 가장 좋아하는 찬송가 466장이다.

"나 어느 곳에 있든지 늘 맘이 편하다
주 예수 주신 평안함 늘 충만 하도다
나의 맘속이 늘 평안해 나의 맘속이 늘 평안해
악한 죄 파도가 많으나 맘이 늘 평안해

내 맘에 솟는 영생수 한없이 흐르니
목마름 다시없으며 늘 평안하도다
주 예수 온갖 고난을 왜 몸소 당했나
주 함께 고난 받으면 면류관 얻겠네"

1절, 2절 간주 후 4절까지 불렸다. 항상 교회 예배를 통해서 주님께서 주시는 마음의 참된 평화와 위로를 받는 찬송가였다. 우리 교회 남선교회에서도 송별 모임으로 성당동 곱창집에서 저녁 회식을 가졌다. 우리 교회는 1983년 1월 1일 새벽예배를 드림으로 남산동 시대를 마감하고 성당동 시대를 시작하는 역사적 해를 맞았다. 교회 재정이 부족하여 성당동 교회 건축이 몇 번이나 중단되었다가 겨우 1차 공사로 교회가 준공되어, 이사를 하게 된 것이었다. 교회 사택엔 방이 부족하여 장 목사님은 누울 자리가 없어, 부목사 사무실에서 가마니를 깔고 잠을 자야만 했다.

돌이켜 보면 참으로 부끄러운 우리 교회의 모습이었다. 이러한 어려운 시기에 일본 유학을 떠나는 나도 마음이 아팠다. 출국 날이 되어 시골에 계시는 부모님께서 대구에 오셔서 함께 부산으로 갔다. 부산에는 작은 이모님께서 살고 계셔서 작은 이모님 집에서 온 가족이 함께 하룻밤을 보내고 부산 김해공항으로 갔다. 일본 나리타공항 도착 항공기에 몸을 싣고 일본 유학을 떠났다. 부산 김해공항에는 여섯 살짜리 아들 종형이도 나와서 손을 흔들며 나를 환송했다.

2시간 정도의 비행시간 끝에 나리타 공항에 도착하였다. 일본 입국 수속을 마치고 곧바로 공항철도를 타고 동경역으로 가서 다시 우에노역(上野駅)에서 고속열차인 신칸센(新幹線)을 갈아타고 센다이역(仙台駅)에 도착하여 버스를 타고 히가시센다이(東仙台) 유학생회관(留學生會館)으로 갔다.

대학 측에서 예약한 303호실에 짐을 풀었다. 바로 옆방에는 경북대 금속공학과 출신 69학번 최덕순 동기가 대한중석 파견 유학생으로

4월경에 이곳에 도착하여 생활하고 있었다. 하룻밤을 지난 다음 날이 주일이어서 유학생회관 뒤편에 일본인 교회(東仙台敎會)가 있어서 예배에 참석했다. 처음 찾아간 교회이지만 교인들이 반갑게 맞이했다. 그리고 바로 한국에 계시는 부모님에게 편지를 보냈다. 무사히 일본 센다이에 도착했다는 내용과 더불어 동생들 공부 열심히 하도록 하고, 저를 위해 하나님께 기도해 달라고 부탁했다. 이 편지 봉투엔 한국까지 보내는 데 필요한 우편요금이 70엔과 60엔짜리 우표 두 장을 붙여야 했다.

월요일이 되어 시내버스를 타고 센다이(仙台)역으로 와서 우동집에서 간단하게 아침을 해결하고 아오바야마산(靑葉山) 위에 있는 공학부 기계공학과의 가또 연구실로 찾아갔다. 가또 조교수는 나를 반갑게 맞아주면서 아베히로유끼(阿部博之) 교수에게로 나를 안내했다. 일본에서는 대학원생 지도교수는 정교수만이 가능하고 조교수는 지도교수가 될 수 없는 제도였기 때문에 공식적인 지도교수는 아베히로유끼 교수였고, 가또 조교수는 논문지도 교수가 되었다. 일본의 대학 문화는 매일 아침 대학 연구실에 도착하면 아베 연구실로 가서 교수님과 조교수, 조교, 비서, 기관과 함께 연구실 소속 학생들이 아침 티타임(tea time)을 갖게 되어 있었다. 그 시간에 지도교수님이 연구 상황을 점검하고 주요한 학사 일정 등을 알려 주었다

당시 아베 교수는 지하의 지열을 이용하여 발전하는 5억엔 규모의 국가 연구개발 프로젝트를 하야시(林 一夫) 조교수와 함께 수행하고 있었다. 아베 연구실에는 졸업논문을 준비하기 위한 4학년 학생들과 대학원생들이 많이 있었다. 아베 연구실 조교 사까 박사는 나의 모

든 일을 안내하고 연구를 도와주는 멘토였다. 그리고 당시에 부산의 모 전문대학교 교수였던 박정도 교수가 박사과정에 입학하여 파괴역학을 전공하는 금속공학과 소속 시마다(島田) 교수 소속이었으나 아베 교수의 연구실에서 기계공학과 박사과정으로 입학하여 아베 연구실 소속으로 연구하고 있었다. 실제 박사논문 지도는 금속공학과 시마다 교수가 하고 있었다. 대학 당국은 일본에 온 외국 유학생에게 6개월 이상 먼저 일본어를 배우도록 했다. 나는 매일 오전에는 대학의 교양과정부에 설강된 일본어 강의를 수강했다.

일본 유학 생활의 적응

1984년 새해가 되었다. 겨울방학을 이용하여 잠시 한국에 들어왔다. 구정을 한국에서 보내고, 아내와 7살 아들 종형이를 일본으로 데리고 가 유학 생활을 할 생각이었다. 이미 아내에게 생활일본어를 배우도록 준비시켰다. 구정을 대구에서 보내고 다시 일본으로 들어갔는데, 동경 공항에 도착하니 폭설이 내려 동경일대 교통이 마비되었다. 나리타공항에서 동경 시내로 가서 신칸센으로 센다이에 가야 하는데, 공항철도를 탈 수가 없었다. 그야말로 아수라장이었다. 일본에서 필요한 짐을 등에 지고 양손에도 짐을 들고 무작정 기다렸다. 기차를 탈 수 없어 너무나 힘든 하루로 기억에 남아 있다. 겨우 기차를 타고 밤늦게 센다이역에 도착했다.

1984년 4월, 새 학기가 시작됨과 동시에 나는 공식적으로 도호쿠대학 대학원 박사과정에 입학하였다. 본격적인 유학 생활로 들어가게 되었고, 도호쿠대학 측에서 외국 유학생을 위해 센다이시 산조마치(三条

町)에 건설된 유학생교류회관에 입주하게 하였다. 이 회관은 가족동, 부부동, 독신동, 교환교수동으로 구분되어 있었는데, 나는 아내와 아들, 모두 3명이 살 수 있도록 가족동을 신청했다. 유학생 가족이 너무 많아 내가 신청한 대로 되지 않고, 우리는 부부용에 들어가도록 결정되었다. 부부동은 2층에 침실이 있고 3층은 거실로 사용할 수 있게 되어 있어 더 편리한 구조였다. 그리고 1984학년도 신학기가 시작되어 각종 장학금 신청이 공고되었다. 나는 장학금이 제일 많은 일본요네야마장학재단(財団法人ロータリー米山記念奨学会)에 장학금 신청서류를 제출하고, 면접을 거쳐 최종 합격하여 3년간 장학금을 받게 되었다.

그리고 일본 로타리 장학재단에서 3년간 일본 유학 기간 중 일본생활을 도와줄 멘토를 결정해 주었다. 센다이시에서 조금 떨어진 조그마한 마을인 와꾸야(通谷)라고 하는 작은 마을에서 스가와라건설(管原建設)이라는 작은 회사를 운영하는 건설회사 사장님이었다. 사장님 성함은 스가와라 다쯔오(管原達男)이었고, 부인과 아들과 따님 4가족이 함께 살고 있었다. 일본 로타리 장학생으로 선발되면 소속 로타리 클럽으로 가서 정기모임과 회의에 참석하고, 장학금 수령과 함께 회원들과 함께 점심 식사를 나누며 유익한 대화를 하는 시간을 가진다. 이 자리에서 유학 생활의 어려움 등을 토로하기도 하고, 일본문화도 소개받으면서, 일본의 민간 인사들과 교류한다. 장학금 액수는 매월 11만엔 이었다. 장학금이 결정되고 모든 일이 잘 해결되어 하나님께 감사의 기도를 드렸다. 기숙사 문제와 장학금 문제가 해결되어 아내와 아들을 일본으로 초청할 수가 있었다.

아내와 아들이 4월 5일 일본 센다이에 도착했다. 아들 종형이는 4

월 9일 가까운 구니미소학교(国見小学校)에 입학시켰다. 일본에는 7살이면 초등학교 입학이 가능하다. 아들이 입학하고 난 다음 날 이곳 지방신문인 하북신문(河北新聞)에 국제교류회관 유학생 자녀 3명이 구니미소학교에 입학하였다는 기사가 실렸다면서 지도교수님이 그 기사를 나에게 전해주었다. 그 기사를 보니까 아들 종형이 사진이 있었다.

한편 일본 센다이에 도착한 아내는 센다이 한인교회를 다니게 되었고 한인들의 소개로 시내 음식점에 아르바이트로 취직하였다. 낮에는 자전거를 타고 식당으로 가서 맡은 일을 마치고 오후 늦은 시간에 산조마치 국제교류회관으로 돌아오면 아들 종형이는 초등학교를 마치고 혼자서 회관 내에서 놀다가 엄마를 만났다. 어린 시절 이렇게 보내야 하였으니, 아들에겐 참으로 어려운 시기였다고 생각된다. 나는 아침을 먹고 나면 자전거를 타고 대학 연구실로 가서 연구실 학생들과 커피타임을 가지는 것으로 일과를 시작해서, 논문을 읽고 박사학위논문 작성을 위해서 주어진 실험을 하다 보면 어느덧 저녁 10시경이 되어서야 산조마치 유학생회관에 돌아오는 것이었다.

아내와 아들의 고생

6개월이 지나 1984년 10월이 되어 구니미소학교에서 학부모 간담회를 열었다. 나도 구니미소학교를 찾았다. 그때 종형이 담임선생님인 키쿠치(菊池) 여선생님이 나에게 정중하게 사과했다. 그 선생님의 사과한 이유가 종형이가 1학년에 입학하고부터 옆자리에 앉아 있는 짝꿍 여학생을 괴롭힌다고 생각해서 종형이 다리 아랫부분 종아리에 몇 번 매를 때렸다고 했다. 종형이가 처음 입학하고 공부하고 쉬는 시간에 화장실에 가고 싶은데 화장실이 어디 있는지 몰라 옆에 앉은 여학생에게 손을 잡아당기며 화장실을 알려달라고 하는 것을 여학생을 괴롭히는 행동으로 착각하고 매를 들어 종아리를 때린 적이 있다고 했다.

입학 당시에는 일본어를 전혀 모르니 그렇게 된 것으로 이해가 되었다면서 나에게 사과를 한 것이었다. 6개월 후에는 종형이가 일본말을 하기 시작해서 아무 문제가 없다고 했다. 종형이의 일본어는 급속도로 발전하여 친구들 사이에 소통의 문제가 없어 보였다. 나보다 일상용어는 잘하였다. 가을 운동회가 있다고 해서 나도 참석했다. 100m 달리기를 하는데 종형이가 출발이 늦어 중간 정도 달려가다가 정식 코스를 달리지 않고 가로질러 달리니 선생님이 종형이를 안고 정상 코스로 돌려놓아 꼴찌를 하였다. 종형이는 머리를 긁적이며 나를 보고는 부끄러워한 적도 있었다.

종형이 담임선생님은 3년간 계속 맡으셨다. 내가 박사과정을 마치고 한국으로 귀국할 즈음은 3학년 6반이었는데, 3학년을 3개월을 남겨둔 1987년 1월 마지막 수업 시간에 담임선생님과 같은 반 친구들 40명 모두가 송별의 한마디를 노란 잎사귀 모양의 작은 쪽지에 붙여서 기념으로 종형이에게 주었다. 큰 제목은 '종형아! 한국 가서도 우리 학교 잊으면 안 돼' 였고, 담임선생님도 한마디 추가했다. "한국에서도 친구 많이 만들어라! 菊地榮子"라고 썼다. 모두 3년간의 기억과 추억을 남기고 싶었던 것 같다. 내가 박사학위를 마치고 1987년 1월 17일 센다이를 떠나 한국으로 귀국하기까지 3년간 일본 구니미소학교 생활을 통해서 일본의 문화를 체험하는 기회가 되었고, 오늘날 공학자로서의 길을 가는데 큰 도움이 되고 있다.

아내는 1년 가까이 지난 후 새로운 일을 얻었다. 한인교포 한 분이 일본 내 최고급 백화점인 미츠코시(三越) 백화점에 김치코너를 만들어 한국 김치를 판매하게 되었는데, 아내에게 판매 점원으로 오라고 해서 그 백화점에서 점원으로 일했다. 아침 9시 출근 저녁 9시 퇴근이었다. 한복을 입고서 김치를 판매하는 일이었다. 일본어를 조금 할 수 있는 게 유리한 조건이었다. 일본 백화점의 근무 조건은 손님이 없는 경우에는 아래쪽 김치를 위쪽으로 옮겨야 하는 것이라고 했다. 지금 생각하면 아들 종형이에게는 저녁에 아버지와 어머니가 없었으니 어린 마음에 외로웠을 것으로 생각되고, 아내에겐 생활비를 벌어야 하기에 아주 힘든 생활이었을 것으로 생각된다.

그래도 나로서는 힘든 박사과정 연구 생활에도 저녁이면 아내와 아들이 함께 할 수 있었고 휴일에는 가족과 시내 구경도 하면서 피로를 풀 수가 있었다. 특히 아베 연구실 조수였던 사까 박사(坂 眞澄, Saka Masumi)가 당시 세 살 난 어린 딸이 있어, 휴일에 자신의 처가로 우리 가족을 초대하여 함께 지내던 일이 생각난다. 일본에서도 옛날에는 아이를 낳아 기르는 환경이 아주 열악했으므로 영아 사망률이 높았다고 한다, 그래서 3살, 5살, 7살이 되면 11월 15일에 가까운 신사를 찾아가 신에게 감사제를 드리는 문화가 있다고 한다. 7살이 되어야 건강하게 살아갈 수 있다고 믿었던 것으로 보인다. 1985년 3월 3일 일요일, 사까 조수도 딸이 5살이 되어 처가에서 축하 모임을 하는데 우리 가족을 초대했다.

일본 전통에 따라 사까 조수 처가에서는 이미 예쁜 인형들을 단을 지어 차려놓고 자녀가 5살 된 것을 축하하는 행사를 가졌다. 우리 가족은 일본 문화를 체험하는 계기가 되었다. 사까 조수는 우리가 사는 국제교류회관에서 가까운 거리에 있는 일본 공무원 아파트에서 살고 있었다. 나에겐 너무나 친절하고 협력적인 분이었다. 1년마다 일본 비자를 받아야 하는데, 그때마다 사까 조수가 외국인 비자 발급장소까지 데려가 도와주었다. 그리고 센다이시에서 자동차로 1시간 반 정도의 거리인 이와대현(岩手縣) 코이와이농장(小岩井農場)까지 우리 가족을 데리고 같이 다녀온 적도 있다. 해발 2,038m 이와테산 아래 위치한 일본 최대목장인 이 농장은 1899년에 미츠비씨 일가가 스위스 알프스 목장을 모방하여 만든 곳으로 총면적이 3,000헥타르이고, 낙농, 공원 녹화, 산림산업, 관광산업 등을 운영하는 명소였다. 각종 놀이기구가 있어 우리 가족과 사까 가족이 즐거운 하루를 함께 보냈다.

그리고 이와테현 이와테대학은 트라이볼로지 전공의 이와부치(岩淵 明) 교수가 있어 자주 방문했던 곳이다. 아와태현의 주요 도시는 모리오카(盛岡)시이다. 왕코소바 메밀국수로 유명한 곳이다. 왕코소바 국숫값을 지불하면 일정 시간 내에 얼마든지 소바가 공급된다. 이와부치 교수는 30접시를 먹었다고 자랑했다. 이와부치 교수는 이와테대학 부총장을 거쳐 총장을 역임하였고, 은퇴 후에도 지역산업과 금형산업 등을 연계한 산학프로그램을 맡아 지역산업 발전에 크게 기여하고 있다.

박사 학위 논문 쓰기

한편 나의 박사학위 논문연구는 가또 조교수가 잘 준비해 주었는데. 나의 한국에서의 직급도 조교수였으므로 그와 나는 같은 조교수였다. 나는 1983년 4월에 조교수로 승진하고 일본으로 유학했기 때문에 서로 같은 직급이 된 것이다. 가또 조교수는 같은 조교수 입장이어서 그랬는지 아주 친절하게 나를 대해 주었다. 가또 조교수는 내가 공학박사 학위 논문을 쓰기 위해서 연구해야 할 연구과제를 잘 마련해서 나에게 그 수행 계획을 설명해 주었다.

연구과제는 구조용 세라믹 재료의 마모기구에 관한 연구였다. 1970년대부터 세라믹 재료가 세계적으로 주목받고 있었다. 특히 미군에서는 전투기 엔진의 고속화 경쟁에서, 윤활 문제가 대두되어 무 윤활 세라믹 베어링 개발이 미군의 최대 연구과제로 삼았다. 동시에 세라믹 엔진 개발도 선진국 간의 개발 경쟁이 치열하던 시기였다. 이러한 연구 배경을 가지고 세라믹 마모기구에 관한 연구를 하게 된 것이다. 연구 내용을 추진해 가는 방식은 1) 기계 구조용 세라믹 재료에 대해서 구름마모(Rolling Wear) 실험을 수행하여 마모실험 결과를 보고하고 2) 세라믹은 취성재료이기 때문에 베어링의 파괴가 큰 문제점으로 대두되게 되므로, 세라믹의 마모기구를 규명하는 실험적 연구와 파괴역학적 연구로 박사 학위 논문 내용을 확정하고, 3) 실험적 연구는 가또 연구실에서 하고, 파괴역학적 이론 연구는 아베 연구실 하야시 조교수의 지도를 받기로 했다. 일반적으로 지도교수가 한 분으로도 어려운데, 나는 두 분의 연구실에서 연구를 수행해야 하니 두 연구실을 섬겨야 했다.

본격적인 박사논문을 준비하는 가운데 1985년 7월 8일부터 10일까지 3일간 동경 뉴 오타니 호텔(Hotel New Ohtani)에서 일본윤활학회가 5년 간격으로 주관하는 국제트라이볼로지 학술대회인 ITC가 개최되었다. 나는 가또 교수와 호끼리가와 조수와 함께 이 학술대회에 참석했다. 나는 처음으로 참석하는 국제학술대회였다. 세계적으로 유명한 트라이볼로지 분야 대표적인 학자들이 참석하여 최근 연구한 결과를 발표하고 토론하였다. 나는 그 국제학술대회에서 MIT 교수로서 연삭 마모(Abrasive Wear)의 거두인 Rabinowitz 교수를 보았다. 그리고 마찰, 윤활, 마모의 과학과 기술에 관한 시스템적 접근을 최초로 다룬 〈Tribology〉란 책을 저술한 독일의 Czichos 박사도 보았다. 책과 논문에서만 접했던 세계적인 학자들이 발표 자료와 발표하는 모습, 그리고 발표 후 질의 응답하는 모습을 보고서 나도 할 수 있다는 자신감을 가졌다.

이 국제학술대회에는 한국의 저명 학자들도 참석하였다. 1984년 8월 30일에 한국윤활학회 초대 회장으로 선출되신 송진환 한국쉘석유 대표님과 영국 리즈대학(University of Leeds)에서 윤활유 전공으로 공학박사 학위를 취득하고 KIST연구센터에서 책임연구원으로 근무하시던 권오관 박사, 그리고 안명주 유공 윤활유 담당 이사 등 몇 분이 참석하였다. 한국의 윤활학회 창립 소식과 회원들을 동경에서 만날 수가 있었다.

국제학술대회에 참석하고 나는 본격적인 박사논문을 위한 실험을 시작했다. 가또 조교수가 준비해 준 세라믹 시험편으로 가또 연구실 실험장비로 실험을 시작했다. 첫 번째 실험으로 교토세라믹 제품인 알루미나 세라믹의 4볼 시험이었다. 윤활유를 사용하여 알루미나 세라믹볼 4개를 사용하여 컵 내부에 3/4인치 직경의 볼 3개를 배치하고, 그 위에 동일 크기의 볼을 놓고 상부 볼을 회전시켜서, 마찰계수변화와 마모량을 계산하여 윤활유의 특성과 시험편의 마찰, 그리고 마모 특성을 평가하는 실험이었다.

나는 실험 결과를 정리하여 1984년도에 논문을 제출하였다. 이 논문은 일본윤활학회 논문집 '潤滑'(1986년도 제31권 5호)에 게재되었다. 논문 제목은 '알루미나 세라믹의 소부(燒付)와 마모(摩耗)'였다. 이 논문이 발표되자 캐나다 원자력 연구원에서 근무하는 한 연구원이 논문을 보내달라는 서신을 보내왔다. 논문 저자로서는 기쁜 소식이었다. 이 연구원은 원자력 발전소의 핵연료봉의 마모 현상을 연구하는 분으로, 그는 방사선 유출을 방지하기 위해서 핵연료봉에 알루미나 세라믹 코팅을 구상하고 있었다.

이어서 두 번째 논문에서는 네 가지 기계구조용 세라믹을 사용했다. 질화규소(Si3N4), 탄화규소(SiC), 티타니아(TiO2), 알루미나(Al2O3)와 Cermet를 사용했다. Cermet는 금속과 세라믹의 복합물질이다. 그리고 세라믹 내마모성과 철강재료의 내마모성을 비교하기 위해서 베어링강을 시험편으로 제작하여 구름마모(Rolling Wear) 실험을 수행하고, 실험 결과를 정리하여 미국기계학회(ASME) 트라이볼로지 부문 논문집에 1985년 12월 1일에 논문 원고를 접수했다. 논문 제목은 'Wear Mechanism of Ceramic Materials in Dry Rolling Friction'이었다. 거의 1년이 걸려서 합격통지를 받고 1986년 10월호에 투고 논문이 게재되었다. 논문 저자로는 제1저자로 김석삼, 제2저자로 가또 교수, 제3저자로 실험 조수였던 호끼리가와 박사, 마지막으로 제4저자로서 아베 지도교수로 올려서 발표했다.

나는 물론 연구실 전체가 축제 분위기였다. 일본 논문집이 아닌, 미국의 기계학회 논문집에 게재되었기 때문이었다. 이로써 나는 공학박사학위 취득이 보장된 셈이었다. 가또 조교수의 경우는 박사학위 논문을 쓰기 위해 7년간의 실험 결과를 정리하여 일본 기계학회 논문집에 '금속의 응착에 관한 연구'란 제목으로 제출했으나, 심사 결과 불합격 되었다고 했다. 그러나 즉시 그 결과를 영어로 번역하여 유럽에서 출판되는 〈Wear〉란 국제적 논문집에 제출하여 심사에 합격함으로써 공학박사 학위를 취득한 경험이 있다고 한다. 그 경험을 상기하면서 더 큰 기쁨을 가또 조교수와 함께 나누게 되었다.

가또 조교수는 자신의 박사학위 논문이 일본에서 거절당한 경험 때문에 일본 내 논문집에 투고하지 않고 유럽과 미국 논문집에 주로 투고하였고, 국제 학술대회에 적극적으로 참석하여 외국인 교수·연구원들과 소통하며 인적 네트워크를 구축하였다. 이는 나에게도 아주 유익한 국제적인 인적 연구 네트워크가 되었다.

내가 연구와 실험과 논문 쓰기에 매달려 있는 동안, 아들 종형이는 구니미소학교에 다녔고, 아내는 미츠코시 백화점에서 김치를 판매하는 점원 역할을 하였다. 나는 연구실에서 열심히 실험하며 관련 논문을 읽고 최선을 다했다. 저녁은 학교 구내식당에서 먹고 야간 늦게까지 실험하다가 가끔 건물 옥상에 올라가 센다이 시내 저녁 불빛과 수많은 별을 바라보았다. 한국에 계시는 부모님을 생각하고 하늘을 향해 기도하며 큰소리를 토해 보기도 했다.

"내게 능력 주시는 자 안에서 모든 것을 할 수 있느니라."(빌 4장 13절)
"세상 끝날까지 항상 너희와 함께 하리라."(마 28장 20절)
기억나는 말씀으로 위로와 용기를 받았다. 예수님이 항상 나와 함께 계시면 나는 어떠한 어려움도 극복할 수 있다고 믿었다. 하나님께서 모든 것을 협력하여 모든 일을 잘 이루어 주실 것으로 생각했다. 성경에 소개된 인물들의 삶이 다 그러했다.

3. 기념비적 성과로 인정받은 박사학위 논문

일본에서의 망중한(忙中閑)

이러한 바쁜 일정 가운데 시간은 빠르게 흘러 1986년 겨울방학을 맞았다. 한국에 남겨둔 초등학교 6학년과 3학년에 재학 중이었던 두 딸과 장모님께서 12월에 센다이로 들어오셨다. 마침 영남이공대학교 재직 중인 어수해 교수님이 연구차 도호쿠대학에 오게 되어 우리 가족과 함께 온 것이다.

큰딸과 작은딸은 내가 실험실에서 실험 중인 장소로 들어와서 실험과정을 직접 지켜보았다. 나는 마모시험편의 마모면을 전자현미경(SEM)으로 촬영하여 암실에서 사진필름을 현상하여 직접 사진을 만들어 논문에 사용할 것을 골라야 하는 형편이었다. 나는 100장 이상의 사진을 암실에서 현상했다. 그때 컴컴한 암실에서 두 딸이 옆에서 나의 일을 도와주었다.

그리고 12월 마지막 날에는 동경에 있는 디즈니랜드 관광을 떠났다. 매년 새해를 맞이하면 일주일 정도 대학 연구실 문을 잠그고 모든 출입이 금지되기 때문에 그때를 이용하여 동경으로 관광을 간 것이다. 가장 저렴한 야간 기차를 타고 동경을 거쳐 동경 디즈니랜드에 갔다.

관람객이 너무 많아 줄을 서서 입장을 기다렸다. 입장표는 종일 무한정 관람할 수 있는 표로 샀다. 오래 기다린 끝에 마침내 입장 순서가 되어 먼저 동굴 속을 지나가는 유람선을 탔다. 도중에 도깨비들이 갑자기 나타나는 등 무서움과 즐거움을 동시에 맛보게 하는 동굴을 경험하였다. 이곳을 보고 나서 다른 인기 있는 곳을 찾아갔다. 그러나 기다리는 줄이 너무 길었다. 기다림에 지쳐서 몇 곳을 볼 수가 없었지만, 처음으로 디즈니랜드를 구경했다는 것에 만족해야 했다. 아이들은 즐거워했다. 장모님도 좋아하셨다. 다시 센다이로 돌아와 유명 관광지를 관광했다. 센다이에서 가까운 유명 관광지는 마쓰시마(松島)가 있다.

마쓰시마는 센다이에서 기차로 약 40분 거리에 있다. 마쓰시마는 일본 삼경(三景) 중의 한 곳으로 알려져 있다. 마쓰시마는 260개의 섬으로 이루어져 있고, 볼만한 곳으로는 즈이간지(瑞巖寺)와 엔츠인(円通院) 등이 있다. 이곳은 각각 센다이성 성주였던 다테마사무네(伊達政宗)의 연고가 있는 절과 신사이다. 고다이도(五大堂)도 유명한 곳이다. 고다이도는 원래 807년에 건립되었으나 1604년에 다테마사무네 장군이 재건한 것으로 건물 안에는 불교의 오대명왕상(五大明王像)이 안치되어 있다. 특히 어린이들이 좋아하는 대형 수족관이 있어 바닷물고기들과 다양한 바닷속 생물들을 관람할 수 있다. 그리고 센다이는 가까운 곳에 유명한 온천이 많고 겨울철엔 스키장도 여러 곳에 있다. 센다이시에서 자동차로 약 30분 거리에 아키우 온천(秋保溫泉)과 사쿠나미 온천(作並溫泉)이 있으며 겨울철엔 스키 매니아들에겐 자오(藏王) 스키장이 유명하다. 나는 유학하는 동안 아키우 온천과 사쿠나미 온천을 자주 이용하였다.

나는 일본 도호쿠대학 유학 생활 중 전자현미경실에서 조수 호끼리가와와 함께 시험편 마모면을 관찰하며 일본노래를 배웠다. 일본 결혼식 때 결혼 축가로 부른다는 노래 '세토노하나요매(瀬戸の花嫁, 세토의

새색시)'를 배워 전자현미경 암실에서 자주 부르기도 했다. '세토노하나요매'에서 '세토(瀨戶)'는 일본 혼슈와 시코쿠, 규슈 사이의 1,000여 개 섬과 섬 사이의 좁은 해협을 말한다. '세토노하나요매'는 시집가는 신부의 모습을 그린 노래로서 우리의 옛날 전통 시대에 시집가는 여인들의 정서와 흡사한 분위기를 담고 있는 노래이다.

당시 조용필의 노래 '돌아와요 부산항'은 일본 NHK방송국에서 방송된 바가 있어 일본인들이 가장 좋아하는 한국 노래가 되었다. 나는 조용필의 '돌아와요 부산항'을 한국 가사로 호끼리가와 조수에게 가르쳐 주었다. 한번은 센다이 시내 유흥주점이 많은 번화가 식당에서 연구실 학생이 모두 회식하러 갔다가, 가라오케에 가서 많은 사람 앞에서 조용필의 '돌아와요 부산항'을 한국말과 일본말로 불러 큰 박수를 받은 기억도 있다.

박사학위 취득과 고마운 사람들

나의 박사학위 청구논문 마감일은 1986년 10월 21일이었는데, 그동안에 준비한 논문을 정리하여 지도교수님의 허락을 받고 제출하였다. 이로써 본격적으로 나의 박사학위 청구논문 심사가 시작되게 되었다. 나의 박사학위 청구논문은 아래와 같이 총 7장으로 구성했다.

제1장 서론에서는 연구 배경과 함께 연구내용과 연구목적을 기술하였다.

제2장에서는 기계구조용 세라믹의 구름마모 실험을 통한 거시적 마모 특성을 제시하였다.

제3장에서는 세라믹 마모시험 전후의 구름마모 표면을 전자현미경

을 활용한 미시적 관찰을 통해서 세라믹의 마모기구를 제시하였다. 그 미시적 실험 결과와 고찰을 통해서 세라믹 마모기구는 마모표면에 잔류한 표면균열들이 접촉과정을 거쳐 성장 파괴됨으로 마모 입자가 탈락하는 과정을 제시함으로써 세라믹 마모기구를 제시하였다.

제4장에서는 3장에서 제시된 세라믹 마모기구에 대해서 파괴역학을 이용한 구름접촉점의 접촉과정에서 표면균열에 대한 파괴역학적 해석이론을 도입하여 수치해석을 수행하였다.

제5장에서는 실험 결과와 파괴역학적 해석을 이용한 고찰을 통해서 세라믹의 구름마모 이론을 제시하고 구름마모 평가를 위한 새로운 무차원 파리메타 Sc(Severity of Contact)를 제시하고, 네 가지 세라믹의 실험 결과를 무차원 파라메타 Sc로서 마모 방정식을 제안했다.

제6장에는 경계윤활 하에서 알루미나 세라믹의 미끄럼 마찰에서의 마모 특성을 기술하였다.

제7장은 박사학위 논문의 총결론을 기술하였다. 그리고 그동안 지도해 주신 심사위원들과 지도교수, 연구실 조수에게 감사를 표하고, 최종적으로 나와 함께 고생해준 아내, 큰딸, 작은딸, 아들에게 감사의 글을 적었다. 일본어로 작성한 이 논문은 총 184쪽의 분량이었다.

박사학위 청구논문 제출 후 바로 박사학위 논문발표 날짜가 결정되고, 지도교수님께서 나의 박사학위 논문 심사위원으로 다섯 분의 심사진 교수님을 구성하셨다. 지도교수이신 阿部博之(아베 히로유끼), 北條英典(호조 히데쯔네), 高橋秀明(다까하시 히데아끼), 平井敏雄(히라이 토시오), 加藤康司(가또 코지) 등 모두 도호쿠대학 교수인데, 단 한 분이 세라믹 전공의 도호쿠대학 재료연구소 소속 平井敏

雄 교수였다. 그는 화학적 방법으로 세라믹 재료를 합성하는 연구를 하시는 교수님이었다.

기계공학과 건물 3층 세미나실에서 약 3시간 가까이 논문발표와 심사가 진행되었다. 약 50분 정도의 구두 발표와 2시간 가까이 심사위원들의 질문이 이어졌다. 심사위원들의 질문이 끝나고 나는 다른 방에서 심사 결과를 기다리고 있었다. 심사를 마치고 가또 교수가 나에게 다가와 하시는 말씀이 "김상, 축하합니다. 합격입니다." 어느 심사위원은 박사 논문이 기념비적 학위 논문(Memorial Paper)이라고 극찬했다고 전했다.

나는 너무나 기뻤다. 하나님께 감사의 기도를 드렸다. 혼자 눈물을 흘리면서 고국에 계시는 아버님과 어머님께 감사를 드렸다. 그리고 고국의 부모님께 편지를 드렸다. 박사학위논문을 제출하고 곧 한국으로 돌아가 부모님께 인사를 드리겠다고 했다. 아울러 장용덕 목사님에게도 편지를 보냈다. 나의 박사학위 논문은 미국기계학회 논문집에 게재가 되었으며, 박사학위 논문심사도 합격이 되어 1987년 1월 말에는 한국으로 귀국하게 되었다. 그동안 남덕교회 성도님들의 기도에 감사드린다는 뜻을 담아 편지를 보냈다.

며칠 후 가또 교수가 자신의 집으로 우리 가족을 초대하여 축하 모임을 가졌다. 가또 교수 집은 공대 건물에서 가까운 야기야마(八木山) 중턱에 있었다. 가는 도중에 일본 조총련 사무실을 지나게 되는데, 도중에 흰 저고리에 검은 치마를 입은 학생들을 보게 되면 조총련계 학교에 다니는 학생으로 보면 된다. 그래서 일본 유학 전에 조총련과 접촉하지 말라고 중앙정보부의 교육을 반드시 받아야 했다. 가또 교수는 당시에 장모님을 모시고 아들과 네 가족이 살고 있었다. 가또 교수는 그 날 대화 중에서 나와의 만남이 큰 축복이라고 했다. 그동안의 여러 가지 경험을 이야기하며 향후 상호 협력관계를 이어 나갈 것을 다짐했다.

그리고 가또 조교수는 박사학위 취득기념으로 이와나미 서점(岩波書店)에서 출판한 이와나미 이화학사전(岩波 理化學辭典)을 선물해 주셨다. 지도교수인 아베히로유기(阿部博之) 교수님은 아래와 같은 중국의 고사성어를 직접 써서 나에게 1987년 1월 초에 박사학위 취득기념으로 주셨다.

"鳥則擇木(조즉택목) 木豈能擇鳥(목기능택조)

　金石三 敎授. 丁卯冬 阿部博之"

이 고사성어는 중국 춘추시대 공자가 자신의 뜻을 펼치기 위해 천하를 떠돌던 중 위나라에 들렀을 때, 위나라의 공문자는 나라를 다스리는 도(道)가 아닌 전쟁에 대한 일만을 공자에게 물어 의견을 구하려고 해서 공자는 크게 실망하여 위나라를 떠나면서 남긴 글이라 한다.

즉, '새가 나무를 선택하는 것이지, 나무가 어찌 새를 선택할 수 있겠는가.'라는 뜻이다. 지도교수님의 높은 뜻을 새기며 나는 이 글귀를 생각했다. 경북대로 돌아와 교수로서 활동하게 될 때, 우수한 인재들이 내 연구실에 몰려오도록 교수로서 열심히 노력하라는 의미로 나는 받아들였다.

박사학위 청구논문은 모든 심사위원으로부터 받은 지적 사항을 최종적으로 수정하였다. 나는 완성된 논문을 1987년 1월 10일 대학원 사무실에 제출하고 공식적으로 접수를 시켰다. 학위 취득과 함께 나는 1987년 1월 31일까지 한국에 들어가 2월 1일 경북대에 입국신고서를 제출하여야 했다. 약 20일간의 여유가 생겼다. 먼저 3년 동안 장학금을 지급해준 와꾸야(通谷) 로타리클럽의 스가와라(管原達男) 사장님을 찾아뵙고 감사의 인사를 드렸다. 그리고 가까운 여러 온천을 다녀왔다.

나보다 2년 먼저 금성전선회사에서 근무하다 도호쿠대학에 박사과정 유학을 온 경북대 고분자공학과 출신 배헌재 박사가 사용하다 나에게 물려준 일본 자동차 파밀리아를 타고 여러 곳을 여행했다. 센다이시에서 자동차로 약 30분 거리에 있는 아키우 온천(秋保溫泉), 사쿠나미 온천(作並溫泉) 등지를 다른 유학생 가족들과 다녔다. 3년간 유학 시절 일본 로타리 클럽과 라이온스 클럽에서는 유학생들에게 매년 목장과 과수원, 그리고 겨울에는 스키장으로 데리고 가서 일본 문화를 체험케 했다. 우호적인 교류와 상호 선린 관계로 나아가기 위해서 민간 차원의 활동을 많이 하는 것이었다. 일본 서해안 니가다현(新潟県)의 금광이 있는 사도 광산까지 일본 로타리클럽 지원으로 다녀왔다. 사도 광산까지는 315km 거리이다. 자동차로 7시간 13분 걸리는 먼 거리이다. 일제시대 징용된 한국인들이 이곳에서 금을 채굴하는 데 동원되었다고 한다. 여러 가지 감회가 들었다.

일본 유학 중 기억에 남는 중요한 한 분이 있다. 중국 길림성 길림 공업대학 교수로서 일본 정부 초청 연구교수로 도호쿠대학 유체공학 연구실에 오셨던 권정오 교수님이다. 권 교수님은 안동 권씨 후손으로 일제시대보다 나은 삶을 위해 조상들이 경상도에서 중국 길림성으로 이주했다고 한다. 권 교수는 그곳 길림성에서 태어나 열심히 공부해서 중국 베이징에 있는 베이징항공항천대学(北京航空航天大學)을 졸업하고, 중국 길림성 장춘(長春) 시에 있는 길림공업대학(吉林工業大學) 교수가 된 것이다. 권 교수가 베이징항공항천대学에 합격했을 때 큰 잔치가 벌어졌다고 했다. 조선족이 베이징에 있는 대학에 합격한다는 것은 대단한 드문 일이고, 뛰어난 실력이 있어야 하기 때문이다. 그의 가족으로는 중국군인 대령 계급장을 달고 있는 간호장교 부인과 딸 하나로, 세 식구가 살고 있다고 했다.

나는 그의 부인이 중국 군인이라는 말에 덜컥 겁이 났다. 6·25 때 중공군이 남침해 우리 남한 군인이 많이 죽었던 기억이 났기 때문이었다. 그런데 우연하게도 1985년도 어느 날 권정오 교수는 대학 건물 엘리베이터 안에서 한국말을 알아듣고 나에게 인사를 했다. 알고 보니 가또 연구실 바로 옆 유체역학 연구실에 교환교수로 왔다는 것이다. 그 무렵 중국에 거주하는 조선족 교수들 몇 명이 도호쿠대학에 일본 정부 초청 교환교수로 오게 되었다고 했다. 나는 무언가 같은 동족이라는 것이 반가워 인사를 나누고 중국 생활 얘기를 나누면서, 그를 일요일마다 센다이 한인교회로 인도했다. 예배를 마치면 우리 집으로 초대해서 점심과 저녁을 함께 나누었다. 권정오 교수는 혼자 살고 있었으므로 가끔 아내가 김치를 담아주었다. 권 교수와 나는 전공이 같은 기계공학이기 때문에 1년 동안 여러 가지 얘기들을 나누었다.

특히 6·25전쟁 당시 중공군의 개입으로 우리 국군이 후퇴한 1·4후퇴 때 중국 정부에서 조선족들을 동원하면서 북조선 땅에 미군들이 침략했으니 당신들 나라는 당신들이 지켜야 하지 않겠느냐고 선동하여 많은 조선족들이 중공군에 속하도록 하여 6·25전쟁에 가담했다고 했다. 그 뒤 권 교수가 중국으로 돌아가고 한국에서는 88서울올림픽이 성공적으로 마치게 되자, 중국 조선족들이 크게 동요했다고 하는 소식을 전해 오기도 했다. 올림픽 경기 도중 마라톤 경기를 중계하는 장면에 서울의 고층 건물과 현대화된 서울 거리가 TV 화면에 그대로 노출되어 한국의 발전된 모습에 크게 놀랐다고 했다. 88서울올림픽이 성공적으로 마치게 되면서 구소련이 무너졌다. 그동안 공산당 세력들이 한국을 가난한 국가, 거지들만 겨우 살아가는 나라라고 거짓 선동을 해왔는데 세계올림픽 경기를 통해서 한국의 실상을 그대로 세계에 보여준 것이다. 이듬해인 1989년도엔 중국 대학생들이 천안문에서 공산당에 저항하는 천안문사태가 발생하기도 했다. 1992년 8월 24일 한국과 중국과의 수교가 시작되어 상호방문이 가능해져 영남대 전자공학과 교수이며 대구내당교회 장로인 서희돈 교수와 내가 중국 길림공업대학 권정오 교수에게 한국을 방문해 달라는 초청장을 보냈다. 권정오 교수는 홍콩을 경유해서 한국에 입국했다. 그리고 내당교회 장로인 서희돈 교수의 중매로 권정오 교수 외동딸이 내당교회 장로의 아들과 결혼을 하는 데까지 발전했다.

도호쿠 대학을 떠나오며

나는 3년 6개월간의 일본 유학 생활을 하나님의 도우심으로 잘 마무리했다. 1987년 1월 10일 심사위원의 심사를 마친 최종 공학박사 학위 논문을 대학에 제출했다. 그동안 도와주신 분들께 감사의 인사를 드리고 1987년 1월 17일(박사학위 수여식은 3월 25일) 한국으로 돌아오기 위해 센다이역에서 교토행 기차에 몸을 실었다.

센다이역 송별 현장에는 가또 교수와 부인, 아베 연구실 사까 조수, 비서였던 호라구치상, 그리고 유체역학 연구실 비서였던 호끼리가와 부인 등이 나와 주셨다. 많은 분들이 눈물의 환송식을 해주었다. 아들 종형이는 그동안 친했던 초등학교 친구들, 그리고 미국 선교사네의 아들과 이별의 순간을 아쉬워하며 기차 승차장으로 올라가는 에스컬레이터에서 신나게 떠들었다. 당시 연구실 4학년 학생으로 나를 도와주었던 도꾸모토 군은 크게 현수막에 일본어로 '우리 다시 만나는 그날까지'란 글귀를 만들어 와서 우리 가족을 환송했다. 결코 나는 잊을 수 없는 순간이었다. 바로 전날에는 국제교류회관 근처 일본 교회 영광교회 야스다(安田) 장로 부인이 우리가 살았던 국제교류회관 2층으로 와서 아내의 이삿짐을 도와주면서 "우리 천국에서 다시 만나자"라고 하며 송별의 순간에 서로 눈물을 흘리면서 이별의 아쉬움을 나누고 왔다.

그리스도의 사랑을 서로가 깊게 나누었던 사이였다. 우리가 타고 온 기차는 동경을 거쳐 교토역에 도착했다. 이른 아침이었다. 교토역의 모습을 바라보며 가까운 공중목욕탕으로 갔다. 밤사이 기차 안에서의 피로를 풀기 위함이었다. 나는 남자 목욕탕에 들어서는 순간 크게 당황했다. 나이 드신 할머니가 목욕탕 안을 정리하고 있었다. 그 안에는 남자들이 목욕하고 있는데도 아무 거리낌도 없이 이리저리 다니면서 목욕탕 안을 정리하는 모습이 나를 당황스럽게 만들었다. 이게 일본 문화인가 하는 생각이 들었다. 그리고 주일날이라 교토역에서 가까운 교회를 찾았다. 일본기독교단 라쿠요 교회(洛陽敎會)를 찾아 주일예배를 드렸다.

교인들은 아주 친절하게 맞아주었고, 교토의 유명 관광지를 소개해 주기도 했다. 나는 당시 교토지역 정보는 별로 아는 것이 없었다. 윤동주 시인과 정지용 시인이 공부한 도시샤대학(同志社大学)을 그간에는 가보지도 못했었다. 이 대학 교내에는 윤동주 시비가 있다고 한다. 윤동주 자필 원고의 필체라고 전한다. 언제 읽어도 가슴에 큰 울림을 주는 민족시인 윤동주의 시다.

"죽는 날까지 하늘을 우르르/ 한점 부끄럼이 없기를 잎새에 이는 바람에도/ 나는 괴로워 했다. 별을 노래하는 마음으로/ 모든 죽어가는 것을 사랑해야지/ 그리고 나한테 주어진 길을/ 걸어가야겠다. 오늘 밤에도 별이 바람에 스치운다."

나는 일본의 옛 수도였던 교토시(京都市)와 가까운 나라시(奈良市)의 호류지(法隆寺)를 보고 싶었다. 교토역 가까운 곳 저렴한 호텔을 잡아 짐을 내려놓고 학생 시절 국사 시간에 배웠던 호류지(法隆寺)부터 가보고 싶었다. 교토역에서 전철을 타고 약 1시간 거리에 호류지 역에 도착하였다. 호류지 역에서 걸어서 약 30분 거리에 호류지 사찰이 있었다. 호류지 정문에 '성덕종 총본산 호류지(聖德宗 總本山 法隆寺)'란 사찰 이름이 새겨진 돌비석이 보였다. 사찰 주위 정원도 너무 아름다웠다. 호류지 전체가 일본 문화재란다. 사찰의 웅장함이 대단했다. 7세기 건축된 일본 아스카문화를 보았다. 사찰 모습이 전통적 일본 사찰과는 다른 모습이었다.

한국에서 본 문화재의 모습과 닮은 느낌이었다. 한국에서 가져온 것이란 생각이 들었다. 고구려 담징이 그렸다는 금당벽화는 1948년에 화재로 일부 훼손되었다고 한다. 백제에서 가져온 석가여래상을 보고 싶었다. 특히 아내와 아들에게 일본이 백제와 고구려 문화를 받아들였음을 보여주고 싶었다. 일본의 불교문화는 한반도로부터 전래된 것이 분명했다. 일본서기에 의하면 서기 552년에 백제 성왕이 불상과 불경을 보내며 킨메이 천황에게 처음으로 불교를 알려주던 상황이 잘 기록되어 있다고 한다. 그 후 쇼토쿠태자의 스승이 된 고구려 혜자(慧慈)와 백제 혜총(惠聰) 등 승려들의 이름이 등장한다고 한다. 그 외 백제 기술자들의 이름도 등장한다고 한다. 일본 천황은 백제의 후손이란 설도 있다. 일본인들은 이를 부인한다.

다음날은 교토 시내 유명사찰과 거리를 관광했다. 교토는 일본의 옛 수도로서 1,200여 년간 다듬어진 도시이다. 거리 곳곳마다 일본의 옛 모습을 찾아볼 수 있었다. 교토의 유명한 곳은 불교 사찰이다. 기요미즈데라(淸水寺)와 지쇼지(慈照寺)를 관광했다. 일본 전통 불교를 이해하기 위해서다. 기요미즈데라는 서기 778년에 사카노우에노 다무라마로에 의해 창건되었으나 현재의 사찰은 1633년에 도쿠가와 이에미쓰의 명령으로 재건된 것이다. 사찰 전체를 건조하면서도 단 하나의 못도 사용되지 않은 것으로 유명하다. 이 사찰의 이름이 기요미즈데라(淸水寺)인 것은 사찰 주변에 있는 언덕에서 흐르는 물이 너무나 맑은 물이라 하여 '청수(淸水)'라고 명명하게 되었다고 한다. 이 사찰은 일본 북법상종(北法相宗)의 대본산이라 한다. 그리고 지쇼지(慈照寺)는 일본 교토시 사쿄구에 위치한 선불교 사찰이다. 3일간 교토시와 나라시를 관광하고, 1월 20일 화요일 오사카 공항에서 대한항공 비행기로 부산 김해공항을 거쳐 3년 6개월간의 일본 유학을 마치고 귀국하였다.

제6장
대구 남덕교회
선교활동과
연구 생활

1. 박사후 연구 과정과 미국 생활

귀국 후의 바쁜 행보

귀국 다음 날 경북대 본부 인사과에 복직신청서를 제출하고 새로운 마음으로 교수로서의 직무에 최선을 다하기로 다짐했다. 그리고 부모님께 인사드리기 위해 고향으로 갔다. 고향 김천시 부항면 학동에서 오로지 지게를 지고 논과 밭일에만 밤낮으로 일하시는 아버지와 어머니를 생각하면 가슴이 미어진다. 김천을 거쳐 버스를 타고 부항면 월곡리 부항초에서 무주구천동을 향하는 길에서 버스에서 내려서 학동을 향했다.

발걸음이 빨라진다. 빨리 아버님과 어머님을 뵙고 인사를 드리고 싶었다. 아내와 아들 종형이도 데리고 갔다. 부모님은 마루에 앉아서 우리를 기다리고 계셨다. 나는 방으로 모셔서 큰절을 올렸다. 이제부터는 부모님을 잘 모시겠다고 했다. 부모님은 아내와 아들 종형이에게 일본에서 고생했다고 하시면서 위로의 말씀을 해주셨다. 학동 입구 부항중앙교회 김철기 전도사님 내외분이 우리 집으로 오셨다. 김철기 전도사님께서 박사학위 취득 축하 예배를 올려 주셨다. 그리고 부항면 사무소 면장이시고 아버님과 친구이신 현창석 면장님께서 소식을 듣고 우리 집까지 오셨다. 내가 부항면에서 처음으로 공학박사가 되었다면서 부항면 주관으로 박사학위 취득 축하 행사를 하겠다며 부항면 사무소 앞과 부항면 도로 곳곳에 박사학위 취득 축하 현수막을 게양해 주셨다. 그리하여 학동마을 주민들에게 음식을 만들어 대접하며 동네 잔치를 베풀었다. 고향 어르신들과 즐거움을 함께했다. 고난의 언덕을 넘어가게 해주시는 하나님의 은혜를 실감하는 순간이었다.

나는 다시 대구로 내려와 경북대 사진관에 들러 공대 박사 학위복을 입고 박사학위 취득기념 가족사진을 촬영했다. 아내와 주혜, 성혜 그리고 아들 종형이 모두 다섯 식구 가족사진이다. 아들 종형이는 대구 이현초 4학년에 편입하였다. 같은 반 학생들이 일본 놈이라고 놀렸다고 한다. 일본에서 3학년까지 공부하고 4학년으로 편입하니 일본어와 한국어의 혼돈으로 상당 기간 고생했다. 당연히 종형이의 시험 성적이 좋지 않았다. 시험문제의 물음이 갖는 정확한 의미를 파악하지 못한 것으로 생각된다.

대구 남덕교회는 내가 일본 유학하는 동안 크게 성장하였다. 남산동에서 달서구 성당동으로 이사 올 때 교인 수가 120여 명이었는데, 6개월이 지난 6월 26일 낮 예배 참석한 성도가 252명이었다. 이는 매주 토요일마다 두 명을 한 조로 하는 전도대를 결성하여 주변 아파트 지역과 주택지역을 가가호호 방문하며 전도에 최선을 다한 결과였다. 한 가지 아쉬운 것이 있었다면 교회 재정으로는 담임목사님 사택을 마련해 드릴 형편이 되지 않는 점이었다. 그런데 당시 김종화, 김학배, 이재권, 심무웅, 서대통 등 젊은 집사들이 중심이 되어 장용덕 목사님 가족 여섯 식구가 살아갈 아파트를 교회에서 가까운 신시영아파트 18동 307호(18평)를 매입하여 장용덕 목사님 개인 명의로 등기하여 기증하였다.

이로써 장 목사님 가족들은 1년간의 식수도 나오지 않고, 진흙탕 길을 다녀야 했던 어려운 생활을 마감할 수가 있었다. 목사님 자녀들이 아파트에 살게 되어 너무 기뻐했다는 이야기를 들었다. 그 후 3년 7

개월이 지나서 남덕교회에서 담임목사 사택용으로 우방라이락아파트 102동 410호(34평)을 구입하여 1987년 7월 26일 이사하게 되었다. 장 목사님은 그간 사용해 오시던 신시영아파트(18평)를 남덕교회에 기증하였다.

남덕교회 베델성서대학과 장로 임직

이러한 격변기 가운데 장 목사님은 교인들의 성경의 진리를 더 심도있게 교육하기 위해서 성서대학을 남덕교회 내에 개설하였다. 1986년 4월에 베델성서대학을 열었다. 이를 위해 장 목사님께서 서울에 가셔서 베델성서대학 과정을 수료하셨다. 베델 1기생으로 23명이 등록하여 수료했다. 장 목사님이 베델성서대학 학장, 그리고 남덕교회 부목사로 봉사했던 김종석 목사님이 조교를 맡아 학생용 모든 교재를 복사하여 나누어 주느라 말할 수 없는 고생을 하였다.

베델성서대학은 총 4학기 2년의 과정이었다. 나도 아내와 같이 베델 2기로 등록하여 베델성서대학 과정을 공부하였다. 2기생은 24명이 수강했다. 베델성서 대학 교재는 구약 과정 20개 과(단원)로 구성되어 있으며 제1과는 '천지창조'이며 마지막 과인 제20과는 '회복'이다. 신약 과정도 20개 과로 되어 있으며 제1과는 '때가 차서'이며 마지막과는 '재림'으로 구성되어 성경 전체의 내용을 개념 중심으로 공부하도록 구성되어 있다. 매주 토요일 2시간 강의로 진행되었다. 강의가 시작되면 장 목사님이 들어오셔서 한 주간 동안 암기한 주요 개념을 확인하기 위해 임의로 학생 번호를 불러서 주요 개념을 질문하였는데, 모두가 지명되기를 기피했다.

2년 차 수학여행으로 제주도를 다녀왔으며 1989년 2월 19일 24명이 졸업을 하였다. 영남신학교에서 학사 학위복을 빌려와 학위복을 착용하고 졸업 예배 시간에 한분 한분이 단상으로 올라가 성서대학 졸업장을 받았다. 나도 아내와 같이 영광스러운 성서대학 졸업장을 받았다. 김천고 1학년 시절, 담임선생님의 대학 진학 질문을 받고 신학대학으로 진학하겠다는 고백을 했었는데, 늦게나마 조용히 실천한 셈이다. 성서대학 졸업자에겐 특전이 있었다. 장립 집사와 권사 임직에서 요구되는 성경 시험을 면제해 주었다. 많은 성도들이 성서대학을 졸업하였고 남덕교회 성장의 큰 계기가 되었다.

　일본 유학을 마치고 한국으로 돌아온 뒤 2년이 지나고 나는 1989년 11월 25일 남덕교회 창립 37주년 기념 주일에 장로 임직을 받았다. 장로 임직식 때 고향 부항중앙교회에서 김철기 전도사님과 교인들이 봉고차로 대구까지 내려와 나의 장로 임직을 축하해 주었다. 나는 남덕교회 장 목사님의 선교 비전을 협력하고자 하는 마음으로 장로 임직을 수락했다.

미국 국립표준기술연구원 박사후 연구과정
　일본에서 박사학위를 마친 나는 박사후(Post.Doc) 연구과정을 가능하면 미국에서 하고 싶었다. 마침 미국에서 1년간 박사후 연구과정을 지원하는 한국 정부의 지원책이 있었다. 나는 한국연구재단에서 관장하는 박사후 1년 과정을 지원하였다. 감사하게도 심사에서 합격하게 되어 미국 국립표준기술연구원(National Institute of Standards and Technology, NIST)에 가서 연구할 수 있게 되었다.

미국에서의 1년간 연구 과정에는 고2인 큰딸과 중3인 작은딸 그리고 초등학교를 졸업한 아들과 아내 모두 5명이 미국으로 가기로 했다. 1990년 1월 29일 처형과 동서가 부산국제공항까지 와서 미국으로의 출국을 환송하는 가운데 미국행 비행기를 탔다. 뉴욕을 경유하여 1990년 1월 30일에 미국 워싱턴DC에서 가깝고 북버지니아에서도 가까운 워싱턴 덜레스 국제공항(Washington Dulles International Airport)에 도착했다. 공항에는 북버지니아 장로교회 담임목사이신 황수봉 목사님께서 마중 나와 계셨다. 황 목사님은 장용덕 목사님과 장로회신학교 동기로서 가깝게 지내는 분이시다. 내가 미국 오기 전에 황 목사님과 연락을 주고받으신 터라 나를 반갑게 맞아주셨다.

나의 미국 방문은 나의 연구 역량을 높이기 위함에 그 목적이 있었다. 첨단기술 국가인 미국에서 표준기술을 연구하는 미국 국립표준기술연구원에서 한 단계 향상된 연구력을 가지기 위해 1년간 계약으로 온 것이다. 일본 유학 경험을 바탕으로 세계 최고 수준인 미국에서의 선진 연구 경험을 쌓고, 국제연구협력의 네트워킹을 쌓아보고자 하는 의도에서였다. 한국 연구재단에서 왕복 항공료와 1년간 체재비를 지원받았다. 내가 근무할 미국의 표준기술연구원에서도 객원연구원(Guest Researcher)이라는 직책을 부여하여 월 800달러를 지원해주었다.

당시 나의 초청인은 국립표준기술연구원(NIST) 세라믹연구부 부장을 맡고 있는 중국 상하이 출신으로서 펜실베니아 주립대학에서 화학공학을 전공하여 박사학위를 취득한 수(Stephan M. Hsu) 박사였다. 그는 미국 트라이볼로지학회에서 활발하게 활동하며 미국 기업체와 정부로부터 많은 연구비를 받아 중국 칭화대학(靑華大學) 졸업생들을 연구원으로 초청하여 트라이볼로지 마모실험을 수행하게 하여 세라믹 마모실험 표준화 작업을 하고 있었다. 그렇기 때문에 그는 나의 전공을 잘 이해하고 있었고, 일본 도호쿠대학 지도교수인 가또 교수의 추천서가 쉽게 받아들여져 이곳으로 온 것이다. 미국 국립표준기술원 위치는 미국의 수도인 워싱턴DC에서 가까운 메릴랜드주 게이더스버그(Gaithersburg)시에 있었고, 당시 이 연구실에는 한국인 연구원으로 이수완 박사가 있었다. 이수완 박사는 미국 시카고대학에서 재료공학을 전공하여 공학박사 학위를 취득하고 박사후 연구원으로 일하고 있었다. 나와 같은 위치의 연구원이었다.

나는 이수완 박사의 협력으로 표준과학기술원에서 걸어 다닐 수 있는 곳에 집을 구했다. 우리 다섯 식구가 살 수 있는 퀸스 오차드(Quince Orchard) 콘도를 얻어서 1년간 살게 되었다. 이 박사는 아들 하나와 어린 딸과 살고 있었다. 아이들의 학교를 정하는 것도 급선무였다. 나의 큰딸 주혜와 둘째 딸 성혜는 퀸스 오차드 고등학교(Quince Orchard High School)에 다녔고, 아들 종형이는 가까운 브라운 스테이션 초등학교(Brown Statiom Elementry School) 6학년 2학기를 다닌 후, 9월이 되어서 누나들과 같은 중학교에 6개월간 공부했다. 이수완 박사에게 들은 얘기인데, 종형이가 처음 브라운 스테이션 초등학교에 갔을 때 미국 학생들이 종형이를 때리려 하자 종형이가 태권도 자세를 취하니까 모두 도망을 갔다고 했다.

당시 미국 사회에도 한국의 태권도가 잘 알려져 있었기 때문이었다. 미국의 교육제도는 고등학교까지 학교 버스로 학생들을 등하교시킨다. 미국에서는 학생들의 안전을 최우선으로 배려한다. 노란색 학교

버스가 정지해 있으면 지나가는 모든 차량이 정지해야 한다. 교통법규가 엄격한 사회다. 그리고 미국 생활에서 제일 중요한 것은 자동차이다. 거주하는 집에서 물건을 사려면 쇼핑센터까지 가야 하기 때문이다. 나는 자동차를 구입했다. 그때 미국에서 가장 잘 팔리는 차종은 일본의 도요다 차였다. 일본 도요다자동차 회사에서 미국 신문에 '고장 없는 차 도요타'라는 광고를 대대적으로 하여 한국교포들도 일본 차를 선호했다.

하지만 나는 현대차를 구입했다. 미국으로 수출한 소나타 신차다. 미국에서 1년간 사용하고 한국으로 가져올 생각이었다. 소나타이지만 엔진은 그랜저엔진 2,400CC을 장착한 승용차였다. 당시 현대자동차에서는 국내용과 수출용 부품이 달랐다. 미국 자동차 규격에 맞아야 하므로 자동차 부품이 다른 것이다. 겨울에 눈이 많이 오기 때문에 차체 바닥이 모두 언더코팅이 되어 있었고, 철판의 두께도 다르다. 그리고 처음으로 운전석에 자동 안전벨트가 장착되어 있었다. 자동차 시동을 걸면 안전벨트가 자동으로 작동하였다.

북버지니아 장로교회와 황수봉 목사님

미국에서 1년간 다닌 교회는 북버지니아 장로교회였다. 달러스 공항에 마중 나오셨던 황수봉 목사님이 개척한 한인교회였다. 황수봉 목사님께서 1975년도에 설립한 한인교회로서 장용덕 목사님께서 소개해 주신 교회였다. 황 목사님 사모님은 이화여대 간호학과를 졸업하시고 결혼 후 미국 이민을 왔다. 황 목사님 내외는 아들과 딸 남매를 두고 있었다. 그리고 교회는 약 300여 명의 교인들이 주일 예배에 참석하는, 분위기가 좋은 교회로 기억된다. 자체 교회당이 없어서 예배는 미국교회를 빌려서 사용하기 때문에 오후 2시에 대예배와 주일학교 어린이 예배를 드리고 있었다. 아주 인상 깊었던 것은 주일예배를 마치면 주일마다 교인들의 가정 중에 어느 한 가정에 모여 저녁을 함께 하며 한 주간의 고국 소식을 나누며 이국땅에서의 힘든 삶을 나누며 살아가는 모습이었다.

모임의 명분은 성도님 가정의 기념될 만한 날을 함께 감사하고 축하하는 데에 두었다. 즉, 교인들의 자녀 돌이나 생일 등의 축하하는 것인데, 초청하는 가정에서는 밥만 준비하고, 참석하는 성도들이 각각 반찬 한 가지씩 가져와 함께 먹으며 즐거운 한때를 보내는 방식이다. 우리 다섯 식구도 초대받아 매주 참석했다. 저녁 식사를 마치면 삼삼오오 모여서 얘기하느라 시간 가는 줄 모르고 수다를 떨고 있을 때, 아내는 조용히 부엌에 들어가 설거지를 깨끗하게 해주었다. 이 같은 부엌일을 모임이 있을 때마다 하니까 그곳 교인들이 아내를 달리 생각했다. 다른 교수들은 1년간 미국에 오면 부인이 설거지하는 일이 없었는데, 아내와 우리 가족을 다르게 본 것이다. 그리고 그곳 교인들은 새벽예배는 대개 주일날 새벽만 드렸는데, 나와 아내는 주일 새벽에 북버지니아 장로교회에 가서 새벽예배를 마치고, 다시 게디스버그 우리 아파트로 와서 아이들과 아침 식사와 점심을 하고, 또다시 북버지니아 장로교회로 가서 주일예배를 드렸다.

우리 집에서 교회까지 거리는 34마일(54.7km)이었다. 교회에 가고 오는 길은 주로 270번 고속도로를 이용하였다. 교회가 미국의 수도 워싱턴DC에서 가까운 곳에 있어서, 미국 국방성 펜타곤을 지나서 버지니아주 알렉산드리아로 들어가 북버지니아 장로교회까지 30분 정도면 갈 수 있었다. 북버지니아 장로교회 당회원 중에는 다양한 경력에 열심히 일하는 분들이 많았다. 중국 식당을 경영하시는 장로님, 일찍이 미국에 이민을 떠나와 인쇄소를 운영하시는 장로님, 고등학교 수학교사였던 장로님, 서울대를 졸업하고 미국으로 건너가서 작은 편의점을 운영하며 자녀 교육을 하는 장로님과 이화여대를 졸업하고 이곳에와 봉제공장에서 일하는 장로님의 아내분 등 열심히 살아가면서 감동적인 스토리를 지닌 분이 많았다. 그리고 장로가 못되어 다른 교회로 가신 미장원을 운영하시던 집사님, 대구교육대학 교수로 재직하다가 사표를 내고 미국으로 이민 오신 집사님 가정도 있었다.

황수봉 목사님 내외분과 모든 교인들은 우리 가족을 항상 반갑게 맞이해 주셨다. 무슨 문제가 생기면 잘 도와주셨다. 1990년 7월 14일엔 제10회 동부지역 한인교회대항 연식야구대회가 개최되었다. 동년 7월 8일엔 미스바 대각성, 29일에는 촛불 예배를 드리기도 했다. 어디에서나 교인들이 중심이 되어 미국에서의 신앙심을 고양하기 위한 다양한 교회 행사를 한 것 같았다. 최근 2024년 6월 10일 미국 북버지니아 장로교회 근처 애난데일 소재 설악가든에서 워싱턴지역 장로회신학대학 출신 장로교 통합 교단 동문 부부 23명이 참석하여 황수봉 목사님 90세 생신을 축하하는 시간을 가졌다고 한다. 이 기사가 미주지역 한국 신문에 실렸다고 하버드대 김현주 교수가 전했다.

미국의 명소 나들이

미국에서 1년간 체류하는 동안 휴일을 맞이하게 되면 가까운 워싱턴DC로 가서 유명한 곳을 둘러보았다. 백악관 부근을 가보기도 하고, 비행기 개발과정과 자연 생태계 발달과정을 시각적으로 보여주는 스미스소니언 박물관에도 갔었다. 그리고 국회의사당, 주요 정부 핵심 부처가 있는 주변 건물들, 링컨기념관 등을 관광하고 미국을 건국한 초대 대통령을 기념하여 세운 높이 170m인 워싱턴 기념비(Washington Monument)에 올라가 주위를 둘러보며 미국의 심장부를 이해하려 노력했다. 특히 1990년 4월 1일 백악관 방문 때는 날씨가 너무 추워서 모두 겨울옷을 입고 많은 사람 틈에 줄을 서 한참을 기다려야 했다. 따뜻한 온기가 있는 곳에는 거지들이 모여 사는 모습을 보면서 미국의 또 다른 모습을 보게 되었다.

이곳의 자연풍광이 너무 아름다웠다. 포토맥 강변의 모습은 천국에 온 기분이었다. 포토맥 강에는 물고기가 너무 많아 손을 강물 속에 집어넣으면 고기가 잡힐 정도라고 했다. 1990년 9월 2일 아침 뉴스에서 가까운 메릴랜드대학에 미식축구 경기가 있다는 소식을 접하고 그 장소로 온 식구가 갔다. 시합이 시작되고 조금 지나니까 경기장 정문을 개방해 주어 무료로 미식축구 경기를 직접 관람했다. 매주 토요일엔 가까운 곳에서 영어 회화 공부를 무료로 강의하는 것을 놓치지 않고 아내와 같이 수강했다. 당시 이란에서 이민 온 아가씨도 같이 공부했는데, 왜 미국에 왔느냐고 물으니 "이란 정부의 독재가 너무 싫어서"라는 답변을 들었다. 또한 집에서 가까운 록빌(Rockville)이라는 마을이 있는데 매주 목요일 저녁 성경공부 모임이 있어 빠지지 않고 참석했다.

1990년 9월 29일 금요일 저녁 9시에 이수완 박사 가족과 함께 나이

아가라 폭포를 향해 출발했다. 마침 이수완 박사 부모님이 한국 경주에 살고 계셨는데, 미국 아들네 집을 방문하게 되어 부모님을 모시고 우리 가족과 함께 세계적으로 유명한 나이아가라 폭포 관광을 계획한 것이다. 저녁 9시 출발해서 다음 날 아침 8시경에 나이아가라 폭포에 도착하여, 바로 미국 국경선을 넘어 캐나다로 건너갔다. 캐나다지역에서 나이아가라 폭포를 관광하는 것이 더욱 웅장하고 보기 좋았기 때문이었다. 미국과 캐나다는 국경선을 넘어가는 것은 여권만 소지하면 쉽게 넘어갔다가 다시 돌아올 수 있다.

캐나다로 건너가서 먼저 숙소를 정하고 바로 관광에 들어갔다. 유람선을 타고 나이아가라 폭포 바로 밑까지 가서 99m 높은 곳에서 떨어지는 폭포수를 맞아보는 체험을 하는 것이다. 모두 비옷을 입고 배를 타고 들어갔다. 폭포수를 맞을 때는 수압과 폭포수의 강한 힘에 머리를 들기도 힘들 지경이다. 폭포 관광 후에는 주변 박물관과 구경거리를 모두 보고 하룻밤을 지난 후 다시 메릴랜드 우리집으로 돌아와야만 했다. 돌아오는 길에는 미국 철강회사가 있던 도시인 펜실베니아주 피츠버그(Pittsburgh)에 들러 미국 철강 역사를 둘러보기도 했다.

1990년 10월 31일은 전통적으로 유명한 미국 할로윈데이(Halloween Day)이다. 미국 전역에서 개최되는 큰 축제이며 종교적인 행사이기도 하다. 호박을 도려내고 안에 초를 세워 유령, 마녀, 괴물 모양으로 만들어 집집 마다 돌아다니며 과자를 안 주면 장난을 치며 과자와 초콜릿을 모아서 파티를 즐기는 행사다. 주혜와 성혜 그리고 종형이까지 학교 친구들과 모여 귀신 모양의 가면을 쓰고, 분장을 하여 할로윈데이의 행사를 즐기기도 했다. 그리고 11월 22일 주혜와 성혜, 그리고 종형이가 다니는 퀸스오차드 중·고등학교에서 학생들의 큰 행사가 개최되었는데 한국 학생들은 한복을 입었고, 미국 학생들은 태권도 시범행사가 있어서 묘기를 보일 때마다 많은 박수를 받기도 했다. 어디를 가나 한국 태권도는 인기가 많았다.

1990년 12월이 되어 한국으로 귀국해야 할 날이 다가옴에 따라 미국 뉴욕 동부교회를 방문할 계획을 세웠다. 뉴욕동부교회는 장용덕 목사님의 친구인 박희소 목사님이 1975년 3월에 개척한 교회이다. 내가 살고 있는 곳에서 뉴욕까지는 약 400km 거리이며 자동차로 5시간 정도면 갈 수 있는 곳이다. 12월 28일 메릴랜드 게이더스버그 우리집을 출발하여 펜실베니아주 필라델피아로 갔다. 이곳엔 대구 남덕교회에 다니던 집사님이 살고 계셨기 때문에 사전에 연락을 해서 방문하기로 약속을 했다. 우리 집에서 필라델피아 안 집사님까지 거리는 약 128km로 자동차로는 2시간 30분 정도 걸렸다. 안 집사님 가족은 우리를 반갑게 맞이해 주셨다. 안 집사님은 그곳에서 봉제공장에 다니면서 생활하고 있었다.

우선 필라델피아 관광지를 둘러보았다. 필라델피아는 미국 역사에서 아주 중요한 도시로 미국 독립시기인 18세기 미국의 수도였다. 1787년 필라델피아에서 미국헌법이 제정되고 1790년부터 10년 동안 미국의 수도였다. 필라델피아에서 반드시 관람해야 할 장소로는 미국독립기념관과 자유의 종이 있다. 미국독립기념관은 1749년에 펜실베이니아주의 의사당으로 건설되었고, 1776년 7월 4일에 영국 식민지 하에 있던 13개 식민지 대표가 이 건물의 사랑방에 모여 토마스 제퍼슨이 기초한 미국독립선언문에 서명하였고 이때부터 이곳을 독립기념관이라 부르게 되었으며, 1787년에는 미국헌법이 이곳에서 제정되었다.

1790년부터 1800년까지 필라델피아가 미국의 수도가 되면서 미국 의회 의사당으로 사용되었는데, 의원 수가 적었던 상원은 2층을 사용하였고 하원은 1층을 회의장으로 사용하게 된 것이 상원과 하원이라는 말의 연원이 되었다고 한다. 한편 자유의 종(Liberty Bell)은 이곳 미국독립기념관 내에 있다. 이 자유의 종은 영국 런던에 있는 래스터 앤 팩에게 1752년에 주문한 것으로 '모든 땅위의 모든 사람들에게 자유를 공표하라(Proclaim LIBERTY throughout all land unto all the inhabitants thereof)'라는 구약성경 레위기 25장 10절의 일부를 새겨서 주조했다고 전한다. 미국은 1620년 잉글랜드 출신 102명의 청교도들이 메이플라워호를 타고 신앙의 자유를 찾아 건너가 세운 나라이다. 미국은 철저하게 성경의 바탕 위에 건설되었음을 알 수 있다. 아울러 이곳 필라델피아는 1919년 4월 12일부터 14일까지 3일간 이승만과 서재필 등 약 200여 명의 한국인이 모여 제1차 한인자유대회를 개최한 곳이기도 하다. 자녀들에겐 참 좋은 신앙교육과 자유대한민국의 역사를 이해하는 데 많은 도움이 되었으리라 생각했다.

다음날 일찍 뉴욕으로 향했다. 약 3시간의 운전 끝에 세계적인 도시 뉴욕에 도착하여 엘름허스트(Elmhurst)에 이르러 가까운 경찰서로 가서 뉴욕동부교회로 가는 길을 물어 보았다. 뉴욕은 워낙 위험한 곳으로 알려져 평소에도 100달러 지폐를 지참하고 가다가 낯선 사람이 권총을 들이대면 100달러 지폐를 주어야 생명이 안전하다는 소리를 들어 왔기 때문에 파출소를 찾아간 것이다.

담당 경찰관이 지도를 펴 보이며 뉴욕동부교회 위치를 잘 안내해 주었다. 뉴욕동부교회에 도착하니 박희소 목사님께서 우리 가족을 반갑게 맞이해 주셨다. 박 목사님은 명성교회 김삼환 목사님과 친해서 그분의 아들이 미국 유학할 때 뒷바라지를 잘해드린 것으로 유명하다. 그 외의 많은 한국 목사님들이 미국에서 신학공부를 할 때 여러가지로 도움을 주셨다고 들었다. 목사님과 같이 미국생활 이야기를 나누면서 오후를 보내고 다음 날 주일예배를 드리고 박 목사님께서 우리 가족들을 태워서 뉴욕 시내 중요한 곳을 안내해 주셨다.

제일 먼저 뉴욕항을 내려다보고 있는 자유의 여신상으로 안내했다. 미국에서 가장 사랑받는 관광명소라고 한다. 그리고 381m 110층 엠파이어스테이트 빌딩과 유엔본부로 안내해 주셨다. 학교 교과서에서 듣던 세계적 명소를 직접 들러보니 감회가 무량했다. 자녀들도 뉴욕을 직접 둘러보고 여러 가지로 느낌이 있었을 것이다.

가족과 함께 대륙횡단 여행

1990년도 마지막 날인 12월 31일 뉴욕에서 다시 메일랜드 게이더스버그 우리집으로 돌아왔다. 이제 미국 생활을 마치고 한국으로 돌아갈 계획을 세웠다. 자동차 보험회사에서 제공하는 워싱턴~로스앤젤레스 간 14일의 미국대륙횡단 계획을 세웠다. 1991년 1월 31일까지 한국으로 돌아가야 하기에 우리는 1월 13일 주일예배를 드린 후 대륙횡단 여행을 떠나야 했다. 자동차 보험회사는 1월 14일 겨울 날씨를 감안해 워싱턴DC에서 로스앤젤레스를 오가는 고속도로인 30번 고속도로를 나에게 추천해 주었다.

미국 생활 마지막 2주간에 지난 1년간 미국표준기술연구원에서 연구한 결과를 정리하여 보고했다. 마지막 인사를 나눈 후 중요한 연구 노트는 남김없이 연구소에 모두 반납하여 깔끔하게 마무리했다. 1월 13일 주일날 북버지니아 장로교회에서 마지막 예배를 드리고 송별 인사를 했다. 황수봉 목사님은 송별을 아쉬워하면서 자녀들은 미국에서 공부하도록 황 목사님께 맡겨달라고 하기도 하셨다. 장로님들도 대륙 횡단은 위험하니 조심하라고 하면서 남부 사막지대를 통과할 때는 주유소가 없을 수 있으니 휘발유 통을 준비해서 가라고 하기도 했다. 당시는 걸프전이 발생할지도 모른다는 소문이 퍼질 때여서 교인들과 헤어지면서 "우리 어쩌면 천국에서 만날지도 몰라" 하며 웃기도 했다.

14일 월요일 아침에 자동차 뒤편 트렁크에 전기밥솥과 간단한 반찬을 싣고 2주간의 미국 대륙횡단 길에 올랐다. 미국 교통지도를 지참하여 하루에 8시간만 운전하고 고속도로 가까운 곳에 숙소를 정해서 쉬고 다음 날 출발하는 원칙을 세웠다. 첫날의 도착지는 조지아주 주도인 애틀랜타(Atlanta)였다. 도착 즉시 먹을 음식을 준비해야 하므로 편의점을 찾았다. 아내는 식사를 준비하고 아이들은 가까운 시내 관광을 했다. 다음날 운전을 위해 쉬는 것이 중요했다. 자녀들과 찾은 곳은 애틀랜타 스톤마운틴이었다. 돌로 된 큰 산에 미국 남북전쟁 당시 남부군 영웅들의 얼굴이 새겨져 있었다. 남부군 대통령 제퍼슨 데이비드, 남부군 사령관 로버트 리 장군, 그리고 남부군 잭슨 장군이다. 자녀들과 기념사진을 찍었다.

다음 목적지는 엘비스 프레슬리가 사망한 곳, 테네시주 멤피스(Memphis)였다. 멤피스에 들러 엘비스 프레슬리의 그레이스랜드에 들러 세계적인 미국 가수 엘비스 프레슬리의 삶의 흔적을 볼 수가 있었다. 이곳 호텔에서는 넓은 수영장이 있어 자녀들은 수영을 즐겼다. 다음 목적지는 오클라호마(Oklahoma)시였다. 오클라호마주는 서쪽으로는 뉴멕시코 남쪽으로는 텍사스와 접하고 있는 주이다. 오클라호마주는 인디언들이 살던 지역으로 유럽에서 이주한 이주민들이 먼저 경계선을 그으면 자신들의 땅이 되었던 곳으로 '주인 없는 땅'이었다. 먼저 깃발을 꼽는 사람이 임자였다.

우리 가족은 황량한 남부 사막지대를 달려 텍사스주 서부와 뉴멕시코 동부에 걸쳐있는 야노 에스타카도(Llano Estacado) 고원지대를 지나 뉴멕시코주 주도인 산타페(Santa Fe)시에 도착했다. 1991년 1월 19일이었다. 뉴멕시코는 미국 남서부에 위치한 주로서 남한의 3배의 넓은 면적을 차지하고 있다. 주도가 산타페로 인디언 문화를 볼 수 있었고 점토 마을은 아주 색다른 문화를 가진 지역이다. 우리 가족들은 인디언 점토 마을 입구에서 기념사진을 남겼다.

겨울철이라 눈을 피하기 위해 다음 목적지는 그랜드캐년으로 해 두었다. 일찍 출발하여 그랜드캐년으로 들어갔다. 록키산맥의 일부인지라 고지대 산림지역을 지나서 그랜드캐년 관광지에 도착하였다. 영화 상영을 보고 그랜드캐년 협곡을 직접 내려가 관광하던 중 오후 3시경 눈이 내리기 시작했다. 순간적으로 눈이 많이 내려서 돌아갈 길이 막히게 되면 며칠간 이곳에 갇히는 결과를 초래할 것 같아 급히 자동차를 타고 고속도로변 호텔에 들어가 휴식을 취하기로 했다.

하룻밤을 지내고 날이 밝아 고속도로변을 바라보니 로스엔젤레스로 향하는 화물차들이 지나가는 모습이 보였다. 미국에서는 차량에 체인을 사용할 수가 없다. 아무리 눈이 많이 와도 체인을 사용할 수 없으므로 눈이 오면 눈을 치우는 차량이 투입되어 모든 차량이 다닐 수 있도록 주정부에서 해야 한다. 나도 아침을 간단히 해결하고 호텔을 나와 록키산맥을 넘어가기로 했다. 눈 덮인 고속도로 위를 조심스럽게 천천히 가고 있는데, 산맥을 넘어 내리막길을 내려가는 순간 앞서가던 대형 화물차량이 눈길에 미끄러지면서 멈추어 섰다. 나는 순간적으로 브레이크를 밟아 차량을 정지시키고 고속도로변으로 차량을 몰고 가니까 아이들이 놀라면서 "아빠 거기는 낭떠러지인데요" 하면서 고함을 질렀다. 나는 급히 브레이크을 밟고 잠시 정지했다. 바로 그 순간 큰 화물차가 내 차를 살짝 비켜 내려갔다. 참으로 아찔한 순간이었다. 전 가족이 죽을 뻔한 순간이었다.

모든 화물차가 지나간 후에 나는 자동차를 원위치로 세워 서서히 내리막길을 내려왔다. 평지에 내려오니 중간중간 20여 대의 차량이 도로 아래에 떨어져 뒤집혀 있었다. 나는 자동차를 도로변에 정차시키고 가족들을 안심시킨 후 하나님께 감사의 기도를 올렸다. 마태복음 28장 20절 예수님의 마지막 말씀이 생각났다. "내가 세상 끝 날까지 너희와 항상 함께 있으리라." 예수님이 나와 함께 계시면 어디든지 걱정할 필요가 없는 것이다. 교수들이 미국 연수 중 가족 관광을 갔다가 사고를 당했다는 기사를 많이 보았기 때문에 하나님께 더욱 감사함을 올렸다. 우리는 잠시 휴식을 취하고 후버댐(Hoover Dam)을 지나서 라스베이거스(Las Vegas)로 들어갔다.

미국에서 도박이 허용되는 도시가 라스베이거스이다. 우리 가족은 그동안의 피로를 풀기 위해 호텔을 정하고 휴식을 취했다. 이곳의 호텔은 저렴하기로 유명하다. 아마도 관광객을 많이 방문하도록 해 도박으로 돈을 잃도록 하는 전략인 것 같다. 나는 세 자녀에게 게임비용으로 100달러씩을 주었다. 막내아들 종형이는 신나게 게임기로 달려가서 게임을 하더니 곧 돈을 다 잃고 말았다. 나한테 오더니 머리를 긁어대면서 돈을 좀 더 달라는 눈치다. 라스베이거스의 밤은 휘황찬란하였다. 아이들은 라스베이거스의 모습을 머릿속에 잘 간직할 것이다. 우리는 다음 목적지를 생각하면서 일찍 잠에 들었다. 라스베이거스에서 로스앤젤레스까지는 가까운 거리이지만 우리는 캘리포니아주 금문교와 버클리대학이 있는 곳으로 가기로 했다.

라스베이거스를 출발하여 먼저 죽음의 계곡인 데스벨리(Death Valley) 국립공원으로 갔다. 데스벨리 국립공원의 협곡, 사막, 산들 사이에는 원주민 인디언들이 성지로 여기는 많은 장소가 있다고 전한다. 이곳에서 우연히 한국인 관광객을 만나 대화하는 가운데 워싱턴DC를 출발해서 이곳까지 와서 캘리포니아주 여러 곳을 방문하고 1월 말 한국에 돌아간다고 하자 그분이 "가문의 영광이군요"라고 했다. 우리는 그다지 많은 정보도 없이 지도만 보고 출발했는데 고속도로변에 호텔을 발견하지 못해서 많이 당황했다. 저녁 9시경에야 겨우 작은 호텔을 발견하여 하룻밤을 지낼 수 있었다. 다음 날 아침에 태평양 연안의 캘리포니아주로 향했다.

첫 번째 목적지는 UC버클리(University of California, Berkeley) 대학이다. 자녀들에게 미국의 명문대학을 직접 보여주고 싶었다. 자녀들이 미국 대학 캠퍼스 모습과 학생들의 공부하는 광경을 보고 큰 꿈을 갖고 공부해야겠다는 동기를 갖게 해주고 싶었다. 이 대학 정문에서 기념사진을 남겼다. 버클리대학을 둘러보고 금문교(Golden Gate Bridge)를 지나 태평양 연안 1번 고속도로로 진입했다. 이 다리는 샌프란시스코와 캘리포니아주 마린 군을 연결하는 다리이다. 이 다리에서도 온 가족이 기념사진을 남겼다. 우리 가족은 태평양 연한 도로인 1번 고속도로를 따라서 산호세(San Jose)로 향했다. 산호세에는 남덕교회 배익현 집사님 가족이 살고 있는 곳이다. 일찍이 전 가족이 이민 와서 살고 있었는데, 우리 가족을 만나서 너무나 반가워했다. 미국 땅에서 오랜만에 교인들과의 만남이란 남다른 감회가 있는 것이었다.

우리 가족은 계속 남쪽으로 내려가 1월 25일에는 영화산업의 중심지로 유명한 할리우드(Hollywood)를 방문하였다. 영화 촬영 장소를 들러보던 중 영화배우들이 직접 연기를 하는 모습도 볼 수 있었다. 특히 서부영화 총잡이들의 생생한 모습을 실감 나게 보여주었다. 감명 깊게 본 촬영 장소는 영화 '십계'를 촬영한 장소로서 홍해 바다가 갈라지는 곳인데, 예상 외로 너무나 소규모라서 놀랐다. 조그마한 판자 모양의 다리 위로 물이 흐르게 하여 카메라 앵글을 가깝게 들이대면 조그마한 물줄기가 큰 물줄기처럼 되어서, 바다가 갈라지는 모습을 연출해 낸다는 것이다. 영화에서 카메라 연출의 기술을 새삼 중요하게 인식하였다.

1991년 1월 26일은 주일날이었다. 마침 나성영락교회를 찾아 예배를 드렸다. 당시에 박희민 목사님께서 담임목사로 계셔 주일예배에 참석하고 인사를 드렸다. 마침 이날에 나성영락교회 창립 18주년 기념예배를 드리는 날이었다. 나성영락교회는 1973년 3월에 설립된 한인교회로 1988년도에 박 목사님이 이 교회로 부임하셨다. 박 목사님은 뉴욕동부교회 박희소 목사님의 동생으로서 미국 동부에는 박희소 목사님이 계셨고, 미국 서부에는 박희민 목사님이 계셔서 두 분이 아주 성공적으로 목회를 하셨다. 박희민 목사님은 2023년 4월 26일 향년 86세에 하나님의 부르심을 받으셨다.

디즈니랜드와 하와이 여행

우리 가족은 12일간의 대륙횡단을 무사히 마치고 목적지 로스엔젤리스에 안착했다. 한인 호텔을 찾아 숙소를 정하고 나머지 시간을 이용해서 관광명소를 찾았다. 먼저 가보고 싶은 관광명소가 디즈니랜드다. 어린이들이 가보고 싶어 하는 환상적인 꿈의 동산이다. 일본 유학 시절 도쿄디즈니랜드를 가보았으나 이곳은 또 어떤 매력이 있을까 궁금했다. 1991년 1월 27일 월요일 일찍이 디즈니랜드를 찾았다. 모두 신나게 이곳저곳을 종일 관광하고 오후 늦게 호텔로 돌아왔다. 호텔 주인은 1960년대 자녀 교육을 위해 미국 이민을 왔는데, 자녀들을 교육해 놓으니 부모들에게 하는 말이 "아버지는 아버지 인생을 살라"고 하더란다. 미국에 온 것을 크게 후회하고 있다고 했다.

다음날 나는 1년간 사용하던 자동차를 선박 편으로 한국에 보내고 우리 가족은 마지막 남은 3일을 하와이에서 보내기로 하고 하와이로 건너갔다. 하와이에 도착하여 먼저 공항 가까운 곳에 숙소를 정하고 자동차를 빌렸다. 3일간 사용할 차량을 구했는데, 자동기어는 자신이 없어 일부러 수동기어를 골랐는데 7년 된 도요타자동차였다. 가족들과 함께 유명한 하와이 와이키키 해변으로 가는 도중 뒤에서 경찰관이 계속 따라오고 있어 차량을 멈추고 이유를 물으니 내가 안전벨트를 착용하지 않았다면서 벌금 카드를 작성해 주면서 2월 15일 재판을 받으라고 했다. 기분이 좋지 않았다. 하지만 나의 잘못이니 하는 수 없었다.

안전벨트를 착용하고서 서서히 와이키키 해변으로 갔다. 자동차를 주차해 놓고 해변으로 걸어 들어가는데 갑자기 아주머니 한 분이 달려와서 나에게 질문을 했다. 대뜸 하는 말이 "혹시 해병대 출신 아닙니까"라고 물었다. "아니요, 저는 특례보충역 출신입니다"라고 대답하니 그분의 대답이 이렇다. "한번 해병이면 영원한 해병입니다"라고 중얼거렸다. 역시 해병대 출신은 대단했다. 부인까지 해병대원인 것을 그때 처음 알았다.

3일간 하와이 이곳저곳을 관광하고 1월 30일 하와이를 떠나 한국으로 귀국했다. 안전벨트 미착용으로 2월 15일 재판받으라고 했지만, 그냥 돌아왔다. 이유는 2월 1일부터 경북대로 출근해야 하기 때문이다. 우편으로 벌금이 나오면 그때 납부하면 될 것으로 판단했다. 차량 랜트 회사에서는 재판을 받으러 가면 그냥 범칙금으로 약 40달러 정도 내면 그만이라고 했다.

1년간 미국에서의 모든 연구 일정을 마무리했다. 하나님께 감사예배를 드리고 우리 가족은 무사히 한국 대구로 돌아왔다. 돌아와서 먼저 해야 할 것은 자녀들의 학교 문제였다. 돌아오기 전 미국에 있는 워싱턴DC 한국대사관에 가서 자녀들의 학교 수업 성적서의 확인서를 발급받아 한국 학교에 제출하였다. 큰딸 주혜는 효성여자고등학교 2학년에, 둘째 딸 성혜는 원화여자중학교 3학년에, 아들 종형이는 평리동 우리 집에서 가까운 경운중학교 1학년에 입학시켰다. 당시 경운중학교 교장 선생님은 "왜 아들을 한국에 데리고 왔습니까? 요즘 모두 자녀들을 미국으로 보내서 공부시키려고 하는데요"라고 말씀하셨다. 그리고 경북대로 출근하여 강창수 교수님을 비롯한 기계공학과 교수님들에게 인사를 올렸다. 1년간 내가 맡아야 할 강의와 학생 지도를 다른 교수님이 감당해야 했을 것을 생각하며 교수님들께 감사의 마음을 전했다.

우리 기계공학과 교수들은 초창기 강창수 교수님이 부임하셔서 젊은 교수들을 해외에 보내 박사학위를 취득하게 하고 국내에서 박사학위를 취득한 교수에게는 1년간의 해외 연구 과정을 거치도록 했다. 주로 미국이나 독일로 파견하여 연구 역량을 높이도록 하는 전통을 만들었기 때문에 서로가 잘 협력하는 학과였다.

2. 우울증·불면의 시련, 그리고 해외선교 지원

지친 육신을 찾아온 영적 시련

나는 귀국 며칠이 지나서 대구시 서구 평리동 우리 집 근처 동네병원에서 건강검진을 받았다. 그 결과는 너무나 충격적이었다. 혈압과 당뇨병 관련 수치가 너무나 높았다. 검사 결과를 받아본 순간 머릿속에 불길한 느낌이 내 머리를 강타했다. 당시에는 박사학위를 받고 나서 3년 정도 지나서 더러 교수들이 사망하는 일이 많았다. 그 이유는 박사학위 과정에서 너무나 많은 스트레스를 받았기 때문이라고 생각되었다. 내가 바로 이 경우가 아닌가? 이제 나는 박사학위를 마치고 미국에서 좋은 연구소에서 1년간의 연구과정을 성공적으로 마쳤다. 이제부터 내 인생이 새롭게 시작되는 것인데 여기서 내 인생이 이렇게 무너지나? 너무나 억울한 생각이 들면서 머릿속에는 온통 부정적인 생각뿐이었다.

만약에 내가 죽는다면 남겨둔 아내와 자녀들의 앞날이 너무나 염려가 되어 밤에 잠이 오지 않았다. 쓸데없는 걱정과 염려였다. 우울증과 불면증으로 밤에 전연 잠을 잘 수가 없는 지경까지 가게 되었다. 아내는 매일 밤마다 남덕교회로 가서 철야기도를 드리면서 나를 위해 눈물로 기도했다. 나는 2주마다 대신동 서문시장 앞 동산병원에 가서 검사를 받았다. 검사 결과는 별로 나아지는 것은 없고, 체중만 1kg 줄었다. 보다 못한 장용덕 목사님께서 심방을 오셔서 예배를 드리며 기도해 주셨다. 그러나 목사님의 말씀은 기억이 없고, 상황만 자꾸 심해져 갔다. 수면제를 먹지 않고는 잠을 이룰 수가 없었다. 잠을 청하면 온갖 쓸데없는 생각으로 머릿속이 어지럽고 몸은 활기를 잃어갔다. 그렇긴 하지만 미국에서 사용하던 승용차로 자녀들이 중학교와 고등학교에 등교할 때는 학교까지 데려다주었다. 대학 강의도 진행했다.

그러나 우울증과 불면증은 시간이 갈수록 더욱 심해져 갔다. 심지어 불교에 심취한 처 이모님이 오셔서 나를 유혹했다. 처 이모님이 불교 기도를 해드리면 우울증과 불면증이 없어질 것이라고 했다. 나는 그것만은 절대로 허락하지 않았다. 시간이 갈수록 체중이 점점 감소했다. 매월 2kg씩 줄어 갔다.

한번은 주일 낮 예배 시간에 부목사님이 나에게 물었다. "장로님 요즘 건강은 좋아지고 있습니까?" "아니요, 2주간마다 체중이 1kg씩 줄어들고 있습니다." 그랬더니 나에게 이렇게 말했다. "장로님 정상체중에서 8kg이 빠지면 생명이 위험하다고 합니다." 부목사님의 이 말 한

마디가 내 머릿속에 꽂혔다. 이 상태로 계속 가면은 4개월이 지나는 8월 말에는 내가 죽을 수도 있겠다는 생각이 들었다.

이러한 상황인데 우리 집 2층에 사는 이태복 집사님이 뇌종양 진단을 받아 치료 중이었다. 이 집사님은 경북인쇄소에서 아주 성실하게 근무하던 중이었고, 우리 집으로 이사 온 후에 우리 가족들이 출석하는 남덕교회에 출석하여 교회 재정부 서기직을 감당하고 있었다. 주일 오후에는 하루 종일 재정 장부를 기록하느라 수고를 많이 하시는 신실한 기독교인이며, 어머님을 모시고 살며 두 자녀를 양육하는 신실한 모범 교인이었다. 나는 고민 끝에 당뇨 치료를 위해 동산병원에 입원하여 당뇨에 필요한 식단과 필요한 운동을 하면서 1주일간 치료를 받았다. 그리고 매일 아침 새벽에 대구 앞산에 올랐다. 안일사 오른편 작은 능선으로 올라갔다가 샘물을 마시고 내려오는 약 1시간 정도 등산을 시작했다. 평리동에서 앞산 입구 대덕식당 근처 주차장에 승용차를 주차해 놓고 한 시간 정도 운동을 하고 집으로 돌아와 아침 식사 후 자녀들을 등교시키고 대학으로 출근하였다.

여름방학을 맞아 좀 더 자유롭게 불면증을 치료해 보려고 노력했으나 상황은 더욱 나빠져만 갔다. 밤잠을 거의 잘 수가 없을 정도가 되었고, 체중도 6kg이나 감소했고, 신경은 날카로워 지기만 했다. 9월이 되어 2학기가 시작되어서 강의를 시작했으나 잠을 잘 수가 없으니 정신이 몽롱해 강의를 제대로 할 수 없을 정도가 되었다. 당시 기계공학과 유갑종 교수님이 공대학장으로 봉사할 때인데 학장님이 한 학기 동안 휴직을 하라고 권고하기도 했다. 이러한 극한 상황에 이르러 나는 아내와 상의했다. 대구에서 가까운 주암산 기도원으로 가서 하나님께 기도해 보자고 했다. 그때 그곳에서는 북한선교회가 주관하는 성령 기도 집회가 열리고 있었다. 나는 원래 기도원에 가는 것을 싫어했다. 그 무렵 우리 교회에는 대구가톨릭대 의과대학에 교수이신 이영만 집사님이 계셨는데, 이 교수님은 나에게 "경북대 의과대학 정신건강의학교실 이죽내 교수님을 한번 면담하라"라고 하시며 이미 예약해 두었다고 하셨다.

9월 9일 월요일 아침을 먹고 택시를 타고 경북대병원으로 가서 이죽내 교수님을 찾아갔다. 교수님께서 나를 반갑게 맞이하시면서 상담을 시작했다. 교수님의 말씀은 대구 시내에서 유명한 신부님과 목사님들 가운데 상당한 분들이 이 교수님의 치료를 받았다는 내용으로 설명해 주었다. 상담을 마치고 나서 잠을 청하고 싶으면 먹으라고 처방전을 주셨다. 처방전을 들고 병원약국에 가서 수면제를 샀다. 병원을 나와 바로 주암산 기도원으로 올라갔다. 기도원에 들어가니 본당에는 이미 집회가 시작되어 모두가 열심히 찬송을 부르고 있었다. 숙소를 정하고 아내는 집회 장소로 들어갔으나, 나는 왠지 집회 장소로 들어가기가 싫었다. 집회 도중에 내가 정신이상으로 이상한 행동을 하게 되면 미친 사람이라며 사람들에게 놀림거리가 되고 신문에 기사로 날 것 같은 공포심이 들었다.

경북대 교수이며 대구남덕교회 장로인 김석삼 교수가 기도원에서 미치광이가 되었다. 이러한 소문에 휘둘릴 수 있다는 공포감에 들자 집회에 들어가는 걸 피하고 싶었다. 그보다는 밖에서 엉뚱한 생각을 했다. 일시에 많은 양의 수면제를 먹으면 죽음에 이르게 된다는 생각을 하며, 산 위 바위틈에서 혼자 기도를 청해 보기도 했다. 어떻게 하면 아무도 모르게 죽을 수 있을까 하는 고민을 했다. 교회당기도회를 마치고 아내가 나에게 와서 같이 기도하자며 더 높은 다른 곳으로 나를 데리고 갔다. 내가 적당한 기도 장소에 자리를 잡으면 아내는 조금 떨어진 곳으로 가서 기도하겠다며 다른 곳으로 가서 하나님께 간절히 부르짖었다. 아내가 기도가 끝나고 나에게 와서 내 등을 치면서 더 크게 부르짖으라며 호소했다.

기도 중에 나타난 예수님 환상

나는 억지로 기도했다. 다음날에도 나는 집회 장소에 들어가지 않았다. 찬송 소리와 기도 소리가 왠지 싫었다. 사흘째인 수요일 낮이었다. 내가 집회 장소에서 조금 높은 곳 바위틈에서 기도를 드리는 중에 예수님의 환상을 보았다. 내가 기도하는 가운데 예수님께서 흰옷을 입으시고 나타나셨다. 큰 산이 멀리 보이는 넓은 들판에서 혼자서 산을 향해서 걸어가시는 예수님의 뒷모습이 보였다.

그래서 나는 예수님인 걸 직감하고 "예수님, 저를 한 번 쳐다보아주세요"라며 호소했다. 몇 번이고 반복해서 소리쳤다. 하지만 예수님은 묵묵히 앞만 보고 조용히 걸어가시기만 했다. 나는 애가 타서 다시 나를 한 번만 봐달라고 간청했다. 예수님께서 나를 보시기만 하면 나의 병이 치료되리라는 생각이 들어 더욱 간절히 호소했다. 한참이 지나서야 예수님의 음성이 들려왔다. "내가 지금까지 너와 함께 했는데 왜 그렇게 염려하느냐? 염려하지 말라." 예수님의 말씀이었다. 나는 기도를 마치고 아내에게 전했다. 내가 기도하는 중에 예수님의 음성을 들었다고 말했다. 그리고 비로소 아내와 함께 집회 장소에 합류했다.

강사 목사님의 말씀이 끝나고 참석자 모두가 열심히 기도하는 시간에 나도 아내와 같이 손을 잡고 울면서 하나님께 기도했다. 한참 기도를 마치고 나니 주위의 젊은 부인이 찾아와 물었다. 두 분이 손잡고 열심히 기도하는 모습이 너무 감동적인데 무슨 이유로 기도원에 온 것이냐고 물었다. 아내가 설명했다. 남편이 불면증이 심해서 잠을 잘 수가 없어서 오게 되었다고 했다. 그 젊은 부인은 결혼한 지 얼마 되지 않았는데, 부인 명의의 집을 남편이 자기 이름으로 등기를 안 해준다고 때려서 집에 있을 수가 없다고 했다. 자신도 남편이 아프기라도 해서 기도원으로 와서 부부가 서로 손잡고 기도하면 좋겠다고 했다. 다음날 목요일에도 열심히 찬송하고 기도하고 금요일 오후에 주암산 기도원에서 내려와 집으로 돌아왔다.

그러던 중 가까운 이웃 중리동에 살고 계시는 이종헌 집사님한테서 전화가 와서 경북대 테니스장에 가서 테니스 한번 치자고 해서 같이 갔다. 둘이 3시간 정도 테니스를 친 것 같다. 그 후 집으로 와 저녁 식사를 하고 잠을 잤는데, 그날 밤에 약 6시간을 푹 잔 것 같다. 약 6개월 만에 깊은 잠을 잘 수가 있었다. 나는 바로 장용덕 목사님께 보고를 하였다. 목사님께서 주일날 광고 시간에 김 장로가 처음으로 깊은 잠을 잤다고 전했다. 전 교인들에게 뉴스거리였다. 나는 하나님께 감사를 올렸다. 하나님께서 나를 시험을 하신 것 같다. 고난을 극복하고 큰 축복을 받은 욥의 말씀을 묵상했다.

"나의 가는 길을 오직 그가 아시나니 그가 나를 단련하신 후에는 내가 정금 같이 나오리라 내 발이 그의 걸음을 바로 따랐으며 내가 그의 길을 지켜 치우치지 아니하고 내가 그의 입술의 명령을 어기지 아니하고 일정한 음식보다 그 입의 말씀을 귀히 여겼구나."(욥 23장 10~12절)

그간 나의 불면과 우울의 고통은 무엇이었을까. 나는 욥기의 말씀을 깊이 묵상했다. 하나님께서 내게 새롭게 맡기실 사명을 위해서 나를 단련하신 과정으로 나는 생각하고 있다. 대학교수의 일과 선교적 사명을 감당시키기 위한 하나님의 확실한 증거를 보여주신 것이었다. 나는 이 일을 경험한 후에 나의 인생관을 바꾸었다. 기도 가운데 말씀하신 예수님의 말씀을 기억하며, 더욱 적극적으로 하나님의 일을 감당해 나갈 것을 결심하였다.

해외선교 지원 과업

1988년 서울 올림픽을 계기로 중국 조선족의 한국방문이 많아지고 공산주의가 몰락하기 시작하면서 한국교회에서는 북방선교를 향한 관심이 증가하였다. 대구 남덕교회 장용덕 목사님께서도 1989년도에 선교부를 선교위원회로 승격하여 국내외 선교를 목회의 중심에 두셨다. 윤종우 집사님을 선교위원장으로 선출하여 재정적으로 어려운 미자립 교회 19곳을 지원했다.

해외선교의 시작은 1989년 3월 28일 아프리카 가봉에서 사역하시는 김상옥 선교사를 협력선교사로 지원하기로 결의하고 장용덕 목사님께서 이듬해인 1990년 7월에 오현명 씨 등 12명으로 구성된 문화사절단으로 중국 연길과 심양 등지를 방문하여 선교 탐방을 하고 돌아오셨다. 그리고 1991년 5월 22일부터 25일까지 대만을 방문했다. 당시 김달훈 선교사님께서 대만 타이페이시에 대륙선교훈련원을 설립하여 중국선교를 준비하는 선교사님들을 훈련하고 있었는데, 대만 선교지를 둘러보시고 대만 중부지역 원주민 교회인 역발교회(오선관 목사)와 평미교회(홍옥매 목사)를 선정하여 협력하기로 하였다. 약정기간은 3년으로 하였으며 오선관 목사에게 매월 700달러, 홍옥매 목사에게 매월 600달러를 송금했다. 1991년 10월 27일 장용덕 목사님과 윤종우 선교위원장, 조용국 장로, 김석삼 장로가 대만 선교지를 방문하고 돌아왔다.

대만 원주민들은 일본어로 소통이 가능하였다. 그리고 1992년 5월 21일부터 23일까지 대만 역발교회와 평미교회 목사님과 교인들이 대구 남덕교회를 방문했다. 남덕교회에서는 교인들의 가정에서 대만 교인들을 몇 명씩 배정하여 각 가정에서 그들과 친교를 나누며 소통하도록 했다. 이들 대만 원주민들은 종족마다 고유한 문화를 가지고 있었다. 평미교회는 춤과 노래로 유명한 아미족 교인들이 있어서, 자신들의 고유한 의상과 악기를 가지고 와서 주일 저녁 예배시간에 성도들의 마음을 즐겁게 하며 함께 복음성가를 부르기도 했다. 대만 중부지역 일월담 근처에는 구족문화촌이 있어 각 종족들의 문화를 찾아볼 수 있다. 이렇게 대만선교가 시작되고 4년이 지나서 1996년 8월 20일부터 24일까지 대구 남덕교회 교인 27명이 대만 선교지를 방문하여 선교지 실상을 보도록 했다. 또한 2000년 1월 11일에는 지진으로 피해가 큰 대만의 역발교회를 위해 우리 교회에서 구호 헌금을 하여 미화 5,000달러를 전달했다.

1991년 12월 25일 공산주의 종주국인 소련에서는 고르바초프 대통령이 연방 해체 연설을 함으로 다음날 26일에 소련을 구성하던 15개 나라가 공식적으로 독립하게 되었다. 이에 장용덕 목사님께서 우리 교회 선교의 방향을 러시아로 결정하였다. 1993년 5월 7일에 대한예수교장로회 총회 세계선교부 총무 임순삼 목사님의 추천을 받은 연세대 출신 이영성 전도사를 모스크바 파송 선교사로 결정하고, 언어 훈련을 위해 이 전도사를 모스크바대학에 파견하였다. 생활비로 매월 미화 1,000달러를 송금했다. 정식 선교사로 파송하기 전에 더욱 완벽한 선교활동을 위한 충실한 준비를 쌓으려는 우리 교회의 배려였다.

1994년 3월에는 총회 선교부에서 주관하는 선교훈련 프로그램에 이영성 선교사를 참가하도록 하였으며, 동년 6월 1일에는 이영성 선교사를 러시아 선교사로 파송하는 파송 예배를 드렸다. 선교사 파송은 총회 규정에 따라 3년간의 약정서를 작성하여 남덕교회 당회장 장용덕 목사님과 이영성 선교사, 그리고 총회 총무 임순삼 목사님의 서명이 날인된 서류를 서로 교환했다. 주요 약정 내용은 생활비 미화 1,500달러를 지급하고, 1995년 1월부터는 미화 1,800달러로 지급하며 1년마다 한 달분의 퇴직금을 적립한다는 내용이었다. 이영성 선교사가 모스크바에 들어가 선교활동을 하는데, 치안이 불안해 승용차가 필요하다고 하여 1995년도 3월에 남덕교회 교인들의 특별헌금을 모아 러시아산 승용차 구입비로 436만 6,000원을 전달하였다.

3개월이 지난 1995년 6월 18일에 모스크바에 건물을 빌려 모스크바 새생명교회 창립예배를 드렸다. 당시 남덕교회는 교회 설립 후원금으로 772만 2,100원을 전달했다. 이 기간에는 대한예수교 장로회 통합 측에서 북방선교사대회를 모스크바에서 개최하였다. 장용덕 목사님과 사모님, 그리고 나와 아내, 이렇게 4명이 북방선교사대회에 참석하였다. 당시 참가자는 약 120여 명이었다. 처음으로 러시아 비자를 받아 러시아 비행기로 모스크바 공항에 도착했는데, 모스크바 공항에 대한 첫인상은 너무 초라했다. 이러한 러시아가 미국과 경쟁을 했단 말인가? 이러니까 공산주의는 망할 수밖에 없다는 생각이 들었다. 공항에 도착하여 여권과 수화물 검사를 하는데, 소지품 속에 미화 달라가 있으면 반드시 신고하게 되어 있었다. 검사원이 돈을 챙긴다는 소식도 들렸다.

이영성 선교사의 안내로 선교사 대회가 열리는 장소로 이동하여 도착 기념사진을 촬영했는데, 뒤쪽에서 큰 여행용 가방을 도난당했다며 야단이었다. 공항에서부터 대회 장소까지 몰래 미행하여 여행용 가방을 훔쳐 달아난 것이었다. 더욱 나를 놀라게 하는 소문도 있었다. 모스크바에 어느 장로님이 신학교를 설립하여 신학생들을 교육하는데 현지에서 어렵게 선교활동을 하는 선교사들과 그 장로와의 갈등이 심각하다는 것이었다. 그 신학생들은 대부분 러시아 군인 고급장교 출신으로 모집된 사람들인데, 장학금으로 매월 미화 500달러를 지급한다는 것이었다. 당시 모스크바 최고의 공과대학 총장의 월급이 미화 300달러였다고 하니 신학생 모집에 1인당 500달러 장학금 지급은 대단한 금액이었다. 소련의 붕괴로 러시아 정부는 돈이 없었기 때문이었다.

모스크바 기계연구소와 드로즈도프 박사

나는 모스크바 방문과 관련하여 모스크바에 있는 우주항공 분야 연구로 유명한 기계연구소(MERI)를 방문할 생각을 했다. 이 연구소에서

1950년대부터 우주항공연구가 집중적으로 이뤄져 미국보다 먼저 우주선 발사에 성공하게 된 연구소였다. 이 연구소의 트라이볼로지 연구실을 방문해서 우주항공 관련 트라이볼로지 연구를 살펴보고 싶었다. 이영성 선교사의 통역원으로 협력하고 있는 분이 카자흐스탄 출신의 고려인이어서 그 통역원에게 연구소 견학을 부탁했는데, 조건이 있다는 것이었다. 방문 기부금을 요구한다는 것이었다. 나는 한마디로 기부금을 거절하였다. 수많은 외국 대학과 연구소를 방문했지만, 기부금을 요구하는 곳은 러시아뿐이기 때문이었다. 그런데 모스크바 도착 다음 날 그 통역원으로부터 다시 연락이 왔다. 기부금 없이 연구소 방문을 할 수 있다는 내용이었다. 그 통역원이 접촉한 사람은 당시 기계연구소 부소장으로서 트라이볼로지 연구실을 책임지고 있는 드로즈도프(Yu. N. Drozdov) 박사였다. 이분은 러시아에서 제일 유명한 바우만 공과대학 탱크학과를 졸업한 '원사(Academician)'였다. 러시아에는 하나의 학문 분야에서 최고의 업적을 세운 분에게는 '원사'라는 칭호를 국가에서 부여하여 정년 없이 그 자리에서 일하게 해준다고 했다.

드로즈도프 박사는 유대인으로 우주항공분야 최고의 전문가였다. 드로즈도프 박사의 허락을 받아 연구소를 견학했다. 그의 실험실을 모두 나에게 보여주었다. 우주 환경 조건에서 우주선 부품들의 마찰, 마모, 윤활 관련 실험을 수행한 연구소이었다. 우주항공 관련 실험시설과 자료는 절대로 외국인에 공표해서는 안 되는 것이었다며, 한때는 그의 실험실에 120여 명의 연구원이 종사했는데, 소련의 붕괴와 함께 핵심 연구원들은 외국으로 떠났다고 했다. 영어를 할 수 있는 연구원은 미국, 일본으로 떠났고, 한국으로도 상당한 연구원이 왔다고 했다.

남아 있는 연구원은 몇 명 되지 않았고, 실험실은 먼지로 덮혀 있었다. 이곳 연구원들의 월급이 미화 80달러였다고 했다.

연구소 실험실을 둘러본 후 내게 연구소 방문에 기부금을 요청한 이유를 알았다. 러시아 정부로부터 연구소 유지관리예산이 전혀 없다는 것이었다. 그러니 한국에서 교수가 방문한다고 하니 필요한 경비를 좀 마련해야겠다고 생각했을 것 같다. 방문을 마치고 내가 약속했다. 한국에 돌아가서 금년 안으로 당신을 한국으로 초청하겠다고 했다. 그리고 한국으로 돌아와 그해 11월에 드로즈도프 박사를 초청했다. 나는 그해 1995년 11월 14일 러시아아카데미 기계연구소와 학술교류 협정을 맺고, 대구와 창원, 구미, 포항 등 대학 교수님들에게 특별강연을 하도록 부탁해 미화 2,000달러를 만들어 주었다. 이것을 계기로 1997년에는 학술연구재단 연구과제인 외국석학과의 공동연구에 드로즈도프 박사와 3년간 연구계획을 제안한 것이 채택되었다. 연구비 9,700만 원을 지원받아 드로즈도프 박사와 내가 공저자로 러시아 논문집에 8편의 논문을 게재하였다.

나는 이와 같은 연구업적과 국제교류협력의 공적으로 러시아우주항공협회가 수여하는 유리가가린 메달(Yuri Gagarin Medal)을 받게 되었다. 이를 계기로 나는 드로즈도프 박사와 아주 긴밀한 협력관계를 유지하며 여름방학 중에는 모스크바를 방문하여 드로즈도프 박사 아파트에 머물면서 연구계획을 협의하며 러시아 박물관과 크레믈린 광장, 그리고 모스크바대학과 바우만공대를 견학하기도 했다.

특히 기억에 지워지지 않는 것은 1998년 모스크바 방문 시 세계청년올림픽대회(World Youth Olympic Game)가 모스크바 운동장에서 개최되었는데, 마침 그날 아침부터 비가 내리고 있었다. 나는 드로즈도프 박사와 함께 개회식에 참석했는데 경기장 상공의 구름을 공학적 기술을 사용해서 흩어지게 해 개최장소에는 비가 오지 않도록 하는 걸 보았다. 또 러시아 우주선으로부터 우주 비행사의 축하 메시지가 개회식장에 영상으로 소개되는 장면을 목도했다. 나는 러시아의 첨단기술에 감탄했고 드로즈도프 박사와의 만남은 나에겐 하나님께서 예비해 주신 큰 축복이라고 생각했다.

경북대 트라이볼로지 연구소 설립

일본, 미국, 러시아 등지와의 트라이볼로지 공학 교류 경험을 발판으로 1995년 11월 21일 경북대 트라이볼로지연구소를 설립했다. 국제교류협력 강화를 위해 1996년 5월 31일 일본 이와테대학(岩手大學)을 방문하여 지역공동연구센터와 학술교류 협정을 체결하였다. 이 지역공동연구센터는 이와부치 교수가 센터장이 되어 그 지역의 전통적인 중소기업과 협력하여 기술개발하는 것을 목적으로 하는 연구센터였는데, 대구와 경북의 중소기업과 공동 기술개발을 지향하는 것으로 서로 공동협력 하기로 하였다.

1997년 11월에는 한국 정부 산업자원부가 시작한 기계설계인력 양성사업에 경북대 트라이볼로지연구소가 제안한 기계 부품의 신뢰성 향상과 수명 연장을 위한 '트라이보기계시스템 설계인력 양성 사업'이 선정되어 5년간 총 50억 원의 지원을 받게 되었다. 당시로서는 대단한 국가 프로젝트였다.

그리하여 경북대 트라이볼로지연구소 안에 11월 5일에 트라이보기계시스템 설계인력 양성센터를 개설하여 필요한 연구원과 장비를 구입했고, 트라이보기계시스템 고성능화를 위한 국제심포지엄을 매년 개최하였다. 국제심포지엄의 초청 연사로는 일본의 가또 교수, 중국 칭화대학(靑華大學)의 트라이볼로지 전공 김원생 교수, 러시아 기계연구소 드로즈도프 박사, 베트남 하노이대학 안추안 교수 등 5개국에서 저명한 교수를 초청하였으며 국제교류 협력을 강화하였다.

제1회 트라이보시스템 고성화를 위한 국제심포지엄이 1998년 5월 29일부터 30일까지 경북대 우당교육관에서 열렸는데, 일본, 러시아, 중국, 베트남, 한국 등 5개국 공학자들로부터 모두 22편의 논문이 발표되었다.

브라질 아마존 선교 지원

한편 이영성 선교사가 3년간의 약정기간이 만료됨에 따라 1997년 5월에 귀국하여 남덕교회에 선교 보고를 하였다. 보고 주요 내용에 문제가 생겼다. 이 선교사는 두 번째 3년간의 선교 방향을 모스크바대학생 선교를 한다면서, 남덕교회와 한 번의 상의도 없이 모스크바 새생명교회 간판을 내리고 귀국했다고 했다. 선교위원장인 나에게는 청천벽력 같은 보고였다. 목사님과 성도들이 새벽 시간마다 모스크바 새생명교회를 위해서 기도했는데, 남덕교회와 한마디 상의도 없이 선교 장소를 바꾸기로 하고, 설립한 교회 문을 닫았다는 것이다. 장용덕 목사님과 나는 협의한 끝에 러시아 선교를 중단하기로 했다. 우리 교회가 이영성 선교사를 적극 지원한 것은 모스크바 새생명교회를 올바른 교회로 성장시켜 하나님으로부터 칭찬받는 선교사와 교회가 되기를 기도했는데, 너무도 큰 실망을 했다.

더욱 큰 문제는 파송교회와 상의 없이 일방적으로 결정한 것에 동의할 수 없었다. 그동안 우리 교회가 마련해준 자동차와 교회 모든 물품은 이영성 선교사가 차지하도록 하고, 선교지원을 중단했다. 러시아 선교가 이렇게 실패로 끝을 맺고 우리 교회도 선교방향을 재검토하게 되었다. 한국 선교사 파송보다는 현지인을 목사로 교육하도록 하는, 현지인 선교사를 양성하는 것이 더 효과적이라 판단하여 장용덕 목사님과 협의하여 선교의 방향을 설정한 후 고향인 부항중앙교회에서 헌신적으로 목회하셨던 김철기 목사님을 찾았다. 여러 수소문 끝에 김철기 목사님의 근황을 알아내었다. 김철기 목사님은 부항중앙교회를 사임하고 인도 선교사로 가려고 준비하던 중 서울 신촌교회의 파송 선교사로 부름을 받아 브라질 아마존 오지에서 원주민을 상대로 선교활동을 한다는 소식을 접했다.

그리하여 1997년 2월 16일 주일 저녁 김철기 선교사 부인 허운석 선교사의 브라질 아마존 지역 선교 현황에 대한 보고와 간증을 듣고, 김철기 선교사에게 매월 미화 300달러를 협력하기로 하고, 브라질 아마존 검은강 상류 신학교를 위해 특별헌금 167만 원을 전달했다. 김철기·허운석 선교사 부부는 아마존 원주민 선교를 떠나기 전에 부부가 협의하여 결심했다고 한다. 브라질 원주민들은 적도 지역이라 옷을 입지 않고 생활하는데 원주민들과 같이 옷을 입지 않고 그들과 같은 생활할 자신이 있느냐고 서로가 굳게 결심하고 그곳으로 떠났다고 했다. 일반적으로 대부분의 선교사들은 대도시에서 선교를 하고 있다. 하지만 김철기·허운석 부부 선교사는 오지 중의 오지인 원주민 인디오들이

사는 브라질 아마존 검은강 상류 성까브리엘에서 1991년 원주민 선교를 시작한 것이다.

　김철기·허운석 부부 선교사는 1990년 가을 신촌장로교회 창립 35주년 기념 선교사로 입양되어 세계선교부 파송을 받아 아마존으로 들어갔다. 허운석 사모가 더욱 적극적으로 브라질 언어를 배워서 기타로 직접 찬송과 복음송을 연주하고 그곳에 예배당을 설립하여 주민들을 모아 예배를 드렸다. 동시에 인디오 원주민들을 모아 성경을 가르쳐 현지인을 통한 선교를 위한 신학교를 설립할 계획을 듣고 우리 교회에서 1998년 5월 27일 아마존 검은강 상류 신학교 건축비로 미화 1만 4,000달러를 송금했다. 그리고 1998년 11월 23일부터 12월 3일까지 11일간 일정으로 장용덕 목사님과 김석삼 장로가 신학교 지도자 세미나 강사로 브라질 아마존을 방문했다. 나는 경비를 절감하기 위해 11월 23일 오후 부산 공항을 출발하여 일본 나리타공항으로 가서 하루 저녁을 공항 가까운 호텔에서 자고, 다음 날 브라질 비행기로 브라질을 향했다.브라질 비행기를 이용해야 브라질에서 항공료가 저렴하기 때문이다.

　내가 탄 비행기는 일본 나리타를 출발하여 미국 로스앤젤레스와 페루를 거쳐 브라질 상파울루를 경유하여 아마존 입구인 마나우스에서 도착하여 그곳에서 저녁을 보냈다. 마나우스에서 아마존 마을로 들어가는 방법은 배를 이용하거나 프로펠러 경비행기를 이용해야 한다. 당시 한국의 기아자동차가 마나우스에 들어와서 자동차를 생산하고 있었다. 다음날 12인승 프로펠러 경비행기를 타고 김철기·허운석 선교사가 사역하는 성가브리엘에 도착했다. 목사님과 나를 본 김철기·허운석 선교사의 눈에는 눈물이 고였다. 서로의 만남이 은혜요 감동이었다. 말없이 서로 부둥켜 안고 한참 울었다. 우리를 만난 선교사 부부는 머나먼 고향에서 온 부모님을 대하는 심정이었을 것이다. 한참 지난 뒤 우리는 선교사님 숙소로 들어가 그간의 선교 이야기를 나누고 잠이 들었다.

아마존에서 가장 위험한 것은 말라리아 병을 옮기는 모기다. 그래서 목사님과 나는 팔뚝을 긴 소매로 된 천으로 감싸고 머리에는 그물망을 쓰고 하룻밤을 지냈다. 물론 대구를 출발할 때 말라리아 예방주사를 맞았다. 다음날 예정된 신학생 세미나가 개최되어 나는 2시간 동안 나의 어린 시절 예수님을 만난 이야기부터 대학교수가 되기까지의 이야기로 하나님께서 계획하시고 인도하심에 대해서 간증했다. 나의 간증을 김철기 선교사님이 통역했다. 물론 장 목사님께서도 2시간 동안 소중한 성경 말씀을 전했다. 점심시간이 되어 인디오들이 준비한 식사를 해야 하는데 그 모습이 너무나 불결하여 도저히 먹을 수가 없었으나 그들과 함께 먹지 않으면 안 되기 때문에 억지로 먹었다. 맛없지만 맛있는 것처럼 먹어야 했다.

다음날에는 배를 타고 가까운 인디오 마을을 방문했다. 열대지방이기 때문에 인디오들이 사는 집들은 지붕만 나뭇잎으로 덮어 빛과 비만 가리면 되었다. 벽도 없고 흙으로 덮인 바닥엔 늙은 닭과 강아지가 낮잠을 자고 있었고, 그 옆에는 인디오 아이들이 벌거벗은 채로 코를 흘리고 있었다. 그 모습을 보는 순간 내가 어린 시절 시골에서 생활하던 그 모습이 생각났다. 내 모습과 닮았다. 그 순간 박정희 대통령을 생각하며 그분에게 감사를 드렸다.

그리고 아마존 검은강 상류 신학교 인접 국가인 콜롬비아 국경까지 트럭을 타고 바로 적도까지 가보았다. 국경 지역이라 군인들이 주둔하고 있었지만, 군인들은 신학교와 서로 협력하며 생활하고 있었다. 예배 시에는 군악대들이 연주하기도 한다고 선교사님이 설명했다. 그리고 특이한 사항이 있었는데, 그것은 어떤 백인 여성이 계속 우리 일행을 미행하고 있었다. 물어보니 그 여성은 유네스코에서 파견한 여성으로 브라질 아마존의 생태를 보호하는 임무를 띠고 파견된 감시원이라고 했다. 유네스코에서는 인디오들을 교육하는 것을 금하고 있다고 했다. 인디오 종족과 그 생활상 자체를 지켜야 할 세계적 문화유산으로 생각하기 때문에 인디오들을 그대로 생활하도록 해야 한다는 것이었다.

브라질 선교 방문 목적을 달성하고 귀국길에 올랐다. 들어갈 때의 역순으로 마나우스까지 경비행기로 나와서 가까운 휴양지에서 하루를 지나기로 했다. 배를 타고 휴양지로 들어가는데 아마존강 옆에는 다양한 식물과 새들이 살고 있었고 악어와 거북이 떼들이 놀고 있었다. 새로운 세상을 보는 기분이었다. 숙박시설은 모두 큰 나무를 연결하는 통로와 나무 위에 집을 지어 관광객들이 쉬어 가도록 해 놓고 있었다. 입구에 안내문을 보니 미국의 대통령들이 다녀갔다고 홍보하고 있었다. 우선 숙소를 정하고 짐을 푼 다음 가벼운 낚시를 하기로 했다. 여행가이드의 안내로 미끼를 준비해서 배를 타고 강 깊숙이 가서 낚시줄을 던지니 즉시 고기가 물어 제법 큰 물고기가 낚였다. 낚싯대를 당겨서 물고기를 잡으니 나의 왼쪽 손가락이 물려서 피가 흐르기 시작했다. 나는 순간 겁이 났다. 혹시나 독이 있는 물고기가 아닐까? 가이드가 하는 말이 피라니아 물고기인데, 소를 집어넣어도 피라니아들이 삽

시간에 소 한 마리를 먹어 치운다는 물고기라고 했다.

낚시를 멈추고 관광지 이곳저곳을 둘러보았다. 다음날 목사님과 나는 코르코바두산의 거대 예수상으로 유명한 리우데자네이루로 들어가서 산 위에 두 팔을 벌리고 세상을 내려다보고 계시는 예수님상을 돌아보았다. 마지막 방문지인 세계에서 가장 큰 폭포인 이과수 폭포와 이따이쁘댐 수력발전소를 견학하고 상파울루로 이동하여 브라질 비행기를 타고 일본 나리타를 거쳐 부산 공항으로 돌아왔다. 나는 귀국길 비행기 안에서 아마존 인디오들의 삶의 모습이 지워지지 않아 계속 눈물을 흘렸다. 이번 브라질 아마존 선교지역을 방문할 때, 일본에서부터 브라질 비행기 옆자리에 30대 젊은 부부와 어린아이가 동승하였다. 남미에 가는 사연을 물어보니 그는 구미 전자 회사에서 근무했는데 IMF로 인해서 회사가 문을 닫게 되어 페루에서 돼지 기르는 일을 하러 이민 간다고 했다.

지금 생각하면 한국이 겪었던 IMF 사태는 그 당시에는 큰 고통이었지만, 한국인들을 세계 방방곡곡으로 나가 흩어져 살도록 했다. 사도행전의 초대 교회에 큰 핍박이 있어 예수님의 제자들이 세계 여러 곳으로 흩어져 복음을 전파했던 것과 같이 한국의 IMF도 한국의 젊은이들을 세계 여러 곳으로 나아가게 했던 점이 있다. 그렇게 세계의 각지로 흩어져 나간 젊은이들이 지구촌 여러 곳의 선교사님들과 함께 오늘날의 '세계 속 한국'을 만들어 내는 구심점이 된 것이다.

우리 남덕교회는 2000년 3월부터 아마존 검은강 상류 신학교 운영비로 매월 1,000달러를 지원하기로 했으며, 2001년 1월부터는 신학교 운영비 500달러, 신학교 첫 졸업생인 조시에우 선교사에게 500달러를 지원하기로 했다. 김철기 선교사는 여러 선교단체와 협력하여 아마존 인디오들의 영혼 구원에 진력하면서, 병원선을 구입하여 아마존 지역 인디오들의 건강을 돌보고 있다. 그의 헌신적 선교는 모범이 되었다. 김철기 선교사의 아마존 지역 선교업적을 평가한 연세대학교에서는 2012년도 언더우드 선교상을 김철기 선교사에게 수여했다.

나는 김철기 선교사님의 언더우드 선교상 수상을 축하하기 위해 2012년 9월 27일 서울로 올라가 연세대 근처 식당에서 김철기·허운석 부부와 같이 대화를 나누었다. 그동안의 노고와 선교 열정에 나는 경의를 표하였고 김철기 선교사 부부는 나에게 '나를 따르라'는 독일 신학자 본회퍼의 서적을 선물로 주었다.

하지만 불행한 소식이 전해왔다. 2006년 3개월의 안식년을 얻어 한국에 왔다가 아마존으로 복귀하기 직전 11월에 오랜만에 건강검진을 받았는데 그 결과는 허운석 선교사에게 폐암이 발견된 것이었다. 그로부터 기도하며 치료를 시작하였고 아마존과 한국을 오가며 치료하던 중 대구에도 내려와 대구 남덕교회 성도들에게 선교 보고와 후원에 감사를 전했다. 우리 집에서도 하룻밤을 함께 지내며 이야기를 나누기도 했다.

너무나 오랫동안 선교사역을 함께 했던 김철기·허운석 선교사였는데 부인 허운석 선교사가 2013년 9월 12일 아침에 서울에서 하나님의 부르심을 받았다. 너무도 아쉽고 안타까웠다. 서울에서 장례식을 마치고 9월 30일 한국을 출발하여 10월 1일 뉴욕 가스펠 펠로우십교회에서 추모예배를 드리고 10월 4일 아마존 검은강 상류 신학교에 허 선교사 유골을 매장하였다. 그야말로 허 선교사님은 브라질 아마존에 뼈를

묻었다. 이것은 평소 허 선교사가 평생을 바쳐서 사랑한 인디오 형제들 옆에 묻히기를 원했고, 인디오 형제들도 바랐던 것이었다.

이와 같은 허 선교사님의 뜻을 전달받은 썽가브리에우 다 까쇼에이라 시의회에서는 허 선교사의 공적을 인정하여 허 선교사 유골이 묻힌 거리를 '허운석 선교사 거리'로 명명했다고 한다. 브라질 선교역사에 길이 남을 역사적 업적으로 기록될 것이다. 그리고 허 선교사의 묘비명은 남편 김철기 선교사가 다음과 같이 썼다고 한다.

"이들 부부는 1991년 3월부터 아마존의 선교사로 활동해 왔다. 문만 열면 달려드는 독충(毒蟲)과 풍토병, 원주민들의 '창끝' 같은 거부감 속에서도 사랑의 복음을 전했고 20여 미(未)접촉 부족들이 예수 그리스도를 만났다."

말레이시아·미얀마 선교 지원

김철기 선교사역을 경험한 대구 남덕교회는 더욱 선교지를 확장하기로 하고 다음 협력선교사로 부항중앙교회에서 김철기 전도사님 후임으로 오신 채법관 전도사를 찾았다. 채 전도사님은 1990년 부항중앙교회 전도사로 부임하여 부항중앙교회를 학동에서 월곡으로 이전하신 분이다. 1993년 목사안수를 받고 12월 31일 자로 부항중앙교회를 사임하고 서울 서대문구 북아현교회 부목사로 서울로 옮겼는데, 1997년도 우연히 위암 판정을 받았으나 열심히 기도하며 치료한 결과 완치가 되었다고 한다. 채법관 목사님은 위암이 치유된 것은 하나님께서 다른 나라 선교를 위해 기회를 준 것으로 믿었다. 그는 북아현교회의 파송을 받아 말레이시아 사바주를 선교지역으로 생각하고 아내와 아들과 딸, 네 식구가 코타키나발루로 떠났다.

선교지에 도착하여 자녀들은 중국계 학교에 입학시키고 채 목사님은 현지 중국계 기독 실업인과 교류하며 말레이시아 가나안농군학교 설립을 추진하였다. 채 목사님의 사모님은 코타키나발루시에 사는 불법 체류자의 자녀들에게 교육 혜택을 제공하는 그레이스센터를 설립하여 말레이시아 국적이 아닌 사람들의 초등학교 과정과 중·고등학교 과정을 교육했다. 그레이스센터의 재정은 한국과 외국으로부터 받은 선교비로 충당했다고 한다.

이러한 채법관 선교사의 선교사역을 파악하고 우리 남덕교회에서는 2001년 1월부터 그를 협력선교사로 결정하고 매월 300달러를 지원했다. 아울러 남덕교회는 2001년 6월부터는 중국에서 선교활동을 하는 조은 님에게 매월 200달러를 협력하고, 러시아군 선교를 위해 매월 10만 원의 선교비를 지원하기로 했다. 그리고 2001년 미얀마 정부 요청에 따라 미얀마 가나안농군학교를 설립 운영하는 김상옥 선교사에게 2002년 1월부터 매월 200달러와 100만 원을 지원하기로 결정했다. 2002년 4월에는 필리핀 장로회 신학교에 교수 2명에게 각각 200달러, 신학생 10명에겐 각각 50달러씩 지원하기로 하고, 동년 8월 19일부터 22일까지 필리핀 장로회 신학교와 선교 약정서를 체결하기 위해 김병국 부목사, 김석삼 장로, 윤종우 장로, 그리고 이영만 집사가 필리핀 장로회 신학교를 방문하였다.

이듬해인 2003년 2월 17일부터 21일까지 4박 5일간 일정으로 장용덕 목사님과 사모님, 윤종우 장로님과 이필혜 장로님, 김석삼 장로와 장무현 권사, 노무현 장로님과 김애희 권사님 등 8명이 미얀마 가나안농군학교를 방문했다. 이필혜 장로님은 김상옥 선교사 부인의 언니로서 부군인 윤종우 장로님과 김상옥 선교사님은 서로 동서 사이다. 김상옥 선교사님이 서울대 농과대학과 장로회신학교를 졸업하고 1985년 2월에 아프리카 가봉의 선교사로 활동할 때부터 오랫동안 서로 협력해오고 있었다.

미얀마 가나안농군학교 위치는 미얀마 중부 고원지대 핀우린이라는 곳으로, 장관급 등 고급관리들이 사는 곳으로 환경이 좋았다. 가나안농군학교에 도착하여 나는 가나안농군학교 학생들을 상대로 특강을 했다. 당시 미얀마는 3명의 장군이 권력을 나누어 통치하던 때인데, 가나안농군학교 설립은 정보담당 장군의 아이디어라고 했다.

군인 통치하에서 대학을 가지 못한 우수 학생 40여 명이 가나안농군학교에서 공부하고 있었다. 6·25 전쟁 때 버마(현 미얀마)는 한국에 물자를 지원해 준 나라였다. 군인 정치에 반대한 대학생들이 탄압을 받아 대학을 퇴학당한 젊은이들이 열악한 환경에서 공부하는 모습을 보니, 그 젊은이들이 너무나 안타까웠다. 그리고 농군학교에서 가까운 여러 지역을 둘러보았다. 그 지역 주민들의 삶은 참으로 열악했고, 농사 방법도 구시대적 방법이었다. 소득을 높게 올릴 수가 없었다. 그들이 가나안농군학교에 기대하는 바가 크다는 것을 알았다. 그곳에 체류 중이던 2월 18일 저녁, 숙소에서 '아리랑 TV'를 보고 있었는데 대구 지하철 1호선 동성로 역에서 난 화재 사건이 화면에 나오고 있었다. 이 대형화재 사건은 사망자 192명, 부상자 151명의 희생을 낸 엄청난 사고였다. 대구 지하철의 치욕적 사건이었다.

나는 귀국에 앞서 마지막 일정으로, 1983년 10월 9일에 발생한 아웅산 묘역 테러 현장을 둘러보았다. 당시 북한은 1988년 서울 올림픽을 방해하기 위한 공작으로 미얀마의 옛 수도이자 현 최대 도시인 양곤에 있는 아웅산 묘역에 북한이 미리 설치한 폭탄으로 이 묘역을 방문한 우리 정부 고위자들에게 폭탄 테러를 가하였다. 이 테러 사건으로 전두환 정부의 고위 공직자 30여 명이 죽거나 다쳤다. 대한민국의 서석준 부총리와 이범석 외무부 장관, 김동휘 상공부 장관 등 각료와 수행원 17명이 사망하고 기타 수행원들이 부상했다. 사건 직후 전두환 대통령은 공식 순방 일정을 모두 취소하고 귀국했다.

나는 참혹한 테러 현장을 둘러보고 홍콩을 경유하여 부산으로 귀국했는데, 미얀마 공항에서 부친 수화물이 김해국제공항에 도착하지 않았다. 미얀마 공항의 실수였다고 생각했다. 김해국제공항 직원들이 대구로 가시면 수화물이 도착하는 대로 집으로 보내드리겠다고 해서 대구로 왔는데, 다음날 각 수화물이 각 가정으로 도착했던 기억이 있다.

또한 2002년 4월에는 장용덕 목사님과 함께 필리핀 장로회 신학대학(총장 고경진 선교사)을 방문하여 현지 신학교에서 배출한 목사가 그 지역선교에 효과적이란 판단으로 교수 2명(각 200달러)과 신학생 10명(각 50달러)에게 장학금을 지원하기로 약속했다. 동년 8월 19일부터 22일까지 김병국 부목사와 김석삼 장로, 윤종우 장로, 이영만 집사가 다시 필리핀 신학교를 방문하여 정식으로 협력선교 약정서를 체결하였다. 그러나 몇 년이 지나 필리핀장로회 신학교 총장이 바뀌면서 협력선교는 중단되었다.

'남덕교회 50년사' 준비

남덕교회 창립 50주년을 2년 앞둔 2000년에 장용덕 목사님께서 나에게 남덕교회 50년사를 준비하라고 부탁하셨다. 나는 즉시 준비위원회를 구성하여 '남덕교회 50년사'를 준비했다. 중요한 것은 자료 수집이었다. 우리 교회창립일은 1952년 12월 28일이다. 당시는 6·25 전쟁 중으로 서울에서 대구로 피난 온 사람들 가운데 공평동교회(현 봉산교회) 제6구역의 박영진 장로 가정 중심으로 예배를 드려 오다가, 윤광선 목사 인도로 정규만 장로(서현교회 시무)의 집에서 '예수교 대구 남산동교회' 창립 예배를 드림으로 남덕교회가 창립되었다. 당시 공평동교회는 임마누엘 예수교 소속이었는데, 이는 성결교단 소속의 최정원 목사가 중심이 되어 새롭게 만든 교단이었다.

남덕교회 창립 중심인물인 박영진 장로는 섬유업을 하고 있어서 회사에 종사하는 종업원들이 교회에 출석하게 되었다. 나는 자료 수집을 위해 서울에 계시는 박영진 장로를 찾아갔다. 당시 서울에서도 대구에서 서울로 이사 간 교인들이 정기적으로 모여서 예배를 드리고 있었고, 교회창립에 관련된 이야기와 자료들을 건너 주었다. 나는 대구 제일교회 90년사, 남산교회 70년사, 대구중앙교회 70년사, 신암교회 50년사, 염산교회 50년사, 경북노회록 등을 참고했다. 남덕교회 50년사의 집필자와 집필 내용의 개요는 다음과 같다.

김규식 목사: 제1편 제1장 초기 한국 교회사 개관
김석삼 장로: 제1편 제2장 성결교의 한국 전례
　　　　　　 제1편 제3장 임마누엘예수교 설립

제2편 대구남덕 교회사

박영남 집사: 제3편 제1장 총회와 노회와의 관계

성춘기 장로: 제3편 제2장 공동의회

제3편 제3장 당회

권혁환 집사: 제3편 제4장 제직회 및 12개 부서

제3편 제5장 10개 위원회

제3편 제6장 성가대

제3편 제8장 자치회중 장로회, 집사회

하호진 집사: 제3편 제5장 선교위원회

이희태 집사: 제3편 제7장 교회학교

제3편 제8장 남선교회

제4편 부록

박재필 권사: 제3장 제8장 자치회중 권사회

박춘자 권사: 제3편 제8장 자치회중 여전도회

최신호 집사: 제3편 제9장 성서대학

오상모 장로: 제4편 부록 대구남덕교회 50주년 초청인사 명부

김용근 집사: 사진 화보 자료

총 486페이지의 '대구남덕교회 50년사'가 2020년 10월 6일 발행되었다. 발행인 장용덕 당회장, 편집위원장 김석삼 장로, 편집위원 권혁환, 이희태, 박영남, 김용근 등의 노고가 깃든 책이다. 이분들에게 다시 감사드린다. 창립 50주년을 기념하는 두 개의 뜻깊은 행사가 있었다. 하나는 10월 13일에 개최된 남덕교회 출신 목회자 및 성도의 만남

의 날 행사이고, 다른 하나는 10개국 해외선교사 및 국내 165개 협력 교회 및 기관 초청 만남의 날 행사였다. 항공료 및 모든 경비를 남덕 교회가 지불하였다. 남덕교회 역사상 가장 뜻깊은 행사였다. 그리고 2020년 12월 28일, 장용덕 목사님의 은퇴식과 원로목사 추대식이 거행되었고, 이어서 이선우 목사님의 위임식이 있었다.

3. 두 차례의 성지순례

나는 개인적으로 두 차례의 성지순례를 하였다. 첫 성지순례는 2001년 1월 30일부터 2월 9일까지 이루어진 순례였다. 11일간 노기현 장로, 권종웅 집사, 김석삼 장로, 장무현 권사, 김성호 장로, 박춘자 권사, 심무웅 장로, 하태숙 권사, 이종헌 집사, 김정옥 권사, 김영진 집사, 김월희 권사, 박재임 권사 등 모두 13명이 로마와 이집트 카이로를 지나 이스라엘을 방문하며 예수님의 발자취를 따라가는 성지순례를 하였다.

두 번째 성지순례는 2003년 7월 7일부터 16일까지 10일간에 걸쳐 행하였다. 참가자는 아홉 부부 총 18명이었다. 노기현 장로와 김애희 권사, 윤종우 장로와 이필혜 장로, 김석삼 장로와 장무현 권사, 김성호 장로와 박춘자 권사, 심무웅 장로와 하태숙 권사, 이종헌 집사와 김정옥 권사, 김영진 집사와 김월희 권사, 장명덕 집사와 김명숙 권사, 김장순 집사와 박옥춘 권사 등이다. 두 번째 성지순례는 사도 바울의 선교여행 자취를 찾아서 따라가는 순례로서, 소아시아 터키와 그리스를 방문하는 여행이었다.

1차 순례 : 예수님 사역지를 찾아서

1차 성지순례에서 로마부터 먼저 방문한 것은 로마는 기독교 역사의 중심지이고 많은 기독교 성인들의 역사와 발자취가 남아 있기 때문이었다. 로마에서는 바티칸 내부 관광과 베드로의 무덤과 시스티나 성당 벽화들을 보면서 큰 감흥이 일어났다. 그간 교과서에서만 보았던 중세 화가들의 성화들을 현지에서 직접 보면서, 당시 기독교 문화를 이해하게 되었다. 특히 미켈란젤로의 피에타상과 대성당의 웅장한 돔에서 깊은 인상을 받았다. 베드로 광장은 베드로가 순교한 장소를 기념하는 장소로서 오벨리스크는 광장의 중앙에 위치하여 베드로의 순교 정신을 다시 한번 되새길 수 있었다.

바티칸을 나와 콜로세움으로 이동했다. 고대 로마의 원형 경기장인 이곳은 초기 기독교인들이 박해받았던 곳이다. 혹독한 박해 가운데 믿음을 지켰던 초기 기독교 신자들의 용기와 신앙의 깊이를 생각하게 되는 곳이었다. 그리고 카타콤으로 이동했다. 초기 기독교인들이 박해를 피해 숨어 살았던 지하 묘지들을 보며, 우리 현대인의 신앙을 성찰해 보았다. 기독교인들의 굳고도 은밀한 신앙생활의 모습들을 직접 볼 수 있는 곳이다.

그리고는 바울교회를 방문했다. 기독교 교리를 완성하신 바울의 모습을 생각하면서 바울교회를 찾았다. 예수님의 지상명령인 땅끝까지 복음을 전하면서 로마의 감옥에서도 자신이 선교한 교회와 교인들에게 편지를 쓰면서 신앙인에게 믿음을 심어준 바울이다. 그런 생각을 하며 바울교회를 찾아 여러 기록을 살펴보니 참수형을 당하기까지 선교한 바울이 더욱 존경스러웠다.

로마에서의 일정을 마치고 오후 비행기로 이집트 카이로로 이동했다. 카이로에 도착하여 배를 타고 나일강의 밤 모습을 바라보며 출애굽기에 등장하는 모세를 생각했다. 그가 버려졌다가 나일강에서 갈대상자에서 건져 내어져서 살아나게 되었다는 성경 말씀을 상상하면서 출애굽의 여정을 따라갔다.

다음날 카이로 유명대학을 방문하고 예수 피난교회를 찾아가 보았다. 그리고 피라미드와 스핑크스를 둘러보았다. 나일강의 범람으로 기하학이 발전했다는 이집트의 과학기술과 고대이집트인들의 상상력에 나는 감탄했다. 우리 일행은 모세의 탈출 경로를 따라 홍해 바다를 지나 마라, 엘림, 르비딤을 지나, 모세가 하나님으로부터 십계명을 받았다는 시내산으로 가기 위해 홍해 휴양지인 샤름 엘 셰이크 호텔에서 휴식을 취했다. 다음 날 아침 새벽 3시에 시내산(해발 2,285m) 정상으로 걸어서 가기 위해 가타리나 수도원 가까운 곳에 숙소를 정하고 새벽 일찍 일어나 시내산 정상으로 일행들과 걸어서 올라갔다. 순례객들이 낙타를 타고 정상으로 올라가지만, 우리 일행은 경비를 절약하기 위해 걸어갔다.

시내산은 풀 한 포기 없는 바위산이다. 예정대로 해뜨기 전에 시내산 정상 모세기념교회에 도착하여 우리 일행은 모두 모여 먼저 예배를 드렸다. 그리고 잠시 휴식을 취하고 간단한 식사를 했다. 그곳에서는 판매하는 모든 것의 가격은 1달러였다. 커피도 1달러, 뜨거운 물도 1달러였다. 노기현 장로님께서 한국에서 가지고 온 컵라면을 꺼내서 뜨거운 물을 1달러를 주고 사서 컵라면에 뜨거운 물을 붓고 맛있게 먹고 있었는데, 외국에서 온 한 외국인이 그 모습을 보고 컵라면 하나만 살

수 없느냐고 물었다. 노기현 장로님은 컵라면 하나를 그냥 선물로 주었는데 그분이 너무나 기뻐하는 모습을 지금도 생생하게 기억하고 있다. 우리 일행은 시내산 일정을 마치고 내려와 다시 이스라엘로 들어가기 위해 이집트와 이스라엘 국경지대인 타바로 향했다.

타바에서 하루 저녁을 보내고 아침 일찍 타바 국경으로 가서 이스라엘 땅으로 들어갔다. 구약성경 출애굽기에 기록된 이스라엘 사람들이 지나간 경로를 따라 브엘세바와 아브라함의 우물 등을 볼 수 있었다. 그리고 소금기둥으로 변해 버린 롯의 아내상이 있었던 곳을 바라보며 사해(死海) 바다에 도착했다. 이곳 사해는 구약성경 아브라함의 얘기가 많이 등장하는 장소이다. 쿰란 유적지를 순례하고 사해 바다 근처에 있는 마사다를 향했다. 마사다는 이스라엘 백성들이 로마군대에 끝까지 항전했다고 전해지는 절벽 위의 요새이다. 마사다 정상에서 로마군대와 싸우던 이스라엘 군인과 백성들이 최후의 목숨을 잃기까지 항전했다는 안내인의 설명에 참으로 이스라엘 민족은 대단한 민족이라고 생각했다.

마사다 정상까지 물을 공급하기 위한 기술이 참으로 대단했다. 물리학 원리를 이용하여 맞은편 산에 호수를 만들어 그 호수의 물을 마사다 정상까지 올라가도록 하였다는 것이다. 우리 일행은 마사다에서 내려와 다시 가까운 사해 바다로 갔다. 사해 바다는 요단강에서 흘러오는 물이 사해 바다에서 멈추게 된다. 지중해 해수면보다 400m 이상 낮은 곳이기 때문에 물이 들어오기는 해도 나가는 물이 없다. 그래서 염도가 높아 사해에 들어가면 몸이 저절로 뜨게 된다. 모두가 옷을 벗고 수영복으로 갈아입고 사해 바다에서 수영을 즐겼다.

우리는 다시 요단강을 따라서 북쪽으로 올라가 예수님의 3년간의 공생애 활동을 했던 중심지인 갈릴리지방으로 들어갔다. 예수님이 요한으로부터 세례를 받고 이곳에서 열두 제자를 불러 모아 3년 동안 천국 복음을 전하면서, 가난하고 병든 자들을 치료해 주며 동고동락한 지역이다. 우리 일행은 먼저 갈릴리호수에서 배를 타고 호수 안쪽으로 들어가서 선상 예배를 드리고 '갈릴리 마을 숲속에서'란 복음송을 힘차게 불렀다. 참으로 실감 나는 복음송이었다. 갈릴리 호숫가에서 관광객들에게 팔고 있는 베드로 고기를 구경하며 2000년 전 예수님의 행적을 되새겨 보았다.

갈릴리호수 주변에 예수님이 사역하신 곳이 많다. 우리 일행은 가버나움과 팔복산과 오병이어교회를 잇달아 방문하였다. 가버나움은 갈릴리호수 북단에 있는 조그마한 어촌 마을이다. 옛날 베드로가 살던 집이 있던 곳이다. 이곳에서 예수님이 베드로와 안드레, 야고보와 요한, 그리고 마태를 제자로 부르셨던 곳이고, 많은 병자를 말씀으로 치료하시고 천국 복음을 가르쳤던 곳이다. 예수님이 안식일마다 가르치던 회당이 있었던 곳도 보았다.

그리고 마태복음 5장에 기록된 예수님이 여덟 가지 복을 가르쳤다는 팔복산으로 갔다. 팔복산에서 내려다보이는 갈릴리호수는 너무나 조용했다. 그리고 그곳에 팔복교회가 있었다. 가까운 곳에 오병이어교회도 있었다. 우리 일행은 다시 예수님이 세례받았다는 요단강으로 이동했다. 순례객들이 세례 터에서 예수님의 세례 모습을 상상하며 모두 물속에 들어갔다가 머리를 다시 물 밖으로 내고 나오는 세례 의식을

행하고 있었다.

요단강 세례 터에서 우리도 물세례를 받는 퍼포먼스를 행했다. 그리고는 예수님이 어린 시절 부모와 함께 생활한 나사렛이란 동네로 이동하였다. 이곳은 예수님이 아버지 요셉의 목수 일을 도우며 30년을 살았다는 고향 동네이다. 이곳에서 마리아는 예수님을 잉태할 것이라는 수태고지를 받았다. 나사렛 마을을 둘러보고 예수님이 가나 혼인 잔치에서 물로써 포도주를 만들었다는 곳으로 이동하였다.

그리고 우리는 마지막 중요 성지인 예수님께서 십자가에 못 박히고 돌아가셨다가 3일 만에 부활하신 예루살렘으로 들어갔다. 말로만 들었던 예루살렘 성전으로 갔다. 예루살렘 성전은 유대교, 기독교, 이슬람교의 성지인지라 항상 긴장이 감도는 도시로서, 출입이 제한되는 곳이다. 예루살렘 성전은 이슬람이 대부분 관할하고 있어 '통곡의 벽' 쪽만 우리가 볼 수 있었다.

유대인들이 지금도 통곡의 벽에 전통 유대인 복장을 하고 기도하는 모습을 볼 수 있다. 이 성전은 유대인들의 마음의 안식처이기도 하다. 다윗성과 예수님이 십자가에서 못 박힌 장소를 둘러보고 이어서 예수님이 빌라도 법정에서 재판을 받던 장소를 보았다. 그리고 예수님께서 십자가를 지고 골고다를 향해 가는 십자가의 길(Via Dolorosa)을 직접 걸어 올라갔다. 예수님께서 십자가를 지고 가면서 쓰러진 곳이 일곱 군데가 있는데, 그곳이 표시되어 있었다. 그곳을 지날 때마다 모두 눈물을 흘리면서 기도하며 예수님의 고통을 체험하는 듯했다. 예수님이 묻히셨던 곳, 예수님의 무덤으로 가서 모두가 숨을 죽이고 묵상하며 지나왔다. 이곳을 성묘교회라 하는데, 로마 황제 콘스탄티누스가 기독교를 로마 국교로 선언하고 나서 왕의 어머니인 헬레나에 의해 이 교회가 세워졌다. 그 뒤 1149년 십자군 전쟁 때 확장 중수되었다고 한다.

예수님께서 십자가에 못 박히시기 전 기도하셨던 감람산과 겟세마네 동산으로 이동했다. 예수님께서 십자가를 앞두고 번민하여 오르셨던 감람산과 겟세마네 동산으로 이동하여, 그 길을 걸으면서 예수님께 감사의 기도를 올렸다. 이곳에 만국교회, 눈물교회, 주기도문교회를 볼 수 있었다. 그리고 감람산으로 올라가서 예수님께서 승천하신 곳을 보았다.

우리는 마지막 일정으로 지중해 연안의 갈멜산으로 향했다. 이곳은 선지자 엘리야가 바알과 아세라 선지자 850명과 신앙대결에서 승리한 상징적 산이기도 하다. 갈멜산 입구에는 엘리야 선지자의 동상이 승리자의 모습으로 세워져 있었다. 갈멜산 아래에는 이스라엘의 유명 공과대학인 테크니온 공과대학이 있다.

우리 일행은 텔아비브로 내려와 한국행 비행기를 탔다. 나는 텔아비브 국제공항에서 이스라엘 홀론공과대학(HIT) Rapoport 교수를 만났다. 이 교수는 원래 러시아 태생 유대인으로 전공 분야가 나와 같은 트라이볼로지이어서 나하고는 이미 잘 알고 지내는 관계였다. 그는 1948년 이스라엘이 건국되어 러시아에서 이스라엘로 이주해 온 것이다. 그래서 이스라엘 사람들은 한국 사람을 만나면 형제의 나라라고 하며 반가워한다. 한국과 이스라엘은 1948년 독립된 나라를 세워 UN으로부터 동시에 승인받은 나라이기 때문이다.

2차 순례 : 바울의 전도 궤적을 따라

제2차 성지순례는 1차 성지순례를 마치고 2년 반 뒤인 2003년 7월 7일부터 16일까지 10일동안 이루어졌다. 이번에는 사도 바울의 선교 여행을 따라 터키와 그리스 지방의 성지순례를 가자는 의견이 모아졌다. 제2차 성지순례는 부부 9팀으로 18명이 터키와 그리스로 가서 바울사도의 사도행전에 기록된 바울의 선교 지역과 요한계시록에 기록된 소아시아 일곱 교회를 방문하기로 하였다.

인천공항을 출발하여 터키 이스탄불에 도착하여 먼저 성소피아 성당을 찾았다. 성소피아 성당은 537년부터 1453년까지 그리스 정교회 성당으로 사용되었으나 오스만 제국이 콘스탄티노플을 점령한 1453년 5월 29일부터 1931년까지 이슬람교회인 모스크로 사용되었다가 현재는 이슬람 모스크 및 정교회 성당으로 사용되고 있다고 한다. 소피아 성당 내부의 화려한 장식은 경이로움을 주지만, 부분적으로 이슬람 모스크의 모습으로 변해가는 것이 참으로 안타까울 뿐이었다. 우리 일행은 소피아 성당을 관광하고 톱카프 궁전으로 갔다. 이 궁전은 오스만 제국의 술탄들이 가장 오랫동안 사용한 궁전으로 내부에는 궁전에서 사용하던 자기, 무기, 직물, 보석 등이 화려하게 진열되어 있어 관광객을 감탄케 한다.

이스탄불 시내를 둘러본 후 로마의 핍박을 피해 신앙을 지킨 기독교인들의 삶의 터전인 카파도키아로 이동했다. 카파도키아로 가는 도중 카파도키아의 상징인 기암괴석들이 자리 잡고 있는 파샤바 계곡과 기독교인들이 숨어 살았던 지금은 비둘기 집으로 사용되는 우치히사르 지역을 둘러보았다. 특히 이슬람 사람들의 핍박을 피해 이주해서 이곳 지하마을에서 신앙생활을 했다고 하는 기독교인들의 지하도시는 규모가 대단했다. 지하도시 내 땅굴의 통로는 지하 85m 아래까지 연결된 비밀통로인데, 혼자서 들어갔다가는 밖으로 나올 수 없는 지하마을이라고 한다. 지하마을 중 큰 곳은 약 3만 명이 거주할 수도 있다고 한다. 지하마을 안에는 생활에 필요한 모든 것이 구비되어 있었다. 바위의 구성 재료인 돌이 약해서 바람에 의해서 바위가 침식되어 깎여나가 마치 버섯모양의 돌기둥들을 볼 수 있는 파샤바 계곡을 보았다. 바위 표면엔 비둘기집이라고 하는 구멍들이 뚫려있는 우츠히사르 바위는 반드시 한번 보아야 할 관광명소였다.

터키 서쪽 지역 사도 바울의 선교지역으로 이동하면서 계시록에 기록된 일곱 교회들의 모습을 찾아가 보았다. 교회는 거의 허물어졌고 기둥과 교회 터의 흔적만 남은 곳이 대부분이었다. 두아디라 교회 터, 서머나 교회 터, 그리고 버가모 교회 터의 흔적을 볼 수가 있었다. 비시디아 안디옥 교회에서 나는 아내와 같이 기념사진을 촬영했다.

다음 여행지인 에베소로 이동했다. 에베소는 사도 요한이 예수님의 어머니를 모시고 살았다는 곳이다. 에베소는 기원전 1500년~1000년 사이에 처음으로 세워진 도시로 알려져 있다. 기원전 6세기에 건조된 거대한 아르테미스 신전과 로마제국 시대에 건설된 소아시아에서 가장 큰 로마식 건축물인 도미티아누스 신전으로도 유명하다.

에베소는 사도 바울이 3년 가까이 머물면서 목회했던 도시이다. 에베소는 특히 그리스·로마시대 교통의 요지로 무역과 상업의 중심도시로서 많은 사람이 모여드는 곳이었다. 그러니 사도 바울이 선교의 중심도시로 생각하였음이 분명하다. 사도행전 19장에는 사도 바울이 여기서 전한 복음으로 인해서 많은 사람들이 예수를 믿게 되자, 아데미 신전 종사자들과 우상 제작자들이 경제적 타격을 입었다는 기록이 나와 있다. 심지어 마술사들이 예수 그리스도의 복음을 전하는 지경까지 나타나게 되었다고 한다. 에베소에서 2,500여 명 수용이 가능한 원형 경기장을 보고 셀수스 도서관을 둘러보면서 당시 사람들의 풍요로운 생활과 사회 환경을 짐작할 수 있었다.

마리아 기념교회와 사도 요한 교회를 둘러보았다. 서기 37년경 사도 요한과 성모마리아가 이곳으로 와서 여생을 마쳤으며 이곳에 묻혔다고 한다. 사도 요한은 98세까지 이곳 에베소에 살았다고 전한다. 요한은 로마 황제 도미시아누스에 의해서 추방을 당해 에베소에서 그리 멀지 않은 밧모(Patmos)섬으로 유배되어 18개월간 그곳에서 살았고 이곳에서 요한계시록을 저술했다. 당시 밧모섬은 종교와 정치범들의 유배지였다고 한다. 우리 일행은 밧모섬으로 이동하여 요한이 유배당한 장소와 사도 요한 수도원을 관람했다. 예수님의 사랑을 받은 요한은 순교 당하지 않고 성모마리아를 잘 모셨던 제자였다. 요한은 오래도록 장수하면서 요한복음과 요한 서신과 요한계시록을 기록하였다.

우리 일행은 다시 파묵칼레로 이동하였다. 이곳은 온천지역이다. 수천 년 동안 지하에서 흘러나온 뜨거운 온천수가 산의 경사면을 따라 내려가면서 지표면에 수많은 물웅덩이와 종유석과 석회동굴을 만들었다. 물에 포함된 미네랄 성분이 지표면을 부드러운 백색 석회질로 덮어버려 아름다운 지형을 만들어 낸다. 우리 일행은 한국에서 가지고 간 해수욕복 차림으로 이곳에서 온천을 즐겼다.

그리고는 다음 여행지인 그리스의 수도 아테네로 이동하였다. 그리스에서의 현지 가이드는 한국인이었다. 2002년 월드컵 경기가 서울에서 개최된 후인지라 그리스 사람들이 한국을 다시 평가하게 되었다면서 가이드의 첫 번째 인사가 한국인으로 태어난 것이 너무나 자랑스럽다는 말이었다. 터키와 그리스는 축구 경기를 못 한다고 했다. 터키와 그리스는 사이가 너무 좋지 않다고 하면서 한국과 일본 관계보다 더 심각해 만약 두 국가 간 축구 시합이 이루어진다면 경기에서 패한 팀은 고국으로 돌아갈 수가 없다고 했다.

그리스에서 중요한 여행지로 아테네 시내 관광을 하고 아크로폴리스로 이동하였다. 이곳은 페르시아 전쟁에서 승리한 후 아테네의 페리클레스가 아테네를 상징하는 성역으로 자긍심을 불어 넣기 위해 해발 156m 석회암 언덕 위에 재건하였다고 한다. 신에게 제사를 지냈다는 여러 신전이 세워졌으며 아무나 올라가지 못하도록 성벽을 쌓았고, 아크로폴리스에서 내려다보면 아테네 시가지가 그대로 보이게 되어 있었다. 우리 일행은 아테네 수호신을 모셨다고 하는 파르테논신전으로 올라갔다. 이 신전은 기원전 438년에 완성되었다고 하는데 도리아식 최고의 건물이라고 한다. 사도행전 17장에서 사도 바울이 아테네에서 많은 철학자와 유태인들에 대해서 언급하며, 세계의 중심지로서 많은 외국인이 모여드는 그리스 아테네를 방문하여 예수 그리스도의 복음을 전한 모습이 기록되어 있다.

사도 바울의 말씀 가운데 '알지 못하는 신에게'란 부분에서 '예수 그리스도가 바로 알지 못하는 신이고 창조주 하나님이시다' 라고 강조하며 아테네 사람들과 쟁론했을 것으로 나는 생각했다. 사도 바울은 당시 헬라어에 능통했기 때문에 바울 서신들을 헬라어로 기록할 수가 있었을 것으로 생각된다.

우리 일행은 다음 방문 장소인 고린도로 이동했다. 고린도는 항구 도시로서 아테네 서남쪽 80km에 있는 도시다. 각종 신전과 제사가 성행했던 도시이다. 고린도는 지정학적으로 아가야 지역 중심도시로서 그리스 본토와 펠로폰네소스 반도로 나가는 길목으로 육로와 수로의 상업상 교통의 요지였다. 주변 각지로부터 모여드는 사람들로 인해서 고린도 교회는 여러 가지 문제를 가지고 있었다. 사도 바울이 기록한 고린도 전서와 고린도 후서의 내용을 보면 도덕적 문제를 비롯하여 파벌 문제, 그리고 신전에 바친 음식 문제 등 각종 문제가 생겼는데, 이에 대해서 바울은 문제의 해결책을 기록해 놓았다. 고린도 지방 순례를 끝으로 우리 일행은 터키와 그리스 성지순례를 마감했다.

필리핀과 선교와 말레이시아 가나안농군학교 방문

대구 남덕교회 선교역사에서 2007년 7월부터 말레이시아 단기선교 파송을 시작하였으나 이선우 목사님이 서울 서현교회로 떠나시고 2009년 12월 27일 최원주 목사님께서 대구 남덕교회 담임목사로 부임하면서 다시 해외선교를 이어갔다. 2011년 6월 27일부터 7월 6일까지 9박 10일간 필리핀 마닐라 단기선교를 떠났다. 선교참가자는 대학부가 중심이었으며 장로님과 권사님들이 참여하여 총 28명이었다. 먼저 선교 참가자 모두를 조직화했다. 지도 목사 한대현 부목사, 단장 김석삼 장로, 팀장 장광명, 부팀장 박소연 등으로 지도부를 구성하였다. 그리고 총무팀은 박준홍·차현석·노진형 등으로 구성하고, 서기팀은 이신화·박현미·박연수 등으로 구성하고, 회계팀은 우현지·이구연·김정민

등으로 구성하였다. 선교팀에는 강한별·김민주·김현곤·김후남 권사·남숙자 권사·노기현 장로·박청미·윤혜민·이구연·이지인·이필혜 장로·장무현 권사·하태숙 권사·홍경미로 조직하였다. 그리고 준비모임을 8차례 가졌다.

필리핀 사역이 행해지는 지역은 카비테주였다. 이 지역은 필리핀 루손 섬 칼라바르손 지방에 속한 주로서 남쪽 바탕가스주와 인접한 곳이고 서쪽으로는 남중국해와 인접한 곳이다. 이번 선교사역의 내용은 마을 길 보수작업, 대나무집 만들기, 노방전도, 의료 봉사, 여름 어린이 성경학교, 주일예배 참석 등이었다. 우리 선교사역팀은 한국 인천공항을 출발하여 필리핀 마닐라 공항에 도착하여 도착 예배를 드린 후 바로 공항에서 약 50km 떨어진 스모키 마운틴(Smoky Mountain)으로 향했다. 이곳을 택한 이유는 필리핀의 어려운 생활을 이어가는 가난한 마을을 체험시키기 위함이다.

현지 선교사님의 안내로 쓰레기를 수집하여 그것을 팔아 생계를 이어가는 마을로 이동하였다. 마을 입구에서 벌써 쓰레기 매립지에서 나오는 냄새로 걸음을 옮기기 힘든 실정이었다. 하지만 그곳에도 십자가가 걸려 있는 교회가 있었다. 우리 일행들이 쓰레기 매립지를 둘러보았다. 종이, 빈 병, 프라스틱, 알루미늄 조각 등 돈이 될 만한 것을 집게로 담아서 재활용 공장에 팔게 되면 하루에 버는 돈이 우리나라 돈으로 100원 정도를 받는다고 했다.

가난에 찌든 아이들이 여기서 쓰레기 노동을 하고 있었다. 학교는 가지 않고 이른 새벽부터 밤늦게까지 이곳 쓰레기 산을 뒤지고 있다고 했다. 우리 학생들과 교인들은 마을 이곳저곳을 둘러보고 처음으로 필리핀 주민들의 삶을 체험하며 많은 것을 느꼈다. 1960년대는 필리핀이 우리 한국보다 훨씬 잘 살아서 서울 장충체육관도 지어주고, 청계천 도로도 건설해 주었다고 한다.

쓰레기 마을에서 첫날 선교 일정을 마치고 다음 날 사역 지역인 카비테주 예정된 곳으로 이동하였다. 그곳에서 계획된 일정에 맞추어 마을 도로 개선 사업, 대나무 집짓기 등을 하였다. 또 교회에서 어린이 여름 성경학교로 찬양과 율동을 가르치고, 권사님과 장로님들은 노방 전도를 하고 가정집을 찾아가 복음을 전했다. 원래 필리핀은 가톨릭 국가인지라 복음에 대한 거부감은 없는 곳이었다. 나는 국외선교부장으로서 최원주 담임목사님의 선교방침에 따라 선교사역을 한 곳에서 3년간 지속하는 것을 원칙으로 했다. 2014년 2월 내가 정년퇴직하던 해 6월 말까지 필리핀 남부 바탕가스 이용돌 선교사님 선교지역을 협력했다.

그리고 또 하나 기록에 남기고 싶은 선교여행은 2011년 10월 3일부터 8일까지 5박6일 일정으로 말레이시아 가나안농군학교를 방문한 것이다. 채법관 선교사가 선교지 방문을 강하게 요청하여 장용덕 목사님과 사모님, 최원주 목사님과 사모님, 그리고 윤종우 장로 부부, 박재석 장로 부부 그리고 김석삼 장로 부부 등 모두 10명이 참여했던 선교여행이었다. 10월 3일 11시에 인천공항을 출발하여 현지시간 오후 4시 35분에 말레이시아 수도 쿠알라룸푸르 공항에 도착했다. 채법관 선교사는 코타키나발루에서 비행기로 먼저 쿠알라룸푸르에 도착하여 우리 일행을 기다리고 있었다. 채법관 선교사 안내로 우리나라 쌍용건

설에서 건축한 쌍둥이 빌딩을 관광한 다음 저녁 식사를 마치고 중국에서 선교활동을 하다가 중국으로부터 추방당한 선교사들이 머무는 선교관을 찾았다. 우리 일행은 그들과 하룻밤을 지냈다.

다음 날 국립모스크와 이슬람 박물관을 관광하고 바투케이브 힌두교 사원을 관람하였다. 점심 식사 후 동말레이시아 코타키나발루로 출발하여 저녁 9시 35분에 코타키나발루 공항에 도착하여 선교관 숙소로 직행했다. 우리 일행은 다음 날 그레이스센터가 이전하기로 된 부지 장소를 방문하였다. 점심 식사 후 사바주 북단인 꾸닷(Kudat)으로 이동하여 해안가 가나안농군학교를 건립하기로 예정된 부지로 올라갔다.

나는 이날 오전에 말레이시아 사바국립대학(UMS) 기계공학과 Willey 박사 연구실에서 개최한 세미나에 참석했다. Willey 박사는 영국 케임브리지 대학 허칭스 교수(I.M. Hutchings) 연구실에서 절삭공구 마모에 관한 연구로 박사학위를 받았다. 나는 세미나에서 그 연구실 팀과 대학원생들에게 최근 나의 연구 내용을 소개했다.

세미나를 마치고 다과를 나누면서 2014년 2월 말에 정년퇴임을 하게 된다고 하니까, 즉시 Willey 박사가 나에게 요청하기를 퇴임 후 말레이시아 사바국립대학(UMS)로 오라고 했다. 점심 식사를 마치고 가나안농군학교 건물을 설립하기로 한 사바주 최북단인 꾸닷으로 향했다. 코타키나발루에서 190km 떨어진 곳이다. 그동안 채법관 선교사가 중국계 말레이시아인 알렉스 팡 국제변호사로부터 기증받았다는 장소였다. 당시 채법관 선교사는 북아현교회 선교팀이 단기선교로 왔다가 청년 한 명이 선교 일정 마지막 날 바닷가에서 파도에 휩쓸려 사망한 사고가 발생하여 심한 어려움 중에 있었다. 그곳에서 우리 방문 일행은 예배를 드렸다. 장용덕 목사님께서 설교하시고 모두 함께 가나안농군학교와 채법관 선교사를 위해 통성기도를 올렸다. 기도를 마치고 보니 채법관 선교사는 펑펑 울고 있었다. 우리들의 기도에 그동안 마음고생으로 힘들었던 것에 위로를 받은 것 같았다.

오후 일정을 마치고 꾸닷의 호텔 마리나로 이동하여 취침에 들어갔다. 10월 6일 목요일에는 꾸닷에서 제2의 가나안농군학교 농장 부지인 마락바락으로 이동했다. 이 농장 부지도 알렉스 팡이 기증하기로 약속한 것이라 했다. 마락바락에 도착하여 먼저 장용덕 목사님께서 드레곤 푸룻과 망고나무 심기 기념식수를 했다. 저녁 식사를 마치고 가까운 땅골교회에서 부흥집회를 개최했다. 장 목사님께서 설교하고 채법관 선교사가 통역했다. 나는 간증 설교를 통해서 시골 농부의 아들로 태어나 하나님 은혜로 대학교수가 되어 말레이시아 선교지를 방문하게 되었다고 나의 지난날을 소개했다.

마지막 10월 7일에 다시 코타키나발루로 돌아와 코타마루두에서 점심을 먹고 저녁 식사는 알렉스 팡의 초대로 바다 위의 고급레스토랑에서 대접받았다. 알렉스 팡 가족과 우리 일행, 가나안농군학교 일꾼 모두를 초대하였다. 그때 알렉스 팡이 나에게 특별한 제안을 했다. 내가 경북대 공대 학장직을 수행한 사실을 알고 한국의 의과대학과 공과대학을 사바주에 유치해 달라고 했다. 나는 그 제안을 받고 머릿속에 연세대학이 떠올랐다. 미국 선교사가 한국에 대학과 병원을 세워 오늘날 한국 발전의 출발점이 되었다고 생각을 하면서, 이것은 하나님께서 나에게 주어진 새로운 사명이란 생각을 했다.

만찬을 마치고 채법관 선교사와 작별 인사를 나누기 전 남덕교회 선교후원금 7,500RM(292만 5,000원)을 채법관 선교사에게 전달하고, 말레이시아 가나안농군학교를 돕고 있는 지미 씨의 암 치료를 위해 100RM(3만 9,000원)을 주었다. 또 현지 목회자의 어려운 여건 개선을 위해서 우리 일행은 즉석에서 모금하여 오토바이 구입을 돕는 후원금으로 3,000RM(117만 원)을 전달하였다. 우리 일행은 코타키나발루 공항을 오후 5시 30분 출발하여 쿠알라룸푸르 공항에 오후 7시 55분 도착했다. 비행기를 갈아타고 밤 11시 30분 쿠알라룸푸르 공항을 출발하여 다음 날 아침 7시 10분에 인천공항에 도착했다. 나에겐 이번 말레이시아 선교지 방문이 하나님께서 예비해 주셨던 참으로 유익한 선교지 방문이었다고 생각했다.

선교여행을 마치고 귀국 즉시 계명대와 호서대 같은 국내 기독교 대학을 방문하여 말레이시아 사바주에 대학설립이 가능한지를 알아보았다. 동시에 서울 말레이시아대사관을 방문하여 말레이시아의 대학설립 규정과 제도를 문의하기도 했다. 결론은 당시 규정으로는 국내 대학이 외국에 대학을 설립할 수가 없었다. 이러한 상황 가운데 2013년 8월 20일 알렉스 팡이 나를 다시 초청하였다. 목적은 한국 대학 유치였다. 그는 나에게 사바주 제2의 도시인 산다칸(Sadakan)의 교육특화단지 방문을 권하였다. 먼저 산다칸 출신의 사바주 정부 산업부 장관 Raymond씨를 만났다. 나는 Raymond 장관으로부터 사바주의 산업 현황과 외국대학 유치 계획, 인센티브 등에 대해서 상세한 설명을 청취했다.

산다칸은 사바주가 수도를 코타키나발루로 이전하기 전 행정수도였고, 인구 40여 만의 도시로 166만 평의 교육특화단지(Sandakan Education Hub)를 조성하여 각종 대학과 기술 훈련기관 등을 유치하고자 하는 것이 핵심 정책이었다. 이미 UMS 농과대학이 2006년 5월 4일 이곳에 설립되었다. 산다칸 방문에는 산다칸 출신의 Alex Pang 변호사와 Jackson Kwan 장로, 채법관 선교사도 동석했다. Raymond 장관은 산다칸 출신으로 Jackson 장로와 아주 가까운 관계라고 했다. 그리하여 Alex Pang 변호사가 산다칸행 왕복 항공권을 제공하여 채법관 선교사와 함께 다음 날 Sandakan 교육특화단지를 직접 답사하고 돌아왔다.

2013년 11월 17일부터 22일까지 코타키나발루에서 개최된 말레이시아 트라이볼로지 국제학술대회(MITC2013)에 참석하여 나는 말레이시아 대학교수들의 말을 들어 보았다. 당시 MITC2013 대회장인 Hassan 교수는 자신이 근무하는 말레이시아 최고의 국립대학인 UM(University Malaya)으로 와서 함께 공동연구를 하자고 제안했다. UM은 1905년도 Kuala Lumpur에 설립된 말레이시아 최초 국립대학으로 한국의 서울대학교와 같은 위상의 대학이다. 하지만 나는 Hassan 교수의 요청을 거절했다. 거절 이유는 연구 환경은 좋지만, 이슬람이 싫었고 너무 과도한 연구업적을 요구할 것 같아서였다.

4. 교육·연구·봉사 삼위일체의 임무 수행

기계공학부 학부장으로서의 역할 수행

나는 1979년 10월 경북대 기계공학과 전임강사로 임용된 후, 1983

년 7월 일본 도호쿠대학 박사과정 입학을 거쳐 1987년 3월에 공학박사 학위를 취득하였다. 이어서 1991년 미국 표준기술연구원(NIST)에서 1년간 박사후 연구 과정을 마치고 다시 경북대학교 공대 교수로 돌아왔다. 이 자리에서 나는 교수의 3대 사명인 교육·연구·봉사를 향하여 나에게 맡겨진 임무를 다할 것을 결심했다.

우선 교육 부분에서 나의 책무를 충실히 하기로 하였다. 그동안 나로 인해서 과중한 강의 부담을 감당했던 교수님들의 강의를 내가 맡아야 했다. 기계공학과에 개설된 과목을 많이 감당하였으며 대학원에 트라이볼로지 과목을 개설하였다. 대학원생들의 학문적 관심을 끌어들이면서 그들이 참여하는 트라이볼로지 연구실을 운영하였다. 나는 1993년 4월에 정교수로 승진하였고, 1994년 8월 1일부터 1996년 7월 31일까지 기계공학부 학부장직을 맡았다. 기계공학부는 기계공학과와 기계설계학과를 통합하여 1995년 3월부터 통합운영하게 된 공학부이다. 1학년과 2학년 과정은 각각 기계공학과 기계설계학과 학생이 동일 과목을 수강하게 하고 3, 4학년 과정은 전공별로 분리하는 제도였다. 특히 기계공학은 열과 유체 분야를 중점적으로 수강하게 하고 기계설계공학은 기계설계 및 기계 제작 분야를 중점적으로 수강케 하였다.

이 같은 제도는 각 대학교에서 학과를 신설하는 편법으로도 활용되었다. 기계공학의 최종 목표는 기계를 설계하고 제작하는 것인데, 과거 박정희 대통령께서 방위산업체를 방문하였을 때 그 회사에서 '요즘 대학생들은 기계공학을 졸업하고도 설계를 할 줄 모릅니다'라고 해서 바로 즉석에서 박 대통령이 그러면 대학에 기계설계학과를 신설하라고 담당 비서관에게 명령했다. 입학시험이 끝난 그해 12월에 기계설계학과가 서울대에 신설되었고 첫 입학생이 특별전형으로 선발된 것이었다. 그 후 각 대학에서 기계설계학과를 신설하였다.

　나는 기계공학부장이 되어서 살펴보니 가장 시급한 문제가 기계공학부 정원을 늘리는 것이었다. 감당할 수 없을 정도로 많은 취업 요청이 공장과 기업으로부터 오는데, 우리 기계공학부에서는 여기에 도저히 응할 수 없었기 때문이었다. 당시에는 문교부에서 경북대로 신입생 정원이 배정되면 각 대학에서는 다시 각 학과 별로 신입생을 배정했다. 나는 학부장이 되어서 신입생 배정을 많이 받기 위해 전략을 세웠다. 1994년 8월 기계공학부 학부장을 맡으면서 나는 우리 공학부로 오는 공장과 기업의 취업 의뢰 공문을 모두 모아서 취업 요청 인원을 파악하였다. 졸업생 숫자의 열 배쯤 되는 엄청난 요청이었다. 이걸 근거로 대학본부에 입학정원 증원을 요청하면 비현실적이라 여길 것 같았다. 즉, 늘려줘도 여전히 현실적으로는 늘려준 효과가 잘 드러나지 않는다고 여길 수 있을 것 같았다. 그래서 취업 요청 수를 최소화해서 증원의 근거로 삼으면, 증원의 실질적 효과를 공감할 것 같았다. 나는 오히려 취업 요청 인원이 두 자릿수 00명인 곳은 10명으로, 요청 인원이 한 자릿수 0명인 곳은 1명으로 정리하여 집계해 보도록 했다. 실제 요청해 온 숫자를 최소화한 것이다. 그래서 대학본부가 입학 증원을 늘려주면 현장 요청에 상당히 부응하는 효과를 가져올 수 있음을 부각시켰다. 이렇게 해서 1994년과 1995년도 2년 동안의 취업 추천 요청 수를 모아 대학본부에 근거 서류를 만들어 올렸더니, 이것이 설득력을 발휘했다.

정부로부터 증원된 40명과 기초과학부에서 60명을 줄여, 모두 100명을 기계공학부로 증원 시켰다. 기계공학부는 종전의 정원 100명에 1996학년도에 새로 증원된 100명을 더하여 도합 200명을 신입생 정원으로 확정하게 된 것이다. 이는 경북대학교 본부에서 대구 성서산업공단에 삼성상용차 설립이 확정된 것을 고려하고, 그와 동시에 쌍용자동차의 늘어날 고급 기술인력 수급을 미리 내다본 조치라 할 수 있다.(경북대신문 1996 새내기 모집요강 참조) 이런 우여곡절을 겪으면서 경북대학교 기계공학부의 1996년도 입학정원은 100명에서 200명으로 2배가 되었다. 내가 경북대 공대 기계공학부 학부장을 맡았던 시기는 1994년 8월에서 1996년 7월까지였다.

당시 경북대 총장은 박찬석 총장이었다. 이로 인해 각 학과에서는 대학본부와 총장에게 항의가 빗발쳤다. 박찬석 총장님은 나에게 전화하면서 학생 정원이 2배가 되었다고 교수정원과 실험실 늘려 달라는 소리는 하지 말라고 했다. 대학 운영의 기본 방침은 각 학과 학생 수에 따라서 교수정원과 교수 연구실, 실험실을 배정하기 때문이었다. 나는 목표를 달성하여 기분이 좋았고, 우리 기계공학부는 축제 분위기였다.

연구소 활동과 대구·경북 산업기술 기반조성 사업

학술 관련 활동과 사회봉사 차원의 노력도 게을리하지 않았다. 1991년 7월부터 1997년 12월까지 한국윤활학회 이사· 편집위원으로 학회 학술 활동을 하였고, 1994년 5월부터 1994년 12월까지 상공자원부 공업기반 기술개발 기획평가위원으로 활동하였다. 그리고 1995년 9월부터 1995년 12월까지 공업진흥청 계량 및 측정 일반 분야 실무위원회 위원으로 활동하였다. 1995년 8월 1일 한국과학재단 지원으로 '수송 장비 트라이볼로지 연구회'를 3년간 운영하여 트라이볼로지 분야 전문가와 관련 기업체 간의 협력체계를 구축하였다.

1995년 11월 21일 경북대 부설 '트라이볼로지 연구소'를 설립했다.(경북대 규정 제772호) 초대 소장으로 내가 임명되었고 1996년 4월 20일 연구소 개소식과 현판식을 거행했다. 이 연구소 개소식에 지도교수이신 아베 히로유키 교수님이 참석하셨다. 이어서 1996년 5월 31일에 일본 이와데 대학(岩手大學) 지역공동연구센터와 학술교류 협정을 체결하고 국제적인 연구 협력 체제를 넓혀 나갔다.

1996년 6월 1일엔 제23회 한국윤활학회 춘계학술대회를 트라이볼로지연구소에서 개최했다. 1997년 11월 1일에는 산업자원부와 대구광역시·경상북도가 지원하는 산업기술 기반조성 사업에 경북대 트라이볼로지 연구소가 선정되었다. 이 사업은 5년간 중앙정부와 지방정부가 참여하여 지원하는 사업인데 전국의 거의 모든 대학이 신청했었다. 기계설계인력 양성이 목적인데 경쟁이 치열했다.

내가 그동안 준비한 자료와 지역 참여기업체의 명단, 그리고 공문과 함께 관련 서류를 제출하려고 산업자원부 산업기계과 담당자를 만나 서류를 제출하니까 담당자 답변이 이렇다. "교수님, 이 과제는 이미 확정된 과제입니다." 부산대와 고려대에서 제출된 것이 이미 선정되었다고 하는 것 아닌가. 나는 화를 내면서 "그럼 당신들이 왜 신문 지상에 신청하라고 공문을 발표했습니까?" 나는 경북대 총장님의 공문과 제출 서류를 그의 책상 위에 놓고 대구로 내려왔다.

당시는 김영삼 정부여서 부산대와 고려대에서 제출한 과제가 선정되었다고 했다. 나도는 이유는 이러했다. 고려대의 경우는 고려대 모 교수와 모 국회의원이 아는 사이라서 그 고려대 교수가 제안해서 선정되었다는 것이다. 부산대의 경우는 부산을 연고 기반으로 하는 김영삼 정부임을 감안해서 선정해야 한다는 말이었다. 그 후에 사태는 달라졌다. 담당 공무원의 얘기처럼 고려대와 부산대에서 제출한 과제를 1, 2위로 하여 결재가 진행되는 과정에 담당 국장 선에서 제동이 걸렸다. 청와대와 국회의원들로부터 너무나 많은 로비를 당한 형편이어서 이대로 진행할 수는 없었다. 담당 국장은 진행되어 온 선정과정을 파기하고 새롭게 평가단을 구성하여 모든 신청과제를 산업기술평가원에서 공정하게 심사하기로 했다. 신청 대학들은 아침 9시부터 저녁 9시까지 30분 단위로 발표하게 하고 평가위원들은 대학교수는 배제하고 과제를 신청한 지역 중소기업체 사장들로만 구성하여 평가를 실시했다.

내가 제출한 과제의 발표가 오전 9시 첫 번째 순서였다. 당시 나는 대구광역시에서 매년 1억 원을 지원하겠다는 서류를 지참하여 발표 당일 제출하였다. 당시 평가위원들은 해당 항목 점수에 표시만 하고 합계는 하지 못하도록 했다. 과제 발표가 모두 끝난 뒤에 산업기술평가원 담당자가 합산하여 순서를 결정했다고 한다. 최종 발표 결과가 발표되었다. 경북대 트라이볼로지연구소에서 제출한 '트라이보기계시스템 설계인력 양성사업'이 선정되었다. 중앙정부와 대구광역시, 그리고 경상북도 지원을 합해서 5년간 총사업비 25억 원의 대사업이었다. 당시로는 엄청난 대형과제가 경북대에 맡겨진 것이다. 기계 부품의 신뢰성과 내구성 향상에 핵심기술인 트라이볼로지 학문 발전으로 나와 경북대학교는 국내외적으로 크게 이바지할 수 있었다. 나는 이

사업을 효과적으로 수행하기 위해 경북대 트라이볼로지 연구소 조직을 다음과 같이 6개 부서로 확대 개편했다.

(1) 기초연구부: 금속, 세라믹, 고분자 등 재료의 마찰. 마모 연구, 여러 가지 접촉조건에서 접촉기구 해석, 수명 예측 및 신뢰성 평가연구, 기계장비 고장과 진단에 관한 연구, 생체재료 및 전자재료에 관한 연구, 신소재 가공법 연구

(2) 부품개발 연구부: 트라이볼로지 응용 가공기술 개발, 수송 장비 부품개발, 섬유기계 부품개발, 우주 항공 부품개발, 원자력 핵융합 관련 부품 특성 평가 기술개발

(3) 윤활제 및 윤활 연구부: 윤활 이론 해석, 윤활유 및 첨가제 개발

(4) 소재 개발 및 표면개질 연구부: 신소재 개발, 표면개질 기술개발, 내마모성 재료 개발, 코팅 특성 평가 기술개발

(5) 정밀설계 기술 지원부: 설계기술 자료수집, 고급설계기술 개발, 정밀측정 기술개발, 공차 관리 기술교육, 지역 특화 산업 설계 인력 교육

(6) 지원 행정부: 기술정보 및 자료수집, 기술 보급 및 지원, 국제학술 교류

트라이볼로지 연구소 연구원 현황은 자문위원으로 일본, 미국, 러시아, 영국으로부터 13명을 모셨고, 대학교 측으로부터는 경북대, 계명대, 금오공대, 안동대로부터 24명을 모셨다. 국립연구소로는 한국기계연구원, 표준연구원, 한국원자력연구원으로부터 10명의 참여 연구원과 삼성자동차, 한국중공업, 삼성항공, RIST 등 기업체 연구소로부

터 15명의 참여 연구원들을 확보하였다.

이 사업의 목표는 대학 수준의 기술교육 담당자 500명과 현장 기술자 교육 650명으로 대구 경북 자동차 부품제조업체와 섬유기계 관련 업체 설계 교육을 하는 것이었다. 5년간의 최종 고급설계인력 양성을 목표로 1,171명을 교육했다. 그리고 기업체와 대학 간의 산학 협력 체계가 구축되어 많은 기술개발 과제를 수행하였다. 한일포리머와의 협력과제로 제동 장치용 씰을 국산화 개발하는 과제를 수행하였다. 또 경수중에서의 지르칼로이 튜브의 프레팅 마멸 특성, 우주 환경하에서의 트라이보 시스템의 특성 평가기술 등을 개발하였다. 성공적인 협력 과제 수행도 많이 이루어졌다. 대흥정밀과의 협력과제로 고성능 복합 사연사기를 개발하고, 부성종합상사와의 협력 과제로 스크레핑형 폐타이어 분쇄장치 개발한 것 등이 대표적이다. 이로써 기업체와 국립연구기관과의 협력 연구가 제대로 활발하게 이뤄지게 되었다.

국제학술협력 확대와 국제학회 참여

이와 관련하여 나는 1997년도 과학기술 우수논문상, 2002년도엔 대한기계학회 학술상 등을 수상하였다. 2000년 1월부터 2001년 12월 31일까지 2년간 한국윤활학회 회장직을 맡아 학회 발전에 크게 기여한 공로로 2003년엔 한국윤활학회 공로상을 받았다. 연구 활동과 관련하여 내가 특별히 의의를 두는 것은 경북대 트라이볼로지연구소가 트라이보시스템의 고성능화를 위한 국제 심포지엄(International Symposium on High Performance of Tribosystem)을 1998년 5월 28일 경북대 우당교육관에서 개최한 일이다. 이는 연구소의 국제협력 역량을 강화하기 위한 시도이기도 하다. 제1회 국제심포지엄 이래 매년 5월에 이 심포지엄을 개최하여 미국, 일본, 중국, 러시아, 베트남 등 세계적 트라이볼로지 학자들을 대구로 초청하여 총 9회에 걸쳐 학술대회를 개최하였다.

2002년부터 나는 영국 런던에 본부를 둔 국제트라이볼로지협의회인 ITC(International Tribology Council)의 부회장직에 취임하였다. 나는 이 직을 수행하면서 2002년 아시아 트라이볼로지 국제학술대회(AISA TRIB 2002)를 일본에 앞서 한국에 유치하여 조직위원장으로 활동하였다. 2002년 10월 21일부터 24일까지 제주도 KAL호텔에서 두 번째 아시아지역 트라이볼로지 학술대회를 성공적으로 개최하였다.

2010년 1월 6일 서울 장충동 서울클럽에서 한국-이스라엘 상공회의소(KICC) 회장 이기남 국제정음선교회 이사장님이 안충영 재경 경북대 동문회 회장과 논의하여 대구에 있는 대구텍(Taegu Tec) 사장 Moshe Sharon을 한국-이스라엘 상공회의소 회장으로 선출하고, 나를 한국-이스라엘 상공회의소 고문으로 지명하였다. Moshe Sharon 사장이 운영하는 대구텍 회사는 대구 상동에 있는 대한중석회사 자리에 어느 건설회사가 아파트를 건축한다는 정보를 입수하고 이를 막기 위해 IMC(International Metalworking Companies) 그룹 워렌 버핏(Warren Buffet)이 대한중석회사를 구매하도록 하고, 여기서 절삭공구를 제작 판매하도록 하였다. 이 회사의 본사는 이스라엘 북부지역에 있다. 대구텍 Moshe 사장님의 배려로 한국-이스라엘 상공회의소 주최로 2010년 4월 16일과 17일 이틀간 대구텍 연구소 회의실에서 제10회 트라이보시스템 고성능화 및 에너지에 관한 국제심포지엄을 개최했다. 조직위원장 Moshe 사장님과 내가 개회사를 선언하고 노동일 경북대 총장님께서 축사를 해주셨다.

논문 발표 순서에서 먼저 Moshe 사장이 절삭공구의 최근 동향과 개발에 관해서 발표했다. 이어서 미국 국립 알곤연구소 DLC코팅 연구로 세계적인 학자인 Ali Erdemir 박사의 교통시스템에서의 에너지 효율 향상을 위한 신재료와 코팅에 대해서 주제 강연을 해주셨다. 그리고 베트남 전력대학 총장 Dam Xuan Hiep 박사의 베트남 전력 시스템에서의 전기에너지 기술에 관한 발표가 있었다. 일본 이와테대학 이와부치 교수는 원자력 발전에서 프레팅 마모에 대한 연구를 소개하였고, 나고야 대학 우매하라 교수는 초저 마찰계수를 향한 코팅 기술에 대해서 발표하였으며, 베트남 하노이 전력대학 Hien 박사는 세라믹 코팅의 유한요소해석에 대해서 발표하였다. 그리고 경북대 측에서 5편의 논문을 발표하였다.

이 국제학술행사는 미국, 일본, 베트남, 한국 등 4개국에서 참가한 국제심포지엄으로 대구텍의 재정지원으로 가능했다. 이에 더하여 국제심포지엄을 성공적으로 마친 후 내가 이스라엘 본사를 방문하도록 대구텍에서 배려해 주었다. 왕복 항공료와 이스라엘 관광 경비를 지원해 주었다. 나는 바로 이스라엘을 방문했다. 텔아비브 국제공항에 도착하니 회사에서 보내준 택시가 나를 기다리고 있었다. 그 택시를 타고 바로 이스카 그룹 본사가 있는 이스라엘 북부로 향했다. 본사의 위치는 이스라엘 북부로서 레바논과 가까운 국경 지역이었다. 예약된 호텔에 도착하여 수속을 마치고 들어가니 호텔방 침대 위에 한 송이 꽃이 예쁘게 놓여 있었다. 이스라엘의 문화인 것 같다. 환영의 의미라 생각했다.

　다음 날 아침 이스카 그룹 회사에서 보내준 차량으로 그룹 본사에 도착하니 담당자 안내로 회사를 소개받았다. 이스카 그룹은 다국적 기업으로 이스라엘 사람, 팔레스타인 사람, 레바논 사람 등 여러 국적의 회사원들이 근무하고 있었다. 그리고 나를 인근의 이스라엘 기술대학으로 안내해 주었다. 그 대학의 학점 이수 제도를 주의해서 살펴보았다. 졸업생들의 졸업 설계와 제품 제작까지 이루어지는 모든 실험 실습 과정을 학점으로 계산하여 대학생들을 지도하는 것을 볼 수가 있었다.

　다음날은 '테크니온(Technion) 이스라엘 공과대학'을 방문하였다. 이 공과대학은 구약성서에 엘리야 선지자의 행적과 연관된 갈멜산에서 가까운 도시 하이파에 있었다. 그리고는 이스라엘 예루살렘으로 갔다. 사해 바다와 이스라엘과 로마와의 격전지로서 끝까지 이스라엘이 항쟁했던 마사다까지 관광하도록 배려해 주었다.

기억에 남는 국내·외 제자들

　한편 학문연구를 위한 대학원생 양성은 성과를 얻고 있었다. 무엇보다도 경북대학교 트라이볼로지연구소의 영향으로 석사, 박사과정 입학 희망자가 국내외적으로 증가하였다.

　소개하고 싶은 첫 번째 대학원생은 석사과정과 박사과정을 마친 김상우 학생이다. 김상우 군은 원래 아버지가 의사로서 누나들과 자형이 모두 의사였다. 그래서 1991년도 대학 입시에서 원래 경북대 의과대학을 지원했으나 합격하지 못하고, 제2지망으로 기계공학과에 합격하게 된 것이었다. 그러니까 기계공학과 학부를 졸업하고 대학원 석사와 박사과정을 마친 경우이다. 아주 우수한 학생이었다. 학부 2학년 때 김상우 군으로부터 감동적인 일을 경험하였다. 당시 내가 김상우 학생의 지도교수였는데 그는 성적이 아주 우수하여 장학생으로 선발되었다. 그런데 다음날 나에게 와서 자기 장학금을 가정이 어려운 다른 학생에게 주었으면 좋겠다고 제안한다. 그의 청대로 그 장학금을 다른 학생에게 준 적이 있다. 후에 김상우 군의 결혼식에 축하하러 갔는데, 결혼식 주례를 맡은 분이 경북대 김익동 총장이었다.

그런데 결혼식이 시작되었는데도 김 총장님이 참석하지 않아서 내가 갑자기 김 군의 결혼식 주례를 맡게 되었다. 당시 총장님은 결혼식 장소를 잘못 알아서 다른 곳으로 택시를 타고 가서 이미 시간이 지나 참석하지 못했다고 했다. 김 군의 아버지가 김 총장님과 경북대 의과대학 동기라고 했다. 김상우 군은 1997년 8월에 경북대 대학원 기계공학과 박사과정을 마치고 공학박사 학위를 취득했다. 학위 논문 제목은 '구조용 세라믹의 미끄럼 마멸기구에 관한 파괴역학적 연구'였다. 김 군의 박사논문은 1994년 12월에 발행된 세계적 유명 논문집인 Wear 179호에 게재되었다. 경북대에서 내가 지도한 박사과정 학생이 모두 13명인데 외국 학생이 6명, 국내 학생 7명이다. 외국인의 박사학위 취득자는 중국에서 온 3명, 베트남에서 온 2명, 그리고 에티오피아에서 온 1명이다.

이번에는 중국에서 유학 온 임정일 군 이야기를 해보기로 한다. 계명대 수학과 신용태 교수님이 은퇴 후에 중국 연변지역에서 선교활동을 했다. 그러던 중 연변지역에서 갑자기 질병으로 고통을 겪고 있었다. 그런데 마침 연변지역에서 중국 의학 서적을 출판하는 분의 치료 도움을 받아서 질병에서 회복하였다. 신용태 교수에게 치료 도움을 주신 분의 아들이 바로 임정일 군이다. 임정일 군의 아버지가 신용태 교수에게 아들의 한국 유학을 부탁했다.

마침 경북대 전자공학과 이순자 교수가 박사학위를 취득하게 되어 이순자 교수가 임정일 씨를 기계공학과 이영문 교수에게 부탁하여 결국 임정일 군의 대학원 입학 요청이 나에게 돌아왔다. 임정일 군의 이력서를 검토한 결과 중국 연변대학 농학과를 졸업한 학생으로서 공학부 대학원에 들어올 자격 요건은 부족하지만, 임정일 군을 대학원 석사과정에 받기로 했다.

1988년 서울 올림픽 이후 급격하게 한국과 중국의 관계가 가까워져 1992년 8월 24일 한국과 중국의 국교가 성립되었다. 이로써 임정일 군의 한국 유학이 가능하게 되었다. 당시 한국교회는 중국을 향한 북방선교를 목표로 설정하고 모든 교인이 기도하고 있던 시기이라서 1995년 4월 30일 주일날 남덕교회 당회에서 중국선교 차원에서 중국 유학생 임정일 군에게 등록금과 생활비를 돕기로 결정했다. 이러한 배경으로 임정일 군은 1995년 3월 28일 경북대 대학원 석사과정에 입학하게 되었고, 임정일 군은 경북대 치과대학의 치과재료인 생채 재료에 관한 트라이볼로지 연계적 연구로 공학박사 학위를 취득하고 중국 연변대학으로 취업이 되어 돌아갔다.

이 같은 사실이 중국 조선족에게 알려져 중국 연변대학교 교수이며 중국 조선족 학술단체 사무총장이 자신의 사위인 김송파 씨를 대학원에 입학시켜달라고 나에게 청탁이 왔다. 김송파 씨는 연변대학에서 무역학을 전공해서 무역회사에 근무하고 있었다. 전공이 맞지 않으나 워낙 간곡한 부탁이라 나의 연구실에 석사과정 학생으로 받기로 했다. 문제는 김송파 씨의 등록금과 생활비 지원을 담당할 교회를 찾는 일이 급선무였다. 당시 대구 서부교회 남태섭 목사님이 중국선교에 아주 열정적이어서 남 목사님께 부탁을 드렸다. 마침내 서부교회에서 김송파 씨를 지원해 주기로 약속을 받고 1997년 8월 김송파 씨가 경북대 대학원 기계공학과 석사과정에 입학했다. 김송파 씨와 부인이 대구로 들어와서 대구서부교회에 등록하여 기독교 교인으로 생활하며 교회의 지원으로 공부를 하였다. 석사과정과 박사과정을 마친 2003년 8월에는 대구 서부교회 집사로 봉사하다가 중국 웨이하이의 중국하얼빈대학교 웨이하이(威海) 분교 교수로 취업 하여 중국으로 돌아갔다.

임정일 씨가 경북대에서 공부하는 동안 나는 중국 연변지역을 몇 차례 방문했다. 중국의 연변을 거쳐 백두산도 몇 번 가보았고, 두만강 지역 북한과의 통행이 가능한 도문 지역도 가보았다. 민족시인으로 알려진 윤동주가 공부했다는 용정(龍井)에도 다녀왔다. 두만강 건너편 북한의 산은 나무 하나 없는 벌거숭이산이었다. 나는 북한의 이런 산하를 바라보면서 너무나 놀랐다. 용정에서 가까운 곳에 일송정(一松亭)에도 가보았다. 가곡 '선구자'의 가사에 나오는 일송정을 들러 그곳 소나무도 눈에 새겨 두었다. 한번은 아내와 같이 연변 호텔에 투숙해 있을 때 일이다. 갑자기 북한 꽃제비들이 호텔 입구로 몰려와 돈을 요구하는 것이었다. 말로만 듣던 불쌍한 북한의 실정을 그때 직접 목격했다. 하루속히 남북한이 자유 통일되기를 기도했다.

그리고 기억나는 학생이 한 사람 더 있다. 중국 북경에 살며 군 관련 중국 기업에 근무하는 분의 아들인 정영석 군이 바로 그 학생이다.

정영석 군이 경북대 대학원에서 공부하겠다고 요청이 와서 이력서를 검토하니, 중국 유명 대학교인 하얼빈대학 출신이다. 입학을 허락하였다. 정영석 군은 1997년 3월에 경북대 석사과정에 입학했다. 그런데 결과는 좋지 않았다. 당시 많은 중국 유학생들이 경북대에서 유학하고 있었고, 그들 사이에 싸움이 자주 발생하여 대학 측의 골칫거리가 되어 있었다. 정영석 군이 중국에서 유학 온 경상대학 대학원에 재학 중인 유학생과 기숙사에서 싸움이 벌어져 그 학생은 대학으로부터 퇴학 처분을 받았고, 정영석 군도 문제가 되어 내가 중국으로 돌려보냈다. 나의 교수 생활 중에 가슴 아픈 사건이었다.

그리고 베트남 유학생 2명은 모두 베트남 하노이대학 기계공학과 출신으로 착실하게 공부해서 모두 박사학위를 취득하고 베트남으로 돌아갔다. 한 명은 하노이대학 교수로, 나머지 하나는 베트남 전력대학 교수로 행복하게 교수 생활을 하고 있다.

내 연구실 마지막 유학생인 에티오피아 유학생 다윗 군은 2014년 2월에 박사학위를 취득하고 영남대 기계공학과 연구교수, 조선대 기계공학과 연구교수로 생활하다가 본인의 희망대로 2024년 8월 말에 미국의 영주권을 받아 미국으로 들어갔다고 연락받았다. 다윗 군은 경북대에서 박사학위를 받고, 에티오피아 유학생과 결혼하여 두 자녀까지 두게 되었고 본인의 최종 희망지인 미국에서 연구자로 살아가게 되어 지도교수인 나로서도 보람을 갖게 되었다. 나머지 나의 연구실 소속 7명의 박사과정 학생들과 석사과정 졸업생들이 트라이볼로지 분야에서 전문 연구자로서 생활하는 모습을 보면서 나는 교수로서 참 감사하다. 나의 트라이볼로지 연구실에서 석사과정을 마친 숫자는 모두 76명이고, 중국과 베트남에서 대학 교수로 있으면서 박사후 과정(Post.Doc)으로 나의 연구실에서 1년간씩 연구를 마친 교수는 중국에 3명이 있고, 베트남에서 하노이대학 교수 1명이었다.

대학원생 연구 지도와 관련하여 나는 그들이 각종 학술대회에 참가하여 연구 결과를 발표하는 것을 적극적으로 권장했다. 가능하면 나 자신도 국내 학술대회와 국제학술대회에 열심히 참석하여 대학원생들과 공동 논문발표를 하도록 했다. 이렇게 발표한 논문은 203편이며, 대한기계학회 논문집과 한국윤활학회와 Wear와 ASME 등 국제학술 논문집에 게재된 논문이 123편이었다. 저서 3권을 내고, 기업체와 협력하여 개발한 산학협력과제 74건을 수행하고, 특허 5개를 취득한 것이 35년간 교수 생활의 결과물이다. 열심히 달려온 결실이었다. 여기엔 하나님의 도우심이 함께 했다고 믿는다.

보람으로 기억되는 국제학술대회들

기억에 남아 있는 몇몇 국제학술대회들이 있다. 1997년 9월 8일부터 12일까지 영국 런던 임페리얼 컬리지(Imperial College)에서 개최된 제1회 국제트라이볼로지 학술대회(1st World Tribology Congress)다. 트라이볼로지라는 학술용어를 1966년에 처음으로 발표한 피터 조스터(Peter Jost) 박사가 개최한 국제학술 대회인 만큼 나로서는 참석할 수밖에 없었다. 국가별로는 52개국, 참가자 1,100여 명이 참석한 트라이볼로지 학술대회였다. 박사과정 지도교수였던 가또 교수와 같이 참석하였다. 숙소는 임페리얼 컬리지대학 기숙사로 결정했고, 가또 교수도 부인과 함께 대학 기숙사에 숙소를 정했다. 나는 이 국제

트라이볼로지 학술대회에 2편의 논문을 발표했다. 발표한 논문 제목은 Fretting Wear Characteristics of Zircaloy-4 Tube와 Tribological Characteristics of Cu-based Metallic Friction Material of High Performance였다.

그런데 당시는 공교롭게도 세계적인 사건이 발생했던 무렵이다. 1997년 8월 31일 영국 찰스3세의 아내 다이애나가 교통사고로 파리에서 사망한 사건이다. 학술대회가 종료되기 하루 전인 1997년 9월 11일 오전에 다이애나의 장례식이 있었다. 다이애나가 살았던 켄싱턴궁이 바로 임페리얼 칼리지 대학 건너편에 있었다. 학술대회 참가자 모두 그 역사적인 다이애나 장례식을 구경하였다. 나도 그 순간을 직접 내 눈으로 보기 위해 그곳으로 가서 장례식을 지켜보았다. 다이애나 유해는 6필의 말이 이끄는 포차에 실려 장례식장인 웨스터민스터 사원으로 향했다. 찰스 왕세자와 윌리엄 해리 두 아들과 다이애나가 지원했던 자선단체 대표 등 많은 사람들이 운구차 뒤를 따랐다. 장례식 운구행렬이 지나간 뒤에 모두 학술대회장으로 다시 돌아왔다. 그날 오전 논문발표 순서가 종료되면서 Leeds대학의 Duncan Dowson 교수의 사회로 영국문화라면서 모두 다이애나 장례에 대한 묵념을 올렸던 기억이 난다.

또 이런 일도 있었다. 학술대회 기간에 대학 기숙사에서 아침 식사를 하는데 경북대 기계공학과 졸업생이라면서 나에게 정중히 인사하는 학생이 있었다. LG그룹 사원으로 채용되어 연수차 런던에 왔다고 했고, 그 옆에 있는 또 다른 분은 창원 한국베어링 회사에 근무하다가 베어링 공부를 하기 위해 영국으로 유학을 오게 되었다고 했다. 학술대회가 끝나고 런던 시내 유명지역인 템스강과 런던 다리, 영국 국회 의사당, 영국 기계학회 사무실, 웨스트민스터 사원, 그리고 지리적 중심지인 그리니치 천문대 등을 관광했다.

2002년 1월에는 독일 남부도시인 슈투트가르트에서 가까운 에슬링겐에서 개최된 13차 국제트라이볼로지 콜로키움(13th International Colloquium Tribology 2002)에 참석하였다. 이 학술대회는 윤활유를 전공한 Wilfred J. Bartz 교수가 대회장으로 일본의 대표 트라이볼로지 학자인 동경대학 끼무라 고이치(木村好次) 교수와 벨라루스의 미스킨(N.K. Myshkin) 교수 등 트라이볼로지 분야 저명 교수들이 참석하는 국제학술대회였다. 독일에서 개최되는 학회는 처음 참석하기 때문에 아내와 함께 참석했다. 호텔은 에슬링겐에서 가까운, 남부 독일에서 가장 큰 도시인 슈투트가르트에 정하고 주위의 독일 문화를 둘러볼 목적으로 3일간 무제한 탑승이 가능한 철도 승차권을 구매했다. 학술대회 첫날 개회식과 논문 발표를 마치고 아내와 같이 기차로 이곳저곳을 다녔다. 그러던 가운데 기차를 타고 종점에 도착하여 그 마을 이곳저곳을 둘러보았는데, 우연하게도 그 마을이 천문학자 요하네스 케플러가 태어난 마을이었다. 고등학교 물리학 교과서에서 공부한 케플러 법칙을 발표한 유명한 학자이다. 마을을 둘러보는데 조그마한 교회가 있어 들어 가보니 교회당 내에 케플러에 관한 이야기들이 기록되어 있었다.

원래 케플러는 독일 루터교회 목사가 되기 위해 1589년에 튀빙겐 대학교 신학부에 입학하여 그곳에서 신학, 철학과 함께 천문학을 공부했다. 대학 시절 케플러는 수학과 점성술에 관한 재능으로 동료들에게 명성을 얻었다. 그는 루터교 목사가 되고자 했으나 교리에 반하는 믿음 때문에 서품을 거부당했다. 나는 우연히 도착한 작은 마을이 유명한 케플러의 고향인 것을 알게 되어 독일 학술대회에 참가하기를 잘했다고 생각했다.

또 기억에 남아 있는 학술대회가 있다. 1994년 6월에는 일본 유학 시절 도호쿠대학에서 만난 적이 있는 빙스보 교수가 근무하는 스웨덴 최고의 대학인 웁살라대학교(Uppsala Universitet)에서 개최된 'NORDTRIB 1994' 학술대회이다. 이 학술대회에는 대학원생 김상우 군과 같이 참석했다. 웁살라대학교는 북유럽에서 가장 오래된 대학으로 1477년에 설립되었다. 학술대회가 시작되어 나는 미국 NIST에서 연구한 논문을 발표했다. 발표논문은 'A New Parameter for Assessment of Ceramic Wear'였다. 학술대회 발표 당일 오후 늦게 공고된 안내문에 당일 발표논문 가운데 Wear 논문집 게재 확정 논문이 공고되었는데 내가 발표한 논문이 포함되어 있어 나도 모르게 NORDTRIB 학술대회를 좋아하게 되었다.

학술대회 마지막 날 대학 연구실 견학하던 중 의과대학 실험실을 보았는데 수술실을 보여 주었다. 계단식 강의실이었는데 아래층에 사람의 시신을 눕혀놓고 의사가 수술하는 모습을 볼 수 있게 한 장면이 생생하다. 스웨덴의 6월은 밤이 없는 시기이다. 학술대회를 마치고 배를 타고 만찬을 하면서 스웨덴의 바이킹 문화를 즐겼다. 외국 학자들이 다시 참가하고픈 마음을 갖게 한다. 이 학술대회는 스웨덴, 노르웨이, 핀란드, 덴마크 4개국이 만든 트라이볼로지 국제학술대회로서 2년마다 개최된다.

특히 기억에 남아 있는 대회는 2004년 6월에 개최된 'NORDTRIB 2004'로서 개최장소가 노르웨이 Tromso였다. 몇 번의 참가로 친하게 된 웁살라대학교 Hogmark 교수와 그의 제자 Jacobson 박사를 만나서 반가웠고, 특히 Tromso는 노르웨이 북부에 위치한 도시로서 북위 69도에 위치하고 있다. 오래전부터 북극으로 가는 관문으로 알려진 곳이다. 이곳은 매년 6월이면 밤은 없고 태양이 지지 않는 곳이다. 즉, 6개월은 밤만 계속되고 6개월은 낮만 계속되는 나라이다. 이 학술대회에도 아내와 대학원생 이진우 군과 같이 세 사람이 참석했다. 첫째 날은 개회식과 논문발표가 있었고, 둘째 날은 대형여행 선박인 크루즈에서 선상 학술대회로 개최되었다. 선상에서 논문발표와 함께 옛날 노르웨이 해적이었던 바이킹족 모습의 다양한 이벤트가 이어졌다. 크루즈 선박의 속도가 너무 느렸다. Tromso를 출발하여 남쪽으로 내려오는 가운데 학술대회가 마칠 때가 되었다. 시간은 밤12시였다. 그런데도 태양은 중천에서 그대로 떠 있었다. 처음으로 경험하는 백야현상이었다. 지금도 결코 잊을 수 없는 국제학술대회였다.

그리고 대학 정년퇴임을 6개월을 남겨 둔 2013년 9월에는 이탈리아 Torino에서 개최된 국제트라이볼로지 국제학술대회인 'WTC 2013'에 참가했다. 대학교수로서 마지막 국제학술대회인 만큼 대학원생 최시근 군과 정용섭 군, 이디오피아에서 유학온 박사과정 학생 다윗 군, 그리고 아들 김종형 박사, 이렇게 5명이 참가했다. 아들 김종형 박사는 2009년 12월 28일 트라이볼로지 전공으로 일본 나고야대학에서 공학박사 학위를 취득하고, 미국 시카고에 있는 에너지 관련 연구소인 미국 국립아르곤연구소(Argonne National Laboratory)에서 3년 6개월간의 연구 생활을 마치고 귀국하여 생산기술연구원에서 선임연구원으로 근무 중이었다. 당시 나는 세계트라이볼로지 협의회인 ITC의 부회장직을 맡고 있어서 여러 가지 관련 회의에도 참석해야 했으므로 논문발표는 대학원생들이 각자 논문을 발표했다. 토리노는 유명한 이탈리아 자동차인 피아트 자동차 본사가 있는 곳이다. 학술대회 참가자 모두는 피아트 자동차 본사를 방문하여 자동차 제조공정을 둘러보았다. 그리고 토리노 도시를 돌아보며 이탈리아 문화와 가톨릭교회의 흔적들을 둘러보았다.

9월 8일부터 13일까지 공식적인 학술대회를 마치고 토리노에서 가까운 유럽의 최대 관광명소인 4,807m인 몽블랑산을 가기로 했다. 기차를 타고 몽블랑산 아래에 있는 마을에 가서 숙소를 잡았다. 정말 꿈같은 곳이었다. 내 평생에 이와 같은 곳을 올 수 있을까? 숙소를 정한 다음 이곳저곳을 둘러보았다. 세계 여러 곳에서 모여든 관광객들로 붐비고 있었다. 높은 산 밑의 마을 모습들이 신기하기만 했다. 다음 날은 몽블랑산 정상을 케이블카로 올라가기로 하고 아침 식사를 일찍 마치고 케이블카 탑승 장소인 쿠르마이어로 이동하였다. 많은 관광객들이 케이블카를 기다리고 있었다. 마침내 순서가 되어 케이블카를 타고 올라가기 시작했다. 케이블카는 올라가는 동안 360도로 회전하였다. 산 아래 풍경도 이곳저곳을 모두 볼 수가 있어 너무 아름다웠다.

케이블카를 타고 고산지 피난처인 토리노 산장(Rifugio Torino)에 도달했다. 이곳의 높이가 해발 3,375m였다. 몽블랑 정상까지는 상당한 거리가 남았지만, 사방을 둘러보아도 눈으로만 덮여있었다. 멀리 보이는 몽블랑의 봉우리들이 뾰족뾰족 튀어나와 마치 칼날처럼 보였다. 케이블카에서 내려 이곳저곳의 눈길을 걸어 보았다. 알프스의 일부인 몽블랑 정상 가까운 곳에서 눈길을 걸어 보는 이 벅찬 감회를 내 평생 또 다시 경험할 수 있을까. 우리 일행은 몽블랑 아래서 3일 동안의 생활을 마치고 한국으로 돌아왔다.

내가 경북대 기계공학과 교수로 느꼈던 보람된 일로는 일본기계학회(JSME)와 대한기계학회(KSME)간의 재료, 설계, 트라이볼로지 분야 국제학술대회(KSME-JSME Joint International Conference on Manufacturing, Machine Design and Tribology, 약칭 ICMDT)를 시작한 일이다. 일본기계학회의 생산, 설계, 트라이볼로지 부문 위원장을 맡고 있던 이와테 대학 이와부치 교수와 내가 2004년 일본 동경에서 만나 대화한 것이 이 국제학술대회 태동의 출발점이었다.

공교롭게도 나의 박사과정 지도교수였던 아베 히로유키 교수님이 1996년부터 2002년까지 도호쿠대학 총장으로 봉사하시고 난 후 정년 은퇴를 하고서 2003년부터 2007년까지 일본 정부 과학기술정책실 임원으로 일하게 되었다. 그때는 아베 교수님이 월요일부터 금요일 오후까지 동경에서 근무하던 시절이었다. 내가 2004년도 5월 일본 트라이볼로지 학회 참석차 동경에 갔을 때 가까운 호텔 커피숍에서 아베 교수님을 이와부치 교수와 함께 만났다. 이와부치 교수도 아베교수를 존경하고 좋아하였기 때문에 그동안의 아베 교수님의 총장 시절과 일본 정부에서 과학기술정책을 자문하는 일에 대해서 말씀을 주셨다.

이미 열·유체 분야는 한국과 일본 기계학회가 일찍부터 국제학술대회를 개최하여 한국과 일본 간의 학술교류가 활발하게 진행되고 있었으나 트라이볼로지 분야와 설계·생산 분야는 양국간 별다른 학술교류 조직이 없었다. 그래서 당시 일본 기계학회 생산, 설계, 트라이볼로지 분야 부문장을 맡고 있던 일본 동경공업대학(東京工業大學)의 호리에 미끼오(堀江 三喜男) 교수가 한국 측 교수들을 초청했다. 2004년 1월 추운 겨울, 일본 후지산 아래 온천지역으로 당시 대한기계학회 생산·설계 부문 위원장인 충북대 기계공학과 김성청 교수와 나를 초청하여 일본기계학회와 대한기계학회가 공동으로 ICMDT를 개최하기로 합의했다.

첫 번째 ICMDT는 한국에서 개최하고 두 번째는 일본에서 개최하기로 한국과 일본 관련 학회 대표가 협약하였다. 나는 증인으로 참석한 것이다. 그리하여 2005년 6월 23일, 24일 서울 중앙대에서 제1차 ICMDT(ICMDT 2005)가 개최되었다. 주제발표는 한국 측에서는 서울대 기계공학과 주종남 교수가 'Micro Electrochemical Machining(MEM) Technology' 관해 발표했으며, 일본 측에선 동경공업대학 호리에 미끼오 교수가 'The History of Domestic Conference of ED&T Division in JSME and my Research Activities'란 주제로 발표했다.

이 학술대회에서 발표된 논문은 214편이었고 참가국은 한국, 일본, 미국, 대만, 중국, 호주, 인도 등 7개국이었다. 이틀간의 논문발표를 마치고 25일 토요일에는 참가자들에게 한국 관광을 하도록 배려했다. 관광 장소는 4곳이었다. 1) 일본인들이 좋아하는 겨울연가(Winter

Sonata) 촬영장소인 춘천과 남이섬 2) 용인 에버랜드 테마공원 3) 서울 야경관광으로 63빌딩 4) 휴전선 임진각 자유의 다리 코스 등이었다. 마침 6월 25일이었기 때문에 임진각 자유의 다리 코스를 포함하였다. 각자의 희망에 따라 경비를 본인 부담하고 참석하는 것이었다.

ICMDT조직위원회 한국 측 조직위원장은 한국과학기술원(KAIST) 양민양 교수였고, 일본 측 조직위원장은 나고야대학의 우매하라(Noritsugu Umehara) 교수가 맡았다. 이와부치 교수와 우매하라 교수는 도호쿠대학(東北大學) 출신이다. 조직위원회 일본 측 위원으로는 동경공업대학 호리에 교수, 나고야대학 우매하라 교수, 이와데대학 이와부치 교수 3인이었다. 나의 이름은 고문단에 있었다. 도호쿠대학 출신 3인이 ICMDT 학술대회를 만든 것이다. 현재는 한국과 일본 교수들은 물론이고 외국의 많은 대학과 연구소에서 참석한다고 한다. 참으로 보람된 일이었다.

5. 공대 학장직 수행과 <글로벌 기독센터> 건립추진

세방화 시대(Glocalization Era) 공학교육 방향 고민

경북대에서 수행한 공대학장 보직 수행 시에 했던 일을 기술하고자 한다. 2004년 6월 16일 수요일 오후 공대 6호관 교수 회의실에서 공대 학장 선거가 있었다. 당시 공대 교수는 163명이었다. 전자공학부는 특성화학과로 교수 숫자도 많고 정부의 지원금을 많이 받기 때문에 다른

일반 학과와 많은 다툼이 있었다. 나는 김천고 출신이라 학장 선거에 관심이 없었는데, 기계공학과에서 공대학장을 역임하신 유갑종 교수님이 나에게 공대학장에 출마하라는 것이었다. 당시는 경북고 출신 교수가 많아서 거의 경북고 출신이 공대학장과 여러 가지 보직을 맡았었다. 유갑종 교수님은 안동고 출신으로 전자공학부와 일반 공학부 간의 갈등으로 학장 선거에 당선된 경우라 할 수 있다.

나는 유갑종 학장님의 권유를 받아 공대학장 선거에 출마했다. 마침 전자공학부에서는 경북고 출신으로 경북대 전자공학과를 졸업한 박홍배 교수와 서울대 전자공학과 출신의 전기준 교수가 출마하여 공대학장 선거가 3파전이 되었다. 선거에 앞서 출마자의 소견 발표를 마치고 투표에 들어갔다. 개표 결과 과반수 득표자가 없어서 1, 2위 득표자가 결선투표에 들어가서 내가 과반수 득표를 하게 되어 공대 제18대 학장에 당선되었다. 오후 6시경 투표가 끝나고 당선이 확정되어 당선 인사를 교수님들께 드리고 연구실로 돌아와 하나님께 감사의 기도를 올렸다. 그리고 바로 장용덕 목사님께 전화를 드렸다. 장 목사님의 말씀이 전화로 들려 왔다. "형님이 살아 계셨으면 참 좋아하실 건데…." 장 목사님은 아버지를 형님이라고 부르셨다. 공대학장 취임은 2004년 9월 1일이었고 퇴임은 2006년 8월 31일로서 2년 임기였다.

공대학장은 산업대학원장을 겸하게 되어 있어 2004년 3월 24일부터 2006년 3월 23일까지 2년간 산업대학원장을 맡았다. 경북대 산업대학원은 대학원생들에게 산업 분야의 학술이론과 실제를 연구하게 하고 고급 기술자의 자질을 함양시킬 목적으로 1985년 3월 1일 개원하였다. 산업공학과에 17개 전공이 개설되어 있으며, 양적 규모와 질에 있어서 지속적인 발전을 하여 왔으며 각 전공에서 공학 석사 학위를 수여하고 있었다.

또한 최고산업경영자과정을 개설하여 지역 산업사회의 주역을 담당하는 기업체 고급 경영자, 고급 공무원, 군 지휘관 등에게 현재 및 미래 산업 기술, 산업정보 및 바른 가치관을 전수하기 위해 1년 코스의 단기 교육과정을 운영하고 있었다. 산업대학원 과정은 야간부 과정으로 총장님과 대구시장님을 비롯하여 산업계의 전문 인사와 인문, 사회, 정치 분야의 유명 교수님들을 강사로 모셔 학생들에게 유익한 강의를 제공하였다.

특히 최고산업경영자과정은 주로 기업체 사장님들을 학생으로 모집하기 때문에 25기와 26기가 나의 재임 시절 학생들이었다. 강의와 더불어 기업체 간의 협력관계를 체득하기 위해 등산모임과 골프 모임, 그리고 송년 모임 등이 있어 산업대학원장은 바쁜 일정을 소화해야 했다. 골프 모임은 반드시 산업대학원장의 티업으로 시작되기 때문에 나는 중고 골프채를 구입하여 2년간 참석했다. 그리고 등산모임이나 부부 동반 신년교례회와 송년 모임은 여러 가지 상품과 경품이 준비되어 재미있었다. 25기 졸업여행은 전남 신안군 흑산도로 갔다.

대구에서 버스로 목포까지 가서 유달산을 둘러보고 목포 연안여객 터미널에서 배를 타고 흑산도로 들어갔다. 흑산도에 도착하자 먼저 눈에 들어오는 것이 이미자의 '흑산도 아가씨' 노래비였다. 이곳저곳을 둘러보면서 작은 산들의 바닥이 검은색이라 철광석으로 덮인 산이란 생각이 들었다. 처음 가본 곳이라 지금도 눈에 선하다.

2년간의 짧은 공대학장 재임 기간 동안 무엇을 할까 하면서 고민하던 중, 공과대학 교육목표를 결정하고 21세기 세방화 시대 (Glocalization Era) 공학교육의 방향을 새롭게 제시해야겠다는 생각으로 공과대학 설립 35주년 기념 국제심포지엄을 개최하기로 결정했다. 세방화(世方化)는 세계화와 지방화를 의미하는 합성어로서 영국의 사회학자 롤랜드 로보트슨(Roland Robertson) 박사가 제안한 신조어이다. 세계화를 추구하면서 동시에 현지 국가의 기업풍토를 살리는 경영방식을 말하는 것으로서 세계화와 현지화를 동시에 구현하여 시너지 효과를 극대화하려는 경영방식이다. 이에 공과대학 학과장 회의에서 2005년 10월 10일부터 13일까지 4일간 대구전시컨벤션센터(EXCO)에서 '세방화 시대의 공학교육과 신(新) 산학관계 협력 국제심포지엄 및 전시회'란 주제로 공대 설립 35주년 행사를 겸하기로 하였다.

주최는 경북대와 대구광역시, 주관은 경북대 공과대학, 한국공학교육학회, 전국공과대학장협의회, 후원은 교육인적자원부, 과학기술부, 산업자원부, 한국산업기술공단으로 정하고 대구 경북지역 기업체로부터 협찬을 받았다.

협찬 기업은 다음과 같다. 삼익LMS주식회사, 에스엘(SL)주식회사, LG Philips LCD, (주)평화발레오, (주)KH바텍, 주식회사 화신, 한국델파이주식회사, 조흥은행, LG전자, 삼성SDI, 삼성전자주식회사, (주)평화크랏치공업, (주)한국OSG 등이 협찬해 주었다.

고문단으로는 경북대 총장, 대구광역시장, 대구광역시의회의장, 지역상공회의소 회장, DGIST 원장, KBS대구방송국총국장, 대구MBC 사장, TBS방송 사장, 매일신문사 사장, 영남일보 사장, 대구일보 사장, 대구신문 사장 등으로 구성하였다.

자문단으로는 경북대 총동창회장, 경북대 공과대학 동창회장, 경북대 AMP동창회장, 대구시 과학기술진흥실장, 대구·경북지방 중소기업청장, 대구테크노파크 원장, 대구경북연구원장, EXCO 사장 등으로 구성하였다.

주제와 관련하여 발표 연사로서는 국제적으로 저명한 학자들을 초청하였다. 첫날 9시 30분부터 10시 30분까지 신(新)산·학·관(産·學·官) 협력에 대해 기자회견을 하고, 10시 30분부터 12시까지 내가 경북대 공과대학 학장의 자격으로 개회사를 하고, 경북대 김달웅 총장의 축사가 있었다. 이어 기조연설은 나의 지도교수이며 도호쿠대학 총장역임 후 일본 정부의 과학기술정책위원회(Council for Science and Technology Policy) 상근위원으로 일본의 과학기술정책 입안에 매진하던 아베 히로유끼(Abe Hiroyuki) 박사가 '미래 과학기술 정책'이란 주제로 일본 정부의 과학기술 정책과 교육정책에 대해 발표했다. 이어서 토론이 있었고 점심시간을 가졌다.

오후에는 세션별로 발표와 토론이 이어졌다. 첫째 세션에서는 '산업체-대학-정부간의 협력'이란 주제로 미국 피터뱅(Peter Bang) 박사는 미국 몽고메리 카운티의 과학기술산업에 대하여 발표하고, 영국의 제레미 호웰(Jeremy Howells) 박사는 영국의 산업체와 대학 간의 링크사업에 대해서 발표하였다. 일본 도호쿠대학 쇼지 테쯔오(Shoji Tetsuo) 박사는 일본의 산업체-대학-정부 간의 협력사업 및 지적재산권 관리문제에 대해서 발표했다.

30분간의 휴식을 가진 후 이어서 오후 3시 40분부터 4시 20분까지 청와대 대통령의 정보과학기술 박기영 보좌관의 특별강연이 있었다.

그리고 두 번째 세션에서는 세방화 시대와 아시아지역 공학교육에 관한 주제로 발표와 토론이 이어졌는데 첫 주제발표는 경북대 김덕규 교수가 한국의 공학인증제도(ABEEK)에 대해서 발표하였고, 일본 도꾸시마대학 무라까미(Murakami Ri-ichi) 교수가 도꾸시마대학의 대학원교육의 글로벌 공학교육에 대해서 발표하였다. 이어서 인도 IIT고다(B.H.Lakshmana Gowda) 교수는 인도 IIT의 산학연구에 대해 발표하였고, 베트남 하노이공과대학 안 투안(Nguyen Anh Tuan) 교수는 베트남의 산업화 및 현대화와 베트남 대학의 발전에 대해서 발표했다. 오후 7시부터 9시까지는 참석자들을 위한 만찬을 가졌으며 참석자 간의 정보교환과 협력방안에 대해서 자유로운 대화와 토론이 이어졌다.

둘째 날 10월 11일 화요일부터는 분야별로 학술대회를 개최했다.

둘째 날의 첫 번째 학술대회는 건물구조물에 대한 구조 안전성 향상에 관한 '국제 심포지엄 ISSBS05'로 기획한 것이었는데, 모두 9명의 교수가 발표했다. 경북대 건축학과와 일본 고베대학 건축학과를 발표자로 선정하였고, 경북대 측 발표자는 김화중 교수와 신경재 교수였고, 일본 고베대학 건축공학과 발표자는 Kenichi OHI 교수, Tadahiro FUKUSMI 교수, Hideo FUJITANI 교수, Naoki UCHIDA 박사, 고베대학 건설학과 Isao MITANI 교수였다. 또 동경대학에서 박사학위를 받고 고베대학에서 연구교수로 재직 중인 최재혁 박사가 논문을 발표하였으며 강남대학 유병억 교수가 콘크리트 초기 Stiffness에 관해 발표하였다.

둘째 날의 두 번째 학술대회 주제는 Tribology였다. 발표자는 경북대 최영훈 박사, 일본 나고야대학 우메하라 교수, 경북대학 서민수 대학원생, 베트남 하노이대학 Nguyen Anh Tuan 교수, 일본 이와데대학 이와부치 교수, 타이완 국립타이완대학 Hsu-Wei Fang 교수 등 6명이 발표하였다.

둘째 날의 세 번째 학술대회에서는 재료의 미세역학(Micro Mechanics of Materials)에 관한 연구논문 6편이 발표되었다. 일본 오사카대학 박준영 박사, 미국 존스홉킨스대학 현상일 박사, 중국 상해 교통대학 Liu Pang 박사, 일본 오사카대학 Yoji Shibutani 박사, 포항공대 김준원 박사, 경북대 김영석 교수가 관련 논문을 발표하고 상호 토론을 통해 협력관계를 만들었다.

둘째 날의 오후 학술대회는 해외유학생을 위한 학술대회로 만들었다. 당시 경북대에서 연구교수와 대학원생으로 공부하고 있는 학생들의 발표장으로 오후 학술대회를 진행하였다. 모두 13명이 발표했다. 인도, 파키스탄, 베트남, 중국, 미얀마로부터 유학 온 대학원생과 Post. Doc 연구생들이었다.

둘째 날의 마지막 행사로서 경북대 공과대학 핫라인센터 산학연 센터가 주최하는 '중소기업 기술지원을 위한 산·학·관(産·學·官) 협력 구축' 심포지엄이 있었다. 본 심포지엄은 대구전시컨벤션센터 314호실에서 오후 3시부터 6시까지 진행되었다. 심포지엄 목적은 상당히 다채로웠다. 소개하면, 1) 지역 산·학·관의 효율적이고 유기적인 협력체 구축, 중소기업을 위한 정책안내 2) 외국 우수 기술 소개 3) 중소기업 기술력 향상을 위한 지원 활성화 방안 도출 4) 연구개발 및 애로 기술 자문과 관련한 성공사례 홍보 등이었다.

이를 위해 대구시 김종한 과학기술과장의 중소기업 지원 정책에 대한 안내가 있었고, 대구 경북지방 중소기업청 차상록 기술지원과장이 중소기업 정책을 안내했다. 기업체 성공사례발표에서 ㈜삼성금속 김숙희 대표, ㈜센서엔센서 심창현 대표, 그리고 ㈜현대포토닉스 황윤호 대표가 자신들이 이룬 성공 사례를 발표하고 약 30분간의 공개 토론을 했다. 그리고 만찬회 자리를 통해서 산·학·관 협력방안에 대해 깊이 있는 상호 교환의 장을 만들었다.

셋째 날인 10월 12일엔 전국공과대학 협의회가 주도하는 토론회가 개최되었다. 발표자로서 삼성경제연구소의 류지성 수석연구원이 대학혁신과 경쟁력이란 주제로 발표하였고, 임상규 과학기술혁신 본부장이 신과학기술행정체제의 운영방안에 대해 발표해 주었다. 오후에는 2005년도 공학교육 학술대회로 진행하였다. 당시에는 한국공학인증제 도입을 두고 여러 가지로 논란이 있던 시점이어서 경북대 공과대학에서는 심도 있는 논의를 위해 전문가들의 의견을 들었다. 한국공학교육인증원(ABEEK)에서 추진하고 있는 공학교육인증제도를 소개하고, 이와 관련한 전문가들의 관심 과제들을 발표하게 함으로써 의미 있는 의견수렴과정으로 만들었다.

이런 논의를 효과적으로 수렴하면서, 이후 경북대 공과대학에서는 한국공학교육인증 제도를 받아들이기로 하고 공학교육센터를 설립했다. 공학교육인증제도를 도입하여 이 제도에 적용을 받아서 졸업한 공과대학 학생들은 외국에서도 정식으로 공학사의 자격을 인증받게 된다.

끝부분 행사로서 2만 9,000여 명을 배출한 경북대 공대 동문 가운데 성공한 동문이 공학적 정체성을 살려서 이룬 성공사례발표의 장을 만들었다. 경북대 공대 졸업생 중에서 4명을 엄선하여 각자 사업의 성공담을 소개하게 했다. 응용화학공학과 70학번 김종대 동문은 필코전자 주식회사를 설립하여 '산업기술의 이전과 확산'에 대해서 발표하였고 두 번째 발표자도 역시 응용화학공학과 70학번 동문으로 뉴프렉스 주식회사를 운영하는 임우현 사장이 'IT산업의 미래와 비전'이란 주제로 발표하였고, 세 번째 발표자는 전자공학과 졸업생으로 하이닉스 상무로 재직 중인 한성규 동문이 '하이닉스의 힘과 미래'란 주제로 발표했다. 네 번째로는 기계공학과 69학번 김준수 명성산업 사장이 자신의 회사를 소개했다.

이렇게 경북대 공대 설립 35주년을 기념하여 의욕적으로 계획하고 실행한 '세방화 시대의 공학교육과 신(新) 산학관계 협력 국제심포지엄 및 전시회'는 공대인의 큰 역량과 가능성을 보여주었다. 이 대 학술 이벤트의 마지막 순서는 공과대학 동문과 교수들이 참석하는 '공학인의 밤' 행사였다. 이 '공학인의 밤' 행사를 마지막으로 이 큰 행사를 성공적으로 마무리했다.

나머지 남은 과제가 하나 있었다. 그것은 공과대학의 공학교육 목표를 제시하는 공대 학훈(工大 學訓)을 결정하는 것이었다. 공과대학 학과장 회의에서 공대 동문은 물론 교수들을 포함하여 누구든지 우리 공과대학의 학훈을 공모하여 학과장 회의 투표를 통해서 결정하기로 하였다. 공모 결과 경북대 한문학과 김시황 명예교수가 제안한 '공학 대성 문질빈빈(工學大成 文質彬彬)'이 선정되었다. 뜻을 풀이하자면 '공학으로 대성하여 자연과 문명의 조화를 빛내자'라는 뜻이다. 공과대학 학훈이 결정되고, 학훈 조형석을 제작하기 위해서 공대 행정실장과 함께 나는 글자를 기록할 큰 돌을 구입하기로 하고 여러 곳을 방문하여 조사하고 살펴보았다. 그 결과 건축용 돌비석을 판매하는 곳에서 3,003만 원을 주고 조형석을 샀다. 조형석에 새긴 글씨는 경북대 사범대학 체육학과 교수이고 서예대전 초대작가인 오동섭 교수가 써주었다. 공과대학 학훈 조형석 건립 제막식은 2006년 3월 6일 공대 6호관 건물 앞에서 개최되었다.

경북대 신문 기사에 따르면 제막식은 개식 선언으로 시작하여, 경과보고, 공과대학장 식사, 총장 축사, 공과대학 동창회장 축사, 제막, 기념 촬영, 폐식 선언 등의 순으로 진행되었다. 김달웅 총장은 축사에서 "새 학훈의 제정을 축하하며, 이 이념을 바탕으로 한 공과대학의 무궁한 발전을 기원한다"라고 말했다. 공대학장 김석삼 교수(기계공학)는 "학훈은 공과대학의 건학 이념과 교육목표를 담고 있으며, 이는 자연과 문명의 조화를 지향하는 뜻이 담겨진 것"이라고 설명했다. 이로써 공대 설립 35주년 기념사업은 성공적으로 마무리가 되었다. 행사에 필요한 모금은 공과대학 동문들과 산업대학원 산업최고경영자과정 동문, 그리고 기업체로부터 협찬을 받아 이루어졌다. 행사를 마치고도 남은 협찬금은 공과대학 발전기금으로 남겼다.

기억에 남는 기독교수회 활동

다음은 경북대 기독교수회 활동에 대해서 간단하게 기술하고자 한다. 경북대는 국립대학이면서 경북대 기독센터와 경북대학교회가 있다. 경북대는 1948년에 종합대학교로 출범하였으며 초대 총장으로 고병간 박사님께서 취임하셨다. 고병간 총장님은 대구 제일교회 장로였다.

1955년 7월 29일부터 8월 28일까지 3개월간 제4회 국제 Work

Camp가 경북대에서 개최되었다. 이 캠프는 한국 기독교연합회 Work Camp 위원회 주최, 경북대 기독학생회 주관으로 42명이 참가한 가운데 열렸다. 경북대 내에 기독 학생들의 숙소와 집회소로 사용할 수 있도록 경북대 학생회관 건축을 도모하기 위한 행사로 시작되었다. 이 회관이 지어져서 경북대 내에서 기독 학생운동과 복음주의 운동의 중심지가 되고, 실제 생활을 통한 기독교 전도에 힘쓰는 중심 공간이 되기를 기대하였다. 당시 경북대 신문 관련 기사를 보면 다음과 같다.

"국제 친선을 도모하고 파괴된 사회를 재건하려는 국제 학생 Work Camp가 세계 2차 대전 후 서구에서 시작되었는데 한국에서는 최초로 경북대학교에서 제4회 국제기독학생 Work Camp가 지난 7월 28일부터 8월 27일까지 1개월간 실시되었는데 본교 기독학생회 주최 기독교 봉사회 후원으로 미국, 필리핀, 인도에서 남녀 학생 7명과 국내대학으로는 서울대, 연세대, 전남대, 청주대, 부산대, 진주농대, 경북대에서 35명 총 42명이 캠프에 참여했다. 노동을 통하여 상호간의 친선을 도모하고 자유시간을 이용하여 상호 토의 하는 가운데 재미있는 프로그램이 진행되었다. 경북대 기독학생회관을 세우기 위해서 오전 5시 30분에 작업을 시작하여 5시간을 일하고 오후 2시부터 5시까지 3시간은 자유시간으로 서로 모여서 토론과 의견교환으로 친선을 도모하였다고 한다."

당시 경북대 기독학생회는 5개 단과대학 기독학생회와 문리대 의예과 기독학생회 등 모두 6개 기독학생회의 연합체로서 오래전부터 기독학생회관 건축을 위해 노력해 왔다. 특히 1954년 제3회 Work

Camp 이후 1년간 제4회 국제 Work Camp를 준비했다. 국제 Work Camp 생활 경비는 한국기독교연합회 Work Camp 기금 보조를 받았으며, 기독학생회관 건축 공사기금은 미국 북장로회 선교회, 경북대, 대구시내 각 교회와 유지들의 원조로 조달하였다.

제4회 국제 Work Camp 조직은 다음과 같다.

고문 고병간 경북대 총장, 지도위원 Robert Lee(Mennonite Central Committee), 회장 강준신 경북대 기독학생회장, 부회장 허준구(경북대)와 안부용(경북대), 종교부장 임봉수 전도사, 작업부장 김종군(경북대), 연구부장 Recardo Dantes Jr(필리핀), 식사부장 이상환(효대), 음악부장 Othelo D. de Leon(필리핀), 회우부장 Leon C. Neher(미국), 위생부장 박영주(효대), 소풍부장 노백우(청주법대), 도서부장 송선화(이화여대).

이러한 국제적인 기독교 봉사단체가 조직되어 회관 건축의 의욕을 불러일으키고, 대구 제일교회 장로였던 고병간 총장님의 관심과 도움으로 현재 경북대 공과대학 3호관 자리에 22명이 수용 가능한 단층 블록 건물이 완성되었다. 그 후 공과대학의 발전으로 초기 기독학생회관이 철거되고 기독 교수와 동문들의 협력, 그리고 대구지역 교회의 초교파적 지원으로 1977년 5월에 남학생 48명을 수용할 수 있는 총 139평의 붉은 벽돌 2층 건물이 완공되어 1977년 6월 27일에 준공 예배를 드리게 되었다.

경북대의 발전과 더불어 기독생활관 출신들이 각계각층에서 지도자로 활동하면서 모교의 기독생활관을 향한 관심이 높아지고 폭넓은 공감대가 형성되었다. 1996년 12월 2일에 경북대 출신 목회자들로 구성된 경목회 회장 손인웅 목사와 경북대 기독교수회 회장 강문명 교수가 중심이 되어 '경북대 복음화를 위한 준비 모임'을 가지고 경북대 기독센터에 전임사역자를 세우기로 하였다. 이에 따라 1997년 1월 2일 경북대 독어독문학과 82학번 이상욱 목사가 경북대 기독센터 전임사역자로 부임하였다.

이어서 경북대 복음화를 위해서 1997년 3월 27일에 '경북대 복음화 후원회'가 조직되었다. 이 후원회의 정관 제2조 목적 3항에 기독센터 건립을 명시화하여 회관 신축 문제가 구체화 되기 시작했다. 이후 경북대 기독교수회와 동문을 상대로 기독센터 건립 모금 운동에 나섰으며, 1999년 3월 26일 3층 350평 규모의 경북대 기독센터 기공식을 거쳐 1999년 12월 31일 준공식을 가졌다. 1층에는 사무실, 목사실, 복음화상황실, 선교단체 간사실, 세미나실, 정보실, 대구경북학원복음화협의회실, 비전실, 기독학생연합회실, 회의실, 기독교수회 복음화 후원회실이 배치되었고, 2층은 여학생 생활관으로 12실 24명 수용 시설로 갖추어졌다. 그리고 3층은 예배실로 300석 규모의 이동식 좌석으로 완공되었다. 이렇게 하여 경북대 기독센터는 식당과 남학생 생활관 등 40명 수용이 가능한 규모로 발전했다.

나는 2006년 8월에 공대 학장직을 마치고 2007년에 경북대 기독교수회 회장직을 맡았다. 그동안에는 '삼목회'란 이름의 모임으로 함께하는 경북대 교수님들의 성경 공부 모임이 있었다. 매월 3번째 목요일 아침에 모였다. 담당 교수의 방에 아침 7시에 모여 담당 교수가 성경 말씀을 준비해서 자신의 교수연구실에서 한 시간 정도 성경 말씀을 전하고 상호 토론을 마치면, 담당 교수가 준비해온 간단한 아침 식사를 하고 헤어지는 모임이었다.

삼목회 회원으로는 경제통상학부 한도형 교수, 기계공학부 김석삼 교수, 음악학과 정욱희 교수, 아동가족학과 김춘경 교수, 철학과 김윤동 교수, 사회복지학과 신성자 교수, 경북대 기독센터 이상욱 목사 등이 있었다. 나는 삼목회를 통해서 다른 교수님들의 신앙관을 이해할 수가 있었고, 심도 있는 성경 공부를 할 수 있었다. 전공이 서로 다른 교수들의 생각을 이해할 수가 있어서 참으로 좋았다. 나는 경북대 기독교수회장직을 맡으면서 대학 복음화에 대해 많은 고민을 하게 되었다. 선교단체마다 지향하는 목표가 달랐기에 어려움이 많았다.

그리고 매년 중국, 베트남, 파키스탄 등지에서 오는 유학생이 증가함에 따라 이들을 위한 기숙사가 필요하게 되었고, 유학생들에게도 예수그리스도의 복음을 전할 필요가 대두됨에 따라 학내 기독교수님들과 동문, 그리고 기독 학생들과의 의견 수렴을 통해 21세기 글로벌시대에 학원복음화의 방향도 글로벌화 되어야겠다는 생각으로 2008년도에 경북대 글로벌 기독센터 건립위원장직을 겸했다.

나는 경북대 글로벌 기독센터 건립 추진 계획을 세웠다. 먼저 실행위원회를 구성하고 실행위원장은 기독센터 추진위원장 겸무로 하고, 기획팀, 설계팀, 재정팀, 홍보팀으로 구성하여 임무를 효율적으로 추진하기로 하였다. 가장 중요한 것은 홍보와 건립 모금이었다. 홍보위원회를 보다 세분화하여 대구지역은 동구, 서구, 남구, 북구 지역으로 구분하여 홍보 및 모금활동을 하기로 하고, 경북지역과 미주지역을 향한 홍보 및 모금 활동은 따로 구분하여 추진했다. 그리고 경북대 출신 목사 모임인 경목회 중심의 홍보 소위원회도 구성하였다.

이러한 과정을 거처 2008년 1월 17일 경북대 복음화 후원회 운영위원회에서 1977년도 건립된 40명 수용가능한 남자용 기숙사 자리에 경북대 글로벌 기독센터를 현 기독센터에 붙여 증축하기로 결의하였다. 증축 면적은 약 900평(지하 1층 지상 5층) 소요 예산은 30억 원, 그리고 활용계획은 내국인 학생 70명, 외국 유학생 50명 등 총 120명이 활용할 수 있는 학생 생활관과 국제교류 공간으로 활용하기로 했다. 이에 따라 설계팀의 건축공학과 이상홍 교수님이 약 2개월간의 기도와 헌신으로 경북대 글로벌 기독센터 설계를 완성하여 2월 10일 조감도를 들고 나의 연구실로 오셔서 설명해 주었다. 나는 당일 경북대 교직원 신우회 회원들에게 경북대 글로벌 기독센터 조감도를 첨부하여 협력을 요청하는 메일을 송부했다.

건축에 필요한 재원 조달 방법으로는 기독교 관련 단체와 개인 후원금으로 모금하기로 하고, 홍보지를 인쇄하여 기독 교수님과 교직원 신우회, 그리고 기독 학생들에게 배포하여 모금활동을 전개하였다. 홍보지 안에는 경북대 글로벌 기독센터 건립 취지와 기독센터 과거 역사와 선교활동을 간단하게 소개하고, 향후 경북대 복음화와 이기남 이사장이 지향하는 국제 정음선교회를 통한 세계선교 비전을 담았다. 건축 후원 약정서 뒷면에 경북대 출신 목사님 272명의 명단을 소개했다. 홍보지 마지막에는 경북대 글로벌 기독센터 층별 사용 용도와 건립위원회 조직 명단을 기록했다.

자문위원으로 60명의 목사님과 교수님들의 명단을 다음과 같이 올렸다.

강문명, 강중수, 구영모, 권성수, 김교태, 김길웅, 김대복, 김동신,

김명한, 김문웅, 김삼묘, 김상수, 김서택, 김성수, 김순권, 김용기, 김익동, 김정재, 김정진, 김재진, 김종택, 김태범, 김태한, 문병조, 박성순, 박순오, 박우철, 박창운, 박희종, 배준웅, 서상화, 손인웅, 손종락, 신정환, 오세원, 오재현, 유동하, 유인상, 윤삼중, 윤희주, 이기남, 이상관, 이상웅, 이승현, 이종형, 임동하, 임만조, 임호근, 장영일, 장희종, 전재호, 정광국, 정충영, 지은생, 최영일, 최원주, 하영웅, 허승부, 홍사만, 홍양표(가나다순).

　　건립위원으로 기독 교수님들과 교직원 신우회 회원으로 86명의 명단도 올렸다. 그럴 무렵　경북대 1959년 학번의 영어교육학과 출신 이종형 목사님께서 미국에서 2009년 11월 26일 경북대 기독센터 초청으로 대구에 오셔서 경북대 기독생활관 동문들과의 만남을 가졌다. 목사님은 그동안 보지 못했던 목사님들과도 만나고, 울산에서 이 목사님 조카의 결혼식 주례를 하고, 12월 2일에는 대구 남덕교회 수요예배 설교를 했다. 목사님은 바쁜 일정 속에서도 기쁨과 감사를 누리신다고 했다. 이종형 목사님은 1941년 경상남도 울주군에서 태어나셨으며 1959년도 경북대 사범대학 영어교육학과 입학하여 공부를 마치고, 서울 장로회 신학대학원에서 신학석사학위를 취득하고 1974년에 미국으로 건너가 예일대학에서 신학석사, 버지니아 리치몬드 소재 유니온 신학교에서 교회사 전공으로 박사학위를 취득하였다. 그리고 한국 모교에서 교수 생활, 뉴욕 퀸즈 지역 한인교회에서 10년간 이민 목회를 하던 중 1994년 시카고 한미장로교회 담임목사로 부임하여 2007년 3월에 정년 은퇴하였다.

　　이 목사님은 은퇴 후에도 아프리카 이디오피아 명성의대 교수 사역을 겸하면서 다양하게 목회와 교계 활동을 이어가고 있었다. 나와는 이런 특별한 인연도 있었다. 2011년 12월 나의 아들 가족이 시카고에서 생활할 때 며느리가 둘째 아들을 낳게 되어 나는 아내와 함께 시카고를 방문하였다. 그해 12월 9일 며느리가 병원에서 둘째 손자를 출산했다. 그때 시카고의 이종형 목사님께서 사모님과 같이 아들 집을 방문해 주셔서 손자 출산을 위한 예배를 올려 주셨다. 출생한 손자의 미국 이름이 엘리야(Elijah)라고 하니까 이 목사님은 E자로 시작하는 이름은 좋은 이름이라고 평가해 주셨다고 며느리가 전했다.

한편 나는 2014년 2월 말로 정년퇴임을 하게 되어 있었다. 나는 경북대 글로벌 기독센터 건립의 마지막 노력으로 경북대가 국립대학이므로 정부예산으로 건축하는 방안을 모색해 보았다. 그래서 2014년도 정부예산에 경북대 글로벌 기독센터 증·개축 예산을 경북대 사무국 시설과를 거쳐 교육부에 건의하였다. 'KNU 다문화 지원 센터 증·개축'이란 사업명으로 2014년도 요구액 2억 400만 원, 향후 소요액 48억 1,000만 원으로 책정하여 사업의 필요성과 재원 대책 등을 기술하여 2013년 5월에 경북대 신규사업 4순위로 교육부에 올렸으나 2014년도 예산에 반영되지 못했다.

그러나 이 일을 멈출 수는 없었다. 2013년 10월 2일 12시에 경북대 글로벌프라자 17층에서 경북대 글로벌 기독센터 건립위원회를 개최하였다. 주요 안건으로는 건립기금 보고와 교육부 지원요청 경과보고가 있었다. 참석자는 김석삼, 안광선, 정경수, 송재기, 박윤배, 문계완, 김문웅, 이상욱, 김효선이었다. 경북대 기독 교수님들과 경북대 교직원 신우회, 그리고 기독학생들의 노력과 기도로 2014년 2월까지 모금

된 경북대 글로벌 기독센터 건립기금은 4억 5,121만 5,516원이었다. 당시 기독생활관 사생들, 생활관 동문, 교수와 교직원, 일반동문 및 유지, 지역교회 및 단체, 그리고 미국의 동문 목회자들께서 후원금을 보내 주었다. 그 내역은 다음과 같다.

교회 및 기관 단체로서는 경대도선관QT모임 28만 8,560원, 국제 정음선교회 이사장 이기남 2,000만 원, 높은뜻선교회 김동호 30만 원, 대경기독약사회 264만 1,800원, 안디옥교회 1만 원, CCC대표간사 정경호 100만 원, 대구학원복음화후원회 임호근 20만 원, 서문로교회 100만 원, 성광교회 100만 원, 성덕교회 2,000만 원, 성일교회 500만 원, 포스텍교회 100만 원, 포항제일교회 1,000만 원, 대봉교회 1,000만 원, 대동교회 100만 원, 남덕교회 2,000만 원, 영주제일교회 500만 원, 드림교회 300만 원, 하늘기쁨교회 10만 원, 효목중앙교회 100만 원, 신암교회 240만 원.

기독생활관 동문으로서는 심정택 20만 원, 박영배 30만 원, 이승도 300만 원, 강문명 200만 원, 김문웅 100만 원, 김수현 70만 원, 이종형 134만 5,246원, 이주황 60만 원, 박희무 30만 원, 박병종 80만 원, 조규현 100만 원, 박종한 50만 원, 안면환 100만 원, 서요섭 100만 원, 정중호 30만 원, 정수영 100만 원, 이춘오 100만 원, 우의화 100만 원, 홍순관 100만 원, 임희융 100만 원, 유승구 100만 원, 박정혜 200만 원, 김영모 600만 원, 이창윤 50만 원, 하종만 50만 원, 강동구 10만 원, 김덕기 100만 원, 김종건 200만 원, 송도영 100만 원, 정기목 150만 원, 이동호 200만 원, 권호욱 100만 원, 장재권 600만 원, 이성일 200만 원, 성영호 100만 원, 김대인 100만 원, 조광하 100만 원, 박진욱 200만 원, 이상욱 772만 6,230원, 이우범 100만 원, 이원태 5만 원, 이종철 5만 원, 채성현 50만 원, 한성용 100만 원, 서송수 100만 원, 김수진 22만 5,474원, 이종진 100만 원, 오상진 100만 원, 조현명 100만 원, 천재경 40만 원, 강중구 800만 원, 곽동미 100만 원, 나재원 310만 원, 유병혁 100만 원, 박은석 1,000만 원, 황재훈 150만 원, 김영진 100만 원, 장송민 100만 원, 박세흠 10만 원, 김형섭 100만 원, 동상진 600만 원, 고상덕 10만 원, 김형섭 100만 원, 96동기(동상진) 600만 원, 고상덕 10만 원, 박원주 100만 원, 이영배·윤나미 925만 원, 이윤희 110만 원, 권명진·이동형 110만 원, 김연정 100만 원, 김현철 35만 원, 김혜진 10만 원, 이현주 467만 원, 최지홍·김기수 30만 원, 유대종 40만 원, 지애리 30만 원, 이두환 10만 원, 차선화 3만 원, 허재용 20만 원, 김벼리 2만원, 최반석 30만 원, 김하늬 30만 원, 김강수 90만 원, 박시진 100만 원, 박종관 75만 원, 조은아 10만 원, 김한나 100만 원, 이동우 110만 원, 이상은 5만 원, 임윤국 100만 원, 전성은 100만 원, 서보성(전성은 모) 1,000만 원, 전명준(전성은 부) 500만 원, 장명우 32만 원, 서동휘 65만 원, 민은정 52만 원, 임하영 10만 원, 홍세림 30만 원, 문화예배 10만 원, 사생일동 5,990만 8,708원.

교수 및 교직원으로서 강경애 200만 원, 강진호 110만 원, 김귀영 60만 원, 김귀우 10만 원, 김명한 100만 원, 김미예 25만 원, 김병수 50만 원, 김사열 100만 원, 김석삼 1,000만 원, 김영호 400만 원, 김정호 10만 원, 김종국 10만 원, 김춘경 1,000만 원, 남금희 5만 원, 문계안 500만 원, 박연옥 1,500만 원, 박용수 248만 원, 배준웅 200만 원, 손종락 300만 원, 송재기 1,000만 원, 안광선 500만 원, 유관우 100만 원, 이광호 10만 원, 이시철 20만 원, 이인수 10만 원, 이현우 300만 원, 정경수 3,000만 원, 정복례 25만 원, 정욱희 100만 원, 조성표 900만 원, 조찬섭 10만 원, 조태식 10만 원, 채동욱 10만 원, 최경숙 100만 원, 한길수 50만 원, 한도형 500만 원, 한동석 50만 원, 허정선 60만 원, 홍사만 200만 원, 황성동 200만 원.

일반 기타로서 기부하신 분들 홍수형 30만 원, 이순우 10만 원, 오순남 10만 원, 정은정 50만 원, 엄무환 목사 10만 원, 김명숙 10만 원, 윤재우 목사 30만 원, 김덕봉 20만 원, 김호식 목사 100만 원, 정병구 10만 원, 이명선 70만 원.

그리고 다음은 당시 시카고 동문 송금 내역이다. 정태수 23만 164원, 강영창 115만 820원, 김진연 11만 5,082원, 김광준 57만 5,410원, 김성원 23만 164원, 권기서 11만 5,082원, 이영남 115만 820원, 남신일 23만 164원, 박순호 11만 5,082원, 신태용 11만 5,082원, 양승훈 11만 5,082원, 장성길 34만 5,246원, 허준구 34만 1,580원, 미확인 94만 원, 익명 건축헌금 10만 원, 빚진자 100만 원, 김미옥 20만 원, 캄보디아방문팀 25만 4,344원, 강영애 5만 원, 우리기독센터건축 50만 원, 김영근 장로 10만 원, 국제정음선교회 금문자 100만 원, 학원복음회협의회 총무 임호금 목사 20만 원, 대구은행이자 12만 4,951원, 신한은행이자 13만 425원.(총 누계: 4억 5,121만 5,516원)

이로써 나의 임무를 다하지 못하고 2014년 2월 말에 정년 퇴임하게 되어 경북대 글로벌 기독센터 건립은 미뤄지게 되었다. 나의 책무를 다하지 못하여 하나님께 너무나 부끄러울 뿐이다.

정년을 앞두고 열린 국제심포지엄

한편 정년을 앞두고 2013년에 두 번의 국제심포지엄을 경북대 트라이볼로지연구소 주관으로 개최했다. 첫 번째로는 2013년 1월 30일에 개최한 트라이보시스템 고성화를 위한 경북대-러시아-벨라루스 공동 국제심포지엄(2013 KNU-RUSSIA-BELARUS Joint Symposium on High Performance of Tribosystem)이었다. 여기서 7편의 논문이 발표되었다.

벨라루스 금속기술연구소 소장 Marukovich Yauheni 박사는 주철의 열처리에 관한 연구를 발표하였고, 벨라루스 공학연구소 Belotserkovsky Marat 박사는 고분자와 알루미늄의 코팅 과정에 관해 발표하였다. 그리고 벨라루스 국립대학 부총장 Ivashkevich Aleh 박사는 내마찰재 코팅기술에 대해서 발표하였고, 러시아 역학문제연구소 Soldatenkov Ivan 박사는 마모문제와 러시아 트라이볼로지 문제를 발표하였으며, 마지막으로 벨라루스 국립공과대학 최기영 박사는 Dent Mechanism of Herth Roll에 대해 발표하였다.

두 번째 심포지엄은 2013년 9월 28일 대구 팔공산온천호텔에서 열린 제12회 트라이보시스템 고성화를 위한 국제심포지엄(12th International Symposium on High Performance of Tribosystem)이었다. 일본 트라이볼로지 전문가와 도호쿠대학 동료 교수들이 나의 정년퇴임을 축하하기 위한 모임으로 기획된 것이었다.

내가 일본에 유학할 당시 학부 4학년생이었던 학생이 그동안 엄청나게 성장하여 대학교수가 되어 여러 명이 참석하였다. 나로서는 너무나 감사한 일이었다. 나는 이 심포지엄에서 고별 강의를 했다. 강의 제목은 '트라이볼로지와 함께 한 30년(30 Years with Tribology)'이었다. 저녁 만찬 시간에는 참석자들과 그동안 일본 유학 시절 이야기를 나누었다. 지난날의 여러 가지 감회어린 경험담을 나누면서 대구 팔공산 중턱에서의 하룻밤을 지냈다. 이 자리에는 대구에 사는 김천고 동기생 20여 명도 함께 참석했다.

정년퇴임을 앞두고 35년간 트라이볼로지 연구소를 활용하여 구축한 산·학·연 네트워크을 기업체에 기여할 수 있도록 하자는 대학원생들의 요청을 받아들여 나는 (사)한국트라이볼로연구원 설립을 미래창조과학부에 신청하여 설립 허가를 받았다.(허가번호:제2014-06-0009호) 그리고 2월 27일 정년퇴임식을 나흘 앞둔 23일 주일날 오후에 대구 남덕교회 최원주 담임목사님과 부목사님 그리고 장로님들이 내가 오랫동안 연구실로 사용하던 경북대 공대 6호관 419호실에 모여 정년퇴임 예배를 드렸다. 35년 동안 교수 생활과 선교활동을 할 수 있게 인도하신 하나님께 감사를 올렸다. 예배를 마치고 모두 메트로팔레스 근처 드마리스 레스토랑으로 이동하여 저녁 식사를 함께 나누며 정년퇴임을 축하해 주었다.

2014년도 2월 27 오전 11시 30분에 15명의 교수 퇴임식이 글로벌 프라자 1층 경하홀에서 개최되었다. 나는 이 자리에서 박근혜 대통령의 근정포장을 수여 받았다. 이날 나는 한국 윤활학회에 1,500만 원을 기부했다. 트라이볼로지 학문에 대한 감사의 마음이었다. 이 기금으로 윤활학회 측에서는 15년간 트라이볼로지 학문 발전에 기여한 교수나 연구자 한 명을 선정하여 '석현(石賢)학술상'을 수여하기로 결정했다.

정년 퇴임식을 마친 후 우리 가족(아들, 딸 둘과 사위 둘, 그리고 손자 다섯 명)은 나의 정년퇴임 기념 가족사진을 찍었다.

한국윤활학회(회장 최웅수 박사)에서는 나의 정년퇴임을 축하하기 위해서 한국윤활학회를 4월 10일, 11일 양일간 경북대 공과대학 12호관에서 2014년도 제58회 춘계학술대회를 개최했다. 이번 학술대회에는 특별히 일본과 중국의 트라이볼로지학회 대표를 초청하였다. 본 학술대회에서 나는 'Tribology와 함께 살아온 30년'이란 주제로 특별강연을 했고, 중국 트라이볼로지학회 부회장인 중국 칭화대학(淸華大學) Yonggang Meng 교수와 일본 윤활학회회장 동경대 Takahisa Kato 교수는 각각 중국과 일본의 트라이볼로지 연구 동향과 학회에 대한 강연을 하였다. 이 학술대회에서는 70여 편의 학술논문이 발표되었다.

대회의 마지막 행사로서 일본 Kato 교수와 중국 Meng 교수와 함께 학술대회 참석자 모두가 지켜보는 가운데 한국트라이볼로지연구원(Korea Tribology Institute) 현판식을 성대하게 가졌다. 향후 한국, 일본, 중국과의 트라이볼로지 연구를 더욱 활성화하고 협력하자는 의미가 담긴 행사였다.

마침 정년퇴임을 하던 해에 영국에 본부를 둔 국제인물평가기관 IBC(International Biography Center)에서 나의 그동안의 학문적 업적을 평가하여 2014년 1월 31일자로 '명예의 전당(Hall of Fame)'에 나의 이름을 등재하였다. 트라이볼로지 및 기계공학 분야에서 100명 중 63번째로 명예의 전당에 등재되었다.

제7장
정년 후 말레이시아
공대에서의 7년

1. 내가 있어야 할 자리를 찾아

말레이시아 사바국립대학(UMS)으로부터의 요청

나는 2011년 10월 말레이시아 사바국립대학(UMS) Willey 박사 연구실로부터 나의 경북대학 정년 후 UMS에 교수직을 수행해 줄 것을 요청받은 바 있다. 나는 이제 정년을 하고서 UMS의 요청대로 그곳에서 교수직을 가지고 싶다는 내용의 메일을 UMS 측에 보냈다. 바로 답 메일이 왔다.

2014년 3월 12일 오전 8시부터 30분간 면접을 보러 오라는 메일을 받고 전날 말레이시아 코타키나발루로 갔다. 면접 당일 아침에 채법관 선교사님과 같이 면접 장소로 갔다. 면접 장소 1층에 들어서니 상당히 많은 교수가 면접을 기다리고 있었다. 나는 혼자 개인 면접인 줄 알았는데, 2014년도 신임교수 공개채용 면접의 날이었다. 약 30여 명으로 기억되는데, 내가 제일 먼저 들어갈 면접 대상자였다.

면접 장소에 들어가니 대학 총장님과 공대학장과 기계공학과 주임교수 등 면접위원들이 둘러앉아 있었고 순서대로 나에게 질문을 했다. 공대학장은 나의 논문 내용에 대해서 질문을 했고, 한국의 공학인증제도에 대해 물어보았다. 마지막 질문으로 만약에 UMS 공대 기계공학과에 교수로 부임하면 어떤 일을 주로 하겠느냐고 했다. 나는 세 가지를 대답했다. 교수로서 3대 사명은 교육·연구, 그리고 지역사회에 대한 봉사인데 교육과 연구에 최선을 다할 것은 물론 특히 한국과 말레이시아 간의 국제교류 협력 증진에 노력을 기울이겠다고 대답했다.

면접 후, 한 달 만에 UMS 인사처로부터 연락이 왔다. 면접 결과 정교수로 임용할 예정이니 희망 연봉을 제시하고 경북대 1년간 월급명세서와 대학병원에서 건강진단서를 발급받아 보내달라고 해서 나는 즉시 답변서를 보냈다. 희망 연봉은 없고 UMS 급여 기준에 따르겠다고 하고 건강진단서를 첨부했더니 2년간의 근무 계약서와 월급과 각종 수당이 기재된 명세서가 집으로 왔다. 계약서에 동의하면 2014년 5월 1일부터 2016년 4월 30일까지 근무하라는 조건이었다. 당시 나는 2014년도 대구 남덕교회 국외선교위원장직을 맡고 있어 6월 하순에 필리핀 단기 선교팀을 인솔하여 마무리해야 하는 관계로 UMS 인사 담당자에게 7월 1일자로 UMS로 가서 근무를 시작하겠다고 제안하여 허락받았다. 당시 나에게 도착한 계약조건은 아래와 같다.

UMS 측과 나와의 고용계약서(Contract of Service) 표지를 포함하여 13페이지에 걸쳐 고용 조건, 고용 기간, 기간 연장, 대학과 고용인 의무사항 등 고용주와 피고용인 의무 조건이 말레이시아 법에 따라 아주 자세하게 기술되어 있었다. 주요 계약조건을 소개하면 다음과 같다. 직위와 호봉은 정교수직으로 공대 소속 VK7 호봉이었다. 고용기간은 2014년 7월 1일부터 2016년 6월 30일까지이며, 월급과 각종 수당이 기록되어 있었다. 기본급 MYR15,025.15 그리고 각종 수당으로 사바주정부 수당 MYR1,878.15, 주거수당 MYR1,500, 엔터테인먼트 수당 MYR2,500, 호봉특별수당 MYR1,000, 특별인센티브 MYR500, 가사도우미수당 MYR500 기본급과 각종 수당을 합한 총 월급이 MYR22,903.35이며 매년 주택유지비 지원 MYR2,000였다. 당시 환율은 1MYR=약300원이었다. 참고로 말레이시아 대학 졸업자가 회사에 입사하면 초임이 약 2,000MYR인 것을 감안 하면 말레이시아 대학교수는 대졸 초임의 10배가 넘는다. 그리고 특혜사항으로 국립병의원을 이용할 경우 무료진료, 치과 진료를 받을 경우 1년에 RM500을 지원한다. 또한 본인과 동반 가족의 왕복 항공료와 이사비용을 대학이 부담한다. 휴가사항으로 1년에 총 25일간 휴가를 받을 수 있다. 필수사항으로 매년 12월에 교수로서의 업적 평가를 위한 자료를 입력해야 하고 관련 자료를 대학에 제출해야 한다. 평가 결과 80점 이상을 받아야 재계약이 가능하다.

말레이시아는 영국 지배를 받았기 때문에 모든 제도가 영국식으로 법제화되어 있다. 신기한 것은 사바 주 출신 교수가 쿠알라룸푸르 동말레이시아 지방으로 직장을 옮겨 갈 경우 비자가 필요 없으나 반대로 동말레이시아 출신이 사바주에 직장을 가지면 비자를 받아야 한다. 참고로 UMS은 1997년도에 창립되어 대학 역사가 길지 않기 때문에 한 학과에 정교수는 한 명이고, 부교수 한 명, 그리고 조교수와 전임강사로 되어 있었다. 공대의 경우 거의 모든 학과의 교수는 인도 IIT 출신들이 차지하고 있었고, 기계공학과의 경우도 인도 출신 교수가 근무했으나 내가 교수로 부임함으로 그분은 다음 해에 인도로 돌아갔다.

나는 교육·연구자의 자리를 지키리라

내가 UMS로 가기로 하고 있을 때 박근혜 대통령 측으로부터 연락을 받았다. 머지않아 어느 분이 연락할 것이니 조금만 기다리라는 것이었다. 무슨 내용인지 이해가 되었다. 나는 박근혜 대통령을 위해서 약 7년간 '대한민국 발전을 위한 한국인 포럼' 운영위원장으로 활동하였고 김천, 구미, 상주 발전을 위한 황금문포럼 대표로 활동한 바 있어 그에 대한 보답 차원으로 정부산하 어느 연구재단의 이사장 자리를 마련한 것 같았다. 나는 한마디로 그 제안을 거절했다. 나는 순수한 마음으로 대학 재학 3년간 5·16 장학금을 받아서 졸업할 수가 있었기에 감사한 마음으로 박근혜 대통령 당선을 위해 조그마한 역할을 감당했다. 그리고 언젠가 대구 남덕교회 최원주 목사님의 설교 말씀이 머리에 떠올랐다. 성경 말씀에 나오는 가라지의 비유였다. 성경 마태복음 13장 24절에서 30절까지 소개된 내용이다.

"어떤 농부가 좋은 씨를 밭에 뿌렸는데 싹이 나고 결실할 때에 가라지도 보이거늘 집주인의 종들이 와서 말하기를 밭에 좋은 씨를 뿌리지 아니하였나이까? 그런데 가라지가 어디서 생겼나이까? 주인이 이르되 원수가 이렇게 하였구나. 종들이 말하기를 그러면 우리가 이것을 뽑아 버릴까요? 주인이 말하기를 가만두어라, 가라지를 뽑다가 곡식까지 뽑을까 염려가 된다. 둘 다 추수 때까지 함께 자라게 두라. 추수 때에 내가 추수꾼들에게 말하기를 가라지는 먼저 거두어 불사르게 단으로 묶고 곡식은 모아 내 곳간에 넣으라."

예수님이 제자들에게 비유로 하신 말씀인데 여기서 가라지의 정의를 새롭게 내려 주셨다. 즉, 콩밭에 팥이 자라면 팥이 가라지이고 팥밭에 콩이 자라고 있으면 콩이 가라지이다. 다시 말하면 자기가 있어야 할 자리에 있지 않으면 그것이 가라지이다. 농부는 가라지를 불에 태워 버리는 것이다. 나는 가라지가 되어서는 안 된다.

목사님의 설교를 듣고 나는 교수의 자리를 지키는 것이 내가 있어야 할 자리라고 생각했다. 그리하여 나는 UMS 측과 약속대로 필리핀 단기 선교활동을 마무리하지 못하고 하루 앞당겨 귀국하여 6월 30일 아시아나 항공기로 아내와 같이 19시 30분 인천국제공항을 출발해서 23시 55분에 코타키나발루 국제공항에 도착하였다.

공항에는 채법관 가나안농군학교 교장 부부가 나와 있었고 우리를 반갑게 맞이해 주었다. 우리 부부는 UMS 측에서 예약해준 1Borneo 그랜드호텔에서 첫날을 보내고 다음 날 7월 1일 오전 8시 UMS 대학 본부 인사과를 방문하여 2년간의 근무계약서에 서명하고 UMS 대학 근무를 시작했다. UMS에서는 신임교수들에게 가족의 왕복항공권과 이사비용, 그리고 거주할 아파트를 마련할 때까지 호텔에서 1주일간 의 숙박 경비를 제공했다. 신임 교수들에겐 큰 혜택이었다.

사바주의 환경과 UMS의 교육 운영

사바(Sabah)의 의미는 '바람 아래 땅(The land under the wind)'이라고 한다. 사바에서는 태풍이 없다는 의미이다. 사바에서 제일 유명한 곳은 동남아시아에서 제일 높은 산 4,095m의 키나발루산이다. 말레이시아 면적은 약 32만 9,847㎢이고 사바주 면적은 7만 3,631㎢이다. 말레이시아 인구는 3,270만 명이고 사바주 인구는 350만 명이다. 말레이시아는 연방제입헌군주국으로서 13개 주와 3개의 연방직할구로 구성되어 있다. 말레이시아 국왕은 9개 주에 있는 술탄에 의하여 5년에 한 번씩 호선으로 선출된다고 한다. 국교는 이슬람교이지만 헌법상 종교의 자유는 인정되고 있다. 당시 코타키나발루시에는 2개의 한인교회가 오래전에 설립되어 현지 한인들이 주일예배를 드리고 있으나, 선교활동은 금지되어 있었다. 사바주에는 기독교인이 약 30%에 이르고 있다고 알려져 있었다.

말레이시아의 모든 제도는 영국의 제도에 따른다. 대부분의 교수들도 영국의 대학에서 박사학위를 취득하였다. 말레이시아 교육부는 대학과 대학원 교육제도를 지도 감독하는 고등교육부와 유치원, 초등학교와 중·고등학교 교육을 지도 감독하는 교육부로 나누어져 있다. 초등학교 6년, 중학교 3년, 고등학교 2년으로 11년의 과정으로 되어 있다. 고등학교 2년 과정을 마치면 취업희망자는 회사로 가지만, 대학 진학을 희망하는 학생들은 말레이시아 정부에서 실시하는 한국의 수능과 같은 고등학교 전 과목이 출제되는 SPM 시험을 치르는데 극소수의 우수한 성적을 받은 학생들만 대학 진학이 가능하지만, 대부분의 학생은 1년이나 1년 반 과정의 예비 대학과정을 거쳐 희망하는 대학 학과에 진학한다.

말레이시아 대학교는 13개 주마다 최소한 하나의 국립대학교가 설립되어 있다. UMS은 1994년 11월 24일에 개교한, 사바주에 설립된 유일한 종합국립대학이다. UMS 공과대학은 1996년에 설립되었고 2014년 당시엔 7개의 학과와 석사·박사 과정의 대학원 프로그램을 운영하고 있었다. 최근에 개설된 석유가스공정학과(Diploma in Process Engineering of Oil and Gas Operation)는 인기가 높다. 사바에서 생산되는 석유가스가 말레이시아 생산량의 거의 30%를 차지하고 있는데, 급료가 높아 많은 사람들이 석유가스 관련 회사에 취업하고 싶어 했다.

기계공학과, 화학공학과, 전기전자공학과, 토목공학과와 컴퓨터공학과는 정식 공학사 과정으로 대학원 석사와 박사 과정이 개설되어 있다. 첫 학기는 매년 9월에 시작하여 14주 강의를 해야 하며, 4주 강의 후 한 주간 시험 준비를 하게 하는 휴강 후 중간고사를 실시하고 14주 강의를 마치면 2주간의 시험 준비를 위해 학생들에게 시간을 부여하고, 기말고사를 실시하여 학업성적을 최종 종합평가했다.

강의와 학업성적 평가는 철저하게 말레이시아 공학교육인증원(EAC: Engineering Accreditation Council) 지침에 따른다. EAC에서 개설과목과 강사의 자격 등을 거의 2년마다 점검한다. 평가위원은 관련 학과 교수와 관련 기업체 전문요원으로 구성되며 공과대학 각 학과 교수 30%는 기술사 자격을 취득한 자가 강의하도록 규정하고 있다.

과목 평가 방식은 공과대학에서 EAC 지침에 따라 정한다. 내가 강의한 공학수학의 경우 Quiz(5%), 과제물(10%), 중간고사(15%), 임시시험1(15%), 임시시험2(15%), 기말고사(40%)로 평가하도록 규정되어 있다. 중간고사와 기말고사는 2주 전에 시험문제를 담당교수가 출제하여 기계공학과 동료교수 2명으로부터 시험문제가 강의계획 목표에 적합한지를 검토하고, 오자를 수정 검토하여 최종적으로 공대 수업 담당 직원의 확인을 받고서 시험을 실시하게 한다. 특히 기말고사는 대학본부 수업 담당과에서 문제지를 인쇄하여 행정직원이 관리하며 300여 명 수용 가능한 대형 강의실에서 3, 4과목을 동시에 실시하여 학생들의 부정행위를 철저하게 방지한다. 마치 한국의 대학 수능시험처럼 엄격하게 관리한다.

강의 담당교수는 반드시 기말고사 장소에 참석하여 학생들의 의문사항이나 질문에 답해야 한다. 기말고사 시험시간은 3시간 주어지며 도중에 퇴실할 수 없도록 규정되어 있고, 시험 시간 중 화장실에 가려고 하면 기록대장에 인적 사항을 기록하여 시험감독 요원의 허락을 받고, 외출 시간과 화장실에 다녀와서 입실 시간을 외출 대장에 기록해야 한다. 학생들의 수강과목의 성적이 말레이시아 정부 자료에 입력되어 국가에서 관리한다. 과목마다 고유의 코드번호가 부여되어 있다. 내가 강의한 Calculus1은 KM10303이며, Calculus2는 KM10403이다. KM은 UMS 기계공학과 교과목을 의미하며, 첫 번째 숫자1은 1학년 과목을 의미하고, 마지막 3은 3학점을 의미한다. 중간의 숫자는 전학기 또는 후 학기를 의미한다. 강의는 한 주에 1회 120분간이며 연습문제 풀이는 Tutor가 담당하며 30명 단위로 120분간 연습문제 풀이 과정을 상세하게 Tutor가 설명한다. Tutor에게는 강의수당을 대학에서 지불한다.

기말고사가 끝나면 담당교수는 해당 과목을 엄격하게 점수를 계산하여 모든 성적은 엑셀파일로 정리하고 등급을 확정하고 A^0부터 F까지 통계 처리까지 마친 후 출력하여 담당교수가 서명하고, 학과 성적사정 회의에서 동료교수 2명의 점검과 확인을 받은 후 공대 수업담당자에게 제출한다. 담당자가 최종 점검하고 오류가 없으면 한 학기 강의가 완료된다. 모든 시험문제지와 답안지 및 기타 평가자료는 담당교수가 보관해야 하며, 학생들의 이의 제기가 있으면 확인해 주어야 한다.

나는 7년 동안 1학년 Calculus 1과 Calculus 2, 그리고 4학년 1학기 선택과목인 Tribology만 강의했다. 그리고 4학년 필수과목으로 1년간 지도해야 하는 졸업논문(Final Year Project)을 지도해야 한다. 교수와 4학년 학생 수를 감안하여 교수 한 명에 4명 정도의 학생을 담당하게 된다.

UMS 학생들의 실험 실습을 한국에서

내가 UMS에서 2014년 7월 1일부터 근무를 시작하여 9월 1학기가 시작되었는데 어느 날 4학년 학생 5명이 내 연구실로 찾아와 졸업논문지도를 요청했다. 그 당시 나는 UMS 내에 내 연구시설이 없었다. 그렇다고, 다른 교수님들이 지도하는 대학원생들이 학위 준비로 활용되는 실험 장비들을 학부 4학년생들이 사용하기도 어려웠다. 나는 한국윤활학회 부회장이었던 성균관대학교 이영재 교수님과 영남대학교 황평 교수님에게 학생들을 부탁했다. 이영재 교수님 실험실에 2명, 황평 교수님 연구실에 3명을 보내기로 했다. 그리하여 2015년 1월 겨울방학을 이용하여 4주간 실험 예정으로 5명의 학생들이 나와 함께 한국에 들어왔다.

말레이시아는 열대지방이므로 학생들에게 한국의 겨울철은 생활이 힘들 것으로 생각되어 겨울용 파카를 5벌 구입하여 학생들에게 나누어 주었다. 5명의 학생들이 영남대와 성균관대에서 3주간의 졸업논문 작성을 위한 기초 실험을 마친 후, 나는 학생들에게 한국 산업체와 한국 문화 체험의 기회를 주어야겠다고 생각해서 1주일간의 한국 문화체험 기간을 만들었다. 먼저 광주를 방문하여 삼성그룹에서 운영하는 삼성금형연구소를 견학했다. 숙박은 조선대학 기숙사를 이용했으며 다음 날에 버스로 울산으로 이동하여 울산 폴리텍대학 학장님의 배려로 기숙사에서 숙박하고 현대자동차와 현대중공업을 견학했다.

현대자동차와 현대중공업 견학에는 나의 제자인 경대 기계공학과 출신 방창섭 부사장의 협력으로 이루어졌다. 울산 견학을 마치고 KTX를 타고 동대구역으로 이동했다. 대구에서부터는 자동차를 이용하여 거창 금원산 자연휴양림으로 이동했다. 무주 리조트 스키장 체험이 목적이었다. 우리 가족들도 금원산 자연휴양림에 학생들과 합류하여 아내가 준비한 저녁을 함께 나누고, 얼음 동산을 구경하며 하루 저녁을 재미있게 보냈다. 한국의 겨울 추억을 만들어 주었다. 다음날 무주 리조트 썰매장으로 이동하여 썰매를 타면서 한국의 겨울 맛을 처음으로 느꼈을 것이다. 열대지방에 살아온 학생들에게는 큰 추억거리가 되었다. 학생들은 핸드폰으로 사진을 촬영하여 SNS에 올려 자신들의 일상이 부모님과 친구들에게 전달되어 많은 부러움을 샀다.

이같이 UMS 학생 5명의 한국 대기업 견학과 졸업과제 연구를 위한 영남대와 성균관대에서의 실험 소식이 UMS 학생들에게 순식간에 소개되어 많은 학생들이 한국에서의 현장체험과 회사방문을 희망하는 계기가 되었다. 한국과 말레이시아 간 국제 교류의 싹이 트인 것이다. 그리고 2015년 4월에는 3학년 학생 4명이 예고도 없이 내 연구실을 찾아왔다. 모두 중국계 말레이시아인들로서 여학생 한 명과 남학생 3명이었다. 성적이 아주 우수한 기계공학과 3학년 학생들로서 요구사항은 6월 말부터 8월 말까지 실시되는 10주간의 현장실습을 한국 회사에서 하고 싶다고 했다.

이들의 간절한 요청을 거절할 수 없어 대구 성서공단에서 한국랩(Korea Lab)을 운영하는 황혁주 사장님에게 연락해서 가능성을 타진했다. 황 사장님으로부터 긍정적인 답변을 받았다. 황 사장님은 내가 경북대 공대학장 시절 공대 부속공장을 담당하던 조교 출신으로 부속공장을 사임하고 성서공단에 한국랩을 설립하여 치과용 치료 장비를 개발하여 인터넷으로 판매하며 회사를 성공적으로 운영하고 있었다.

학생들이 한국에 와서 하루 8시간 근무기준으로 당시 최소임금의 70%로 계산해서 학생들에게 인턴수당으로 주급 15만 원을 지급하겠다고 설명했다. UMS 측에서는 학생들에게 항공료 일부와 보험료를 지불하는 조건이었다. 마침 당시 5월 초에 한국에서는 메르스 환자가 발생하여 한국 정부의 질병관리 본부가 비상사태에 돌입했을 시기였다. 나는 여러 가지로 고민하다가 학생들을 불러 한국의 메르스 사태를 설명하고 대구지방은 아직 메르스 감염자는 없지만 급속하게 전파되고 있어 위험한 상황인데 한국에서의 인턴을 꼭 하고 싶으면 부모님의 각서를 받아 오라고 했다. 학생들은 모두 부모님의 각서를 받아 왔고 나는 약속한 대로 4명의 학생들을 한국랩에 보내 10주간의 인턴을 무사히 마쳤다.

황혁주 사장님이 회사 가까운 곳에 원룸에서 10주간 거주하게 하고 주말과 8월초 휴가기간에는 대구지방의 관광지를 안내하며 한국문화를 소개했다. 학생들은 한국에서의 인턴생활에 만족하였고 황 사장님이 귀국하는 학생들에게 제주도 관광을 하라며 특별 전별금도 전달했다고 했다. 이러한 한국에서의 인턴생활이 알려지면서 UMS 인턴생 희망자가 증가하여 2016년 여름에는 한국에서 인턴을 하고 싶다는 학생이 너무 많았다. 특히 전자공학과 모 교수가 내 연구실로 찾아와 항의했다. 왜 기계공학과와 중국계 학생들만 선발했냐고 불평했다.

말레이시아는 33개 종족으로 이루어진 국가이고, 종교도 다양하다. 국교인 이슬람교를 비롯하여 기독교, 힌두교, 불교 등등 매우 다양하다. 나는 이러한 문제를 고려하여 인턴생 선발을 불평이 없도록 해야겠다고 생각하고 학생들의 이력서를 제출받아 종교와 성적을 참고하여 불평이 없도록 인턴생을 선정했다. 그리하여 2016년부터는 전자전 기공학과 2명, 화학공학과 2명, 토목공학과 2명, 컴퓨터공학과 2명, 나머지는 기계공학과 학생으로 선정했다. 특히 학생들의 인턴 기간 중 대구의 유명한 축제인 치맥축제를 보여 주고 싶었다.

2017년 치맥축제가 7월 22일 대구 두류공원에서 개최되어 서울 김포 지역 UMS 인턴생들을 초청하여 대구 치맥축제 문화를 함께 체험하게 했다. 점심은 말레이시아 학생들이 좋아하는 낙지요리로 하고, 그리고 두류공원 산책길을 걸으면서 대구문화예술회관의 전시관을 관람하게 했다. 이어서 두류산 금룡사에 들러 한국불교와 사찰을 소개하고, 성당동 천주교 교회당을 거쳐 마지막으로 내가 출석하는 대구 남덕교회 카페에 들러 커피 등 음료로 휴식하게 하고, 저녁 식사는 학생들의 요청에 따라 KFC치킨으로 해결하고, 두류공원 야외음악당으로 이동하여 한국 젊은이들과 함께 치맥축제를 즐겼다.

이와 같은 추세로 한국에서 실습 실험을 하겠다는 인턴생들이 매년 증가하여 2019년도에는 26명에 도달했다. 이들 모두가 대구와 광주, 그리고 서울지역에서 현장실습을 모두 잘 마쳤으나 2020년도와 2021년도에는 코로나로 인해서 인턴이 중단되었다. 나도 코로나로 인해서 7년의 UMS 교수 생활을 정리하고 2021년 7월 1일 한국으로 완전 귀국하였다.

내가 한국으로 귀국한 후에도 2022년도 여름에 UMS 학생들이 개인적으로 한국에서의 인턴을 하고 싶다고 연락이 와 이들에게 다시 대구 3개 회사, 경기도 1개 회사, 광주에는 조선대에서 모두 13명의 인턴생을 소개했다. 이들이 한국에서 인턴 생활을 하는 동안 UMS 공대학장 부부가 학생들의 인턴 생활을 격려하기 위해서 방한하여 각 회사를 방문하여 사장님에게 감사장을 전달하고 동시에 향후 서로 협력관계를 이어가기 위해 UMS 공대와 회사별로 LOI(Letter of Intent)를 체결했다. 그리고 서울대 공과대학과 조선대 공과대학 간에도 LOI를 체결하는 성공적인 한국 방문 성과를 이루었다.

UMS에서 학생들과 함께 지냈던 일들

내가 7년간(2014-2021) UMS에 근무하는 동안 기계공학과의 경우는 2학년 학생들에게는 매년 현장견학여행(Field Trip) 기회가 주어지는데, 거의 모든 견학 여행에 내가 임장지도 교수로 동행했다. 대학에서는 교통편을 제공하고, 참가 학생들에게는 참가비를 받는다. 주로 사바주 제2의 도시인 산다칸으로 2박 3일 일정으로 다녀왔다. 사바에는 기차가 없어서 버스로만 이동해야 하므로 코타키나발루에서 산다칸까지는 버스로 7시간이 소요되었다. 특히 4,095m의 키나발루산을 넘어가야 한다. 산다칸에서의 숙박은 UMS 농과대학 기숙사를 활용했다.

견학회사로는 사바의 주요 산업이 팜오일이므로 팜오일 회사를 방문하여 주요 공정을 견학했다. 그리고 견학 기간에는 대학에서 학생들의 안전을 위해 헬멧, 작업복, 안전화를 제공했다. 회사 견학을 마치고 점심 식사를 하고 오후에는 바닷가 해군기지 근처 선박 수리공장을 견학했다. 그리고 또 다른 현장 견학 장소로는 석유가 많이 매장되어 있는 말레이시아 연방정부 특별자치구인 Labuan섬이었다.

2018년 11월 11일 **빼빼로데이** 기념으로 15일과 16일에 Labuan섬을 방문하여 석유를 운반하는 선박을 수리하는 Labuan조선소를 찾아

가서 선박수리 공정을 견학했다. 나는 이날에 학생들과 버스 기사에게 빼빼로날 기념으로 한국에서 가지고 간 초콜릿을 선물했다. 버스 기사가 행복해하고 학생들도 좋아했다. 현장 견학을 마치면 회사 사장님에게 학생들을 대표해서 내가 감사장을 전달했다.

또 다른 기계공학과 주요 행사로는 학생회에서 주관하는 기계공학의 밤(Mecha Night) 축제였는데, 매년 5월경에 4학년 졸업환송회 성격으로 진행된다. 교수들과 학생들이 참여하며 주최 측에서 마련한 다양한 프로그램으로 진행되었다.

한편 대학 졸업식은 11월 하순에 거행되며 UMS 전체적으로는 졸업식 행사가 약 일주일간 연속해서 진행되며, UMS 대강당에서 총장님과 대학 본부 부총장, 각 단과대학 학장, 초청받은 교수들, 학부모와 졸업생들이 참석하여 성대하게 거행되며 총장님께서 직접 학사학위부터 석사·박사학위 수여자들에게 한 사람씩 단상으로 올라오게 하여 학위를 수여하고, 기념사진을 촬영했다.

졸업식 행사 참가자들에게 배부되는 졸업생 명부 책자의 내부 첫 페이지에는 대학 총장인 Chancellor 이름과 사진, 다음은 Prof-Chancellor 2명의 이름과 사진, 그리고 대학과 대학원을 지도 감독하는 고등교육부 장관(Minister of Higher Education) 이름과 사진, 다음으로 UMS 총장 이름과 사진 (이곳에서는 총장을 Vice Chancellor라 칭함)이 소개되어 있었다. 그리고 대학 본부 최고기관인 Board of Directors의 이름과 사진, 대학 전체 주요 정책 결정기관인 상원의 위원(Members of The Senate) 30명 이름이 수록되어 있었다. 이 기관의

의장은 총장(Vice Chancellor)이었다.

졸업생 명부에는 단과대학별로 박사학위(Ph.D) 수여자 명단, 석사학위(Master Degree) 수여자 명단, 학사학위(Bachelor Degree) 수여자 명단, 그리고 간호대학은 Diploma 수여자 명단이 수록되어 있었다. 참고로 2018년 제20회 기계공학과 학사학위 수여자 44명의 명단이 수록되어 있었고 4년간의 전체 성적을 취합하여 모든 학생들을 1등급(Class I)과 2등급(Class II)으로 구분하여 졸업생 이름이 수록되어 있었는데, 2018년도 기계공학과 졸업자 중에서는 1등급이 Nicholas Chew Shern Loong 군으로 한 명이었으나, 토목공학과는 1등급 졸업자가 3명이나 수록되어 있었다. 최우수 등급인 Class I 조건은 4년간 평점 4.0 만점에서 3.67 이상이어야 한다. 1등급 학생은 4년간 등록금이 면제되는 혜택이 주어진다.

내가 UMS 기계공학과 교수로 재직하면서 UMS를 위한 학술 활동으로는 국제학술대회를 UMS 기계공학과 주관으로 개최한 것이다. UMS 기계공학과로서는 초유의 일이었다. 2015년 12월 3일과 4일에 1Borneo Klagen Legend 호텔에서 개최된 International Conference on Mechanical Engineering and Advanced Material(ICME-AM 2015)이 바로 그것이었다. 한국, 일본, 미국에서 내가 오랫동안 관계를 이어온 기계공학 전공 교수들과 Tribology 관련 학자들을 초청하여 성공적으로 첫 학술대회를 잘 마쳤다. UMS 교수들도 적극적으로 참여하여 응원해 주었다.

이때 황당한 사건이 발생했다. 12월 4일이 금요일이라 낮 12시경 이슬람 신자들 기도 시간이 시작되어 이들이 사전 예고도 없이 모두

기도하러 자리를 비우는 바람에 논문발표가 중단되어 내가 사회자로서 그 시간을 진행하여 해당 발표를 마친 적이 있었다. 놀랍게도 본 학술대회에 경북대 기계공학과 후배로서 부경대학교 교수로 근무하고 있던 이연원 교수가 강창수 교수님을 모시고 참석하여 학술대회가 더욱 빛이 났다. 또한 학술대회 기간 중 한국의 공학교육 전공 교수들로 구성된 특별 세미나에서 한국의 공학교육 실태를 청취하고 그것에 UMS 기계공학과 강의과목 편성과 평가 방법을 도입하여 이를 말레이시아 공학교육 인증원(EAC)에서 심의를 받았는데 좋은 평점을 받았다.

학술대회를 마치고, 강창수 교수님과 이연원 교수를 모시고 일일 관광을 했다. 방문한 곳은 사바주에서 제일 유명한 키나발루산과 인근에 있는 온천으로 가서 하루를 보냈다. 특히 키나발루 중턱 군다상이란 도시에 있는 2차 대전 전쟁기념관을 강창수 교수님께서 둘러보시고, 일본군의 침략 상황에 대해서 잘 설명해 주셨다. 말레이시아를 방어하기 위해서 호주와 영국 등지에서 많은 군인들이 파병되어 전사한 군인들의 이름이 대리석 판에 잘 기록되어 있었다. 이 같이 국제학술대회는 2016년과 2017년도에도 이어졌으며, 2018년도에는 국제학술대회 명칭을 변경하여 2018년 11월 29일과 30일에 개최했다. 국제학술대회 명칭을 International Conference on Mechanical Engineering, Energy and Advanced Materials (ICMEAM, 2018)로 하여 에너지 분야를 추가했다.

2. 말레이시아에서의 기적

UMS와 한국 대학과의 활발한 교류

내가 UMS에 있는 동안 한국 대학과의 교류 활동으로는 최초 부산대학교 나노메카트로닉스 학과와 UMS 기계공학과의 교류로 시작되었다. 2017년 2월 16과 17일 부산대 측 교수님과 학생들이 UMS 기계과를 방문하여 2017 PNU-UMS Joint Workshop를 개최하였다. 부산대 측 나노메카트로닉스학과에서는 CK-1사업 행사로서 학부 학생 12명과 교수님 10명이 참석하였고, UMS 측에서도 12명의 학부생과 교수님들이 참석했다. 발표논문은 총 26편으로서 구두 발표 14편과 포스트 발표 12편으로 진행되었다. 발표를 마친 후 양 대학 측이 발표논문을 심사하여 우수발표 논문상을 주기로 했는데, 구두 발표자 중 양 대학에서 한 명씩, 포스터 발표자 중 양 대학에서 한 명씩 총 4명을 선정하여 시상했다.

부산대에서는 이 행사가 CK-1사업으로 그동안 일본과 중국의 대학과 교류해 왔는데, 2017년도에는 UMS 기계공학과로 변경하여 진행하게 된 것이었다. 이렇게 되기까지에는 당시 부산대 나노메카트로스학과 이득우 학과장과 김태규 교수님의 영향이 지대했다. 두 교수님의 전공이 나의 전공과 같은 트라이볼로지이기 때문이기도 했다. 부산대 메카트로닉스학과와 UMS 기계공학과의 학술교류는 계속 이어져 2017년 12월 21일과 22일에 2차 Joint Workshop을 개최했고 2018년도에는 참여 학과를 화학공학, 컴퓨터공학, 전기전자공학, 에너지공학으로 확대하여 4월 2일과 3일에 개최하였으며 2018년에는 11월 29일과 30일에 개최했다. 이때는 참가 학생 수도 증가하여 부산대 측에서 24편, UMS 측에서 32편의 논문이 발표되었다. 해가 더해갈수록 참여 학과와 참여 학생 수가 증가하였다.

한편 UMS와 경북대와의 학술교류는 2017년 1월 9일에 경북대 기계공학부에서 학부생 6명과 교수님 2명이 기계공학부 지방대학특성화 사업인 CK사업의 일환으로 UMS을 방문하여 UMS 기계공학과 논문발표자 5명과 다수의 교수들이 참석한 가운데 공동 학술대회를 개최하였다. 주제는 '2017 UMS-KNU Joint Workshop on Mechanical Engineering'이었다. 이러한 상황에서 UMS 공대 교수들로부터 한국 방문 요청이 많아 2018년 4월 2일부터 6일까지 부산대 공과대학과 UMS 공과대학, 그리고 경북대 공과대학과 UMS 공과대학 간의 Joint Workshop 프로그램을 기획했다. 그리하여 UMS 공대 측에서 26명의 교수들이 Joint Workshop에 참석했다. 4월 1일 새벽 코타키나발루 공항을 출발하여 아침 7시경 부산 김해국제공항에 도착하여 아침 식사를 공항 식당에서 해결하고, 김해로 이동하여 가야문화관광지인 김해 가락국의 역사 문화를 관광하고 해운대 바닷가 호텔에서 한국에서의 첫날을 보내고 4월 2일에 부산대 공과대학에서 주관하는 PNU-UMS Joint Workshop에 참석하여 논문을 발표하고 대학 내 관심 있는 연구실을 둘러보았다.

4월 3일 화요일에는 부산 시내 관광을 했다. 특히 이슬람 신자가 많은 UMS 교수들의 식사가 문제였는데, 부산역 앞 차이나타운에 이슬람 식당이 있어서 점심을 함께 할 수가 있었다. 오후엔 부산의 명소인 자갈치시장을 둘러보고 국제시장으로 이동하여 모두가 많은 기념품을 구매하기도 하며 즐거워했다. 가족들에게 줄 선물이었다. UMS 공대학장은 30여 명의 가족들에게 줄 선물이라며 특히 많이 구매했다. 4월 5일 수요일은 부산에서 대구로 이동하는 날로서 부산대에서 준비해준 버스로 울산의 현대자동차와 SK에너지 회사 두 곳을 방문할 수가 있었다.

한국 산업화의 상징인 울산을 보여 주고 싶었다. 특히 현대자동차 견학에서는 회사 선물용 작은 자동차를 선물로 받고서는 모두가 기뻐했다. 공대 교수로서 처음 자동차 생산라인을 직접 보았다고 했다. 현대자동차 견학은 경북대 기계공학과 제자인 방창섭 부사장의 협조로 가능했다. 점심 대접도 잘 받았다. 두 번째 방문 회사인 SK에너지 회사 견학은 의미가 특이했다. 한국에서는 석유 한 방울 생산되지 않으면서 원유를 수입하여 고품질의 정유과정을 거쳐 각종 석유제품을 수출하는 고부가 가치를 부여하는 기술에 놀랐다고 모든 교수들이 입을 모았다. 말레이시아에서는 원유를 그대로 수출한다.

대구에는 오후 늦게 경주를 거쳐 경북대학교 기숙사에 도착하였다. 4월 초순이라 UMS 교수들에게는 추운 날씨였다. 당시 공대 홍원화 학장님께서 기숙사에 무료로 숙박하게 배려해 줌으로 모든 교수들이 감사를 표했다. 4월 5일 목요일에 KNU-UMS Joint Workshop으로 교수들의 논문발표와 특별히 공대생 현장실습에 대한 프로그램을 만들어 현장실습에 대한 의견을 교환하였다. 특히 이 자리에서 UMS 공대학장님께서 그동안 UMS 공대 학생들에게 10주간의 학생들의 현장실습을 도와준 각 회사 대표들에게 감사장을 수여했으며 홍원화 공대학장님에게도 감사장을 전달했다.

4월 6일 금요일엔 경북대 IT대학의 협력으로 UMS 교수들은 구미 삼성전자를 견학할 수가 있었다. 핸드폰 생산과정을 직접 견학하며 세계 최고 회사인 삼성전자 회사 이곳저곳을 둘러보고 삼성전자에서 제공하는 회사 구내식당에서 점심 식사를 대접받았다. 4월 7일 마지막 날에는 경북대 측에서 준비해준 버스를 이용했는데, 영어 회화가 가능한 문화 해설사가 버스에 동승하여 대구 시내 관광을 했다. 대구 근대화 거리와 대구약령시 한의학기념관을 관광하면서 대구의 옛 문화와 근대화 발전 과정을 잘 설명해 주었다. 근대화 거리를 둘러보면서 부부가 교수인 전자공학과 남편과 토목공학과 부인이 옛날 결혼식 옷을 입고서 전통 혼례 체험을 하기도 했다. 특히 서문시장을 관광하는 과정에서 기념품을 구매하면서 느낀 소감을 얘기했다. 대구를 상징하는 기념상품이 없다고 불평하기도 했다.

　그리고 2019년도에는 26명의 UMS 인턴생이 10주간의 현장실습을 마치고, 경북대 기계공학부에서 개최된 UMS 인턴수료식을 가졌다. 이 자리에는 UMS 공대 학생담당 교수가 한국을 방문하여 UMS 학생들을 잘 지도해준 각 회사를 직접 방문하여 감사의 인사와 감사장을 전달했다. 경북대에서 인턴수료식을 마치고 학생들과 교수들은 경북대 본관과 글로벌 프라자 등을 관광하며 기념사진을 촬영하기도 했다. 이들은 다시 서울로 이동하여 광화문, 동대문시장, 명동거리 등 유명관광지를 둘러보고 말레이시아로 귀국하였다.

말레이시아 가나안농군학교 이야기
　마지막으로 말레이시아 사바에서의 한인사회 활동과 말레이시아

가나안농군학교와의 협력사항에 대해 간단히 기술하고자 한다. 사바주의 주 산업은 관광이다. 세계 3대 청정 지역의 하나인 이곳은 한때 2,000여 명의 한국인이 거주했었다고 한다. 코로나 이전에는 하루에 10여 대 항공기가 오고 가는 관광의 절정을 이루었다. 한국인이 경영하는 관광업과 식당, 기념품 상점이 잘 운영되었다. 하지만 코로나로 인해서 모든 것이 정지되었다.

한편 이곳의 한인교회는 코타키나발루 한인교회와 정원교회 두 교회가 시내 중심가에 있었으며 사바주 내에는 약 30여 명의 한국인 선교사가 활동하는 것으로 알려져 있다. 이들은 주로 한국교회에서 보내주는 선교비로서 어려운 시골 현지교회를 지원하며 봉사활동을 통해서 현지 말레이시아 교회와 협력 선교를 하고 있었다. 매년 연말이 다가오면 바자회를 개최하여 불우 이웃 돕기와 고아원 방문으로 이웃사랑을 실천하고 있었다. 2018년 11월 6일에는 코타키나발루 시티몰에서 개최된 코타키나발루 한인교회 학생들의 K-POP 춤 공연과 한인교회에서 바자회를 개최하여 현지인들의 많은 사랑을 받았다.

말레이시아 가나안농군학교(Malaysia Cannan Farmers Training Center)는 앞에서 언급한 것처럼 1999년 6월에 파송된 채법관 선교사가 코타키나발루에 도착하여 한국의 '가나안 정신'을 말레이시아인들에게 전하기 위해서 시작한 사업의 중심 역할을 하고 있다. '가나안 정신'은 박정희 대통령의 새마을 정신운동으로 발전하여 한국의 근대화와 산업화를 이룩한 정신혁명이다. "일하기 싫거든 먹지도 말라", "4시간 일하고 밥 먹자" 등의 구호를 외치게 하여 근로의 소중함을 일깨워 주고 있었다.

이와 같은 정신적 배경을 바탕으로 드디어 2011년 3월 25일에 말레이시아 가나안농군학교 기공식을 갖게 되었다. 이 농군학교의 위치는 코타키나발루시에서 자동차로 약 3시간 거리인 마락바락 산지였다. 채법관 선교사의 12년간의 피나는 노력과 현지 기독 실업인들의 협조와 많은 한국교회의 지원으로 말레이시아 가나안농군학교가 창립되게 되었다. 가장 중요한 물적 바탕이 되는 농군학교 부지는 4만 2,840평으로 Alex Pang 국제변호사가 기증하였다. 주요 건물로는 방문자와 농군학교 수강생들을 위한 숙소와 강의실, 축구와 배구를 즐길 수 있는 잔디 운동장, 양어장, 자립을 목표로 만든 유기농 양계장과 염소농장 등이 있다. 그리고 농군학교 주위에는 파인애플과 망고와 같은 열대 과일나무를 많이 심었다.

이 같은 시설들은 말레이시아 현지인들의 교육 장소로 쓰이는 것은 물론이고, 여름 방학과 겨울방학 때 한국교회에서 파송된 선교단체가 교육받는 장소로 활용될 예정이다. 나는 주말이나 공휴일에 아내와 함께 가끔 가나안농군학교를 방문하여 현지 농군학교 직원들과 함께 점심을 나누기도 했으며, 아내는 김치를 담아서 나누어 주기도 했다.

2014년 10월 23일에 말레이시아 가나안농군학교 헌당식을 드리고 가나안농군학교 현지 직원들과 뜻있는 시간을 보냈다. 말레이시아 가나안농군학교 헌당식에는 세계가나안농군학교 대표이신 김범일 장로님께서 부인과 같이 직접 참석하셨고, 대구 남덕교회 장용덕 원로목사님과 사모님께서 참석하셔서 기념식수로 야자수 한 그루를 심었다. 특히 말레이시아 국회의원이며 가톨릭 신자인 Wilfred Majus Tangau 의원이 참석하여 축사를 했다. 이 분은 후에 소수정당의 당수로서 말레이시아 연립정부를 구성하여 과학기술혁신부 장관을 역임하기도 하였다. 이날 가나안농군학교 헌당식에는 필리핀, 인도네시아, 캄보디아 등 아시아지역 가나안농군학교 교장들이 참석했으며, 그동안 함께 협력해온 현지교회 대표들이 많이 참석하여 헌당식을 축하했다.

또한 이날 헌당식은 인근 마을 전체의 축제 행사로 진행했다. 헌당식 6개월 전부터 축구 경기를 공지하고 축구 우승팀에게 송아지를 우승상품으로 내걸었다. 축구 경기는 경쟁이 절정에 달해 헌당식 당일에는 축구 결승전만 남겨 두어 열기를 고조시켰는데, 마을 단위의 우승 경쟁이 대단했다고 했다. 우승팀에게 돌아갈 송아지는 한국교회에서 지원했다.

나는 이곳에서 지낸 7년 동안 UMS 재직하며 자주 가나안농군학교를 아내와 같이 다녔다. 특히 공휴일에는 1박 2일로 가나안농군학교로 갔었다. 가나안농군학교 교장과 가나안농군학교 실무 책임자인 황 집사가 운전하는 자동차로 4명이 함께 갔다. 아침 일찍 갈 때는 도중에 간단한 아침 식사를 말레이시아 식당에서 닭고기가 들어 있는 국수로 때우기도 했다. 그리고 점심은 가나안농군학교에서 가까운 마락바락 시장에 있는 KFC 치킨집에서 먹고, 그곳에서 약 20분 거리에 있는 가나안농군학교로 들어갔다.

가나안농군학교에 들어가면 아내는 저녁 준비에 바쁘고 나는 파인애플을 따기도 했다. 그곳 직원 가족들과 저녁을 먹고 양계농장과 양어장을 둘러보고 가나안농군학교 숙소에서 하룻밤을 보냈다. 다음 날 오후에 내려오면서 도로 옆에서 판매하는 시골 농산물들을 사서 맛보곤 했었는데, 과일이 맛있었다. 과일 중의 과일이라는 두리안, 값싼 바

나나, 기타 이름 모를 과일들을 맛보곤 했었다. 아내와 나는 특히 두리안을 좋아해서 많이 사 먹었다.

길고도 길었던 한국으로 오는 길

2019년 12월 중국에서 발생한 코로나가 급속하게 세계로 확산되면서 2020년 1월 세계보건기구에서 국제적 비상사태를 선포하게 되었고, 말레이시아에도 코로나 환자가 급속하게 증가하게 되었다. 특히 이슬람국가인 말레이시아에서는 매일 기도하는 시간에 모스크에 전부 함께 모이는 습관 때문에 코로나 확산 속도가 빨랐다. 내가 살고 있던 사바주에서는 2020년 9월 26일 사바주지사 선거를 했는데, 이때 선거운동으로 인해서 코로나 환자가 급속하게 증가하기 시작했다. 특히 2021년엔 코로나 확진자 급증으로 6월 1일부터 14일까지 10km 밖 이동을 금지하는 행정 명령을 내렸다.

이러한 상황에서 나는 아내와 상의하여 한국으로 귀국하기로 하고 UMS대학 측에 공식적으로 6월 30일 계약기간이 종료됨으로 재계약을 하지 않고 한국으로 귀국하겠다고 보고했다. 그동안 여기서 7년간 주일예배를 드리고 불우이웃돕기 행사에 협력하며 함께 지냈던 코타키나발루 한인교회에도 마지막으로 참석하여 6월 27일 고별예배를 드렸다. 예배 도중에 교회는 우리 부부에게 '하나님의 훈장'을 수여했다. 다음은 그 훈장 내용이다.

하나님의 훈장

김석삼 장로 장무현 권사

두 분은 말레이시아 코타키나발루 한인교회와 사바 땅의 원주민들을
위해 보내주신 천사였습니다. 하나님의 교회와 성도들과 원주민들을
위한 헌신과 사랑과 눈물을 저희 마음속 깊이 간직하겠습니다.
하나님의 기적과 축복이 두 분으로 인해 가시는 곳마다
불일 듯 일어날 것을 믿습니다.

2021년 6월 27일
코타키나발루 한인교회 이태훈 목사, 교우 일동 드림

그리고 그동안 코로나로 인해서 대면 강의가 불가능하여 인터넷강
의를 했는데, 이를 도와준 대학원생 Yap 군의 협력으로 귀국 절차를
밟기 시작했다. 제일 중요한 것이 세금 문제였다. 내가 그동안 UMS
측으로부터 받은 급료에 대한 세금을 다 지불했는지의 문제를 확인해
서 처리해야 했다. 그러기 위해서는 사바주 세무서에서 발급하는 세금
완납 증명서가 필요했다. UMS 측으로 부터 나의 급료 명세서를 발급
받아 Yap 군과 함께 세무서를 방문하여 세금 완납증명서를 신청했다.
동시에 Yap 군이 관련 규정을 세밀하게 검토하여 내가 그동안 환급받
지 못한 돈이 있음을 발견하고 먼저 납부 세금 환급금 서류를 제출하
고 기다렸다. 그리고 계약에 따라 UMS 측에서 나와 아내의 귀국 항공
권과 이삿짐 비용을 청구했다.

나의 귀국 절차를 잘 처리해 주기 위해서 Yap 군이 한 주간을 우리
집에 와서 도와주었다. 먼저 내가 살고 있는 집주인에게 6월 30일 자
로 한국으로 귀국한다고 알렸다. 내가 부담해야 하는 전기세와 수도

세 등을 정산해야 하고 2개월간의 보증금을 돌려받아야 했다. 마침 세무서로부터 그동안 돌려받지 못한 환급금이 나의 거래 은행 통장에 입금되었다. 2,000MYR 넘는 큰 금액이었다. 나는 그 환급금의 절반을 Yap 군에게 주었다. Yap이 아니면 받을 수 없는 돈이었기 때문이었다.

한국으로 돌아가기 위한 필요 서류로 코로나 PCR검사 확인 서류가 필요했다. 검사 결과 음성판정을 받아야 했다. UMS 병원으로 아내와 같이 검사를 받고 음성판정을 받았다. 한 가지 절차가 더 필요했다. PCR검사 결과서를 가까운 경찰서에 제출하여 확인 도장을 받아야 항공기 탑승이 가능하다고 해서 그 절차도 마쳤다. 이렇게 모든 귀국 준비가 완료되어 2021년 6월 30일 주요한 책자와 서류를 DHL로 보냈다.

채법관 가나안농군학교 교장께서 승용차를 가지고 우리 집에 오셨다. 출국을 위한 인사 겸 공항까지 우리 부부를 마지막으로 태워주기 위함이었다. 코타키나발루 공항에 도착하니 황 집사 부부도 마지막 인사차 나와 있었다. 7년 전 이곳에 올 때도 채법관 선교사 부부와 황 집사 부부가 맞이해 주셨고, 한국으로 돌아갈 때도 똑같은 모습으로 공항에서 작별 인사를 하게 되었다. 그동안 함께 생활했던 일들이 참으로 감사했음을 잊지 않는 순간이었다. 헤어짐이란 늘 슬픈 것이다. 그동안 정들었던 코타키나발루를 뒤로하고 오후 늦은 시간 코타키나발루 공항을 출발하여 쿠알라룸푸르 국제공항으로 향했다. 그곳에서 한국행 비행기를 타야 하기 때문이었다. 밤늦게 대한항공 비행기가 예약되어 있었다. UMS 담당 직원이 항공권을 예약해 준 것이었다.

밤늦게 쿠알라룸푸르 국제공항에 도착하여 대한항공 탑승구로 가서 항공권과 코로나 검사 결과서를 보였더니 담당 직원이 코로나 검사 결과서가 말레이시아어로 되어 있어 영어나 한국어로 된 것이 아니라서 문제가 될 것 같다고 하며 기다려 보라는 것이었다. 나는 당황한 나머지 Yap 군에게 급히 연락하여 나와 아내의 코로나 검사 결과를 영어로 다시 발급해 달라고 부탁했다. 그러는 순간 대한항공 담당 직원이 말레이시아어 검사 결과서도 문제가 없다고 나에게 알려 주었다. 안도의 한숨을 쉬었다.

드디어 인천국제공항을 향하는 대한항공을 탑승할 수가 있었고, 다음 날 7월 1일 새벽 6시경 인천국제공항에 무사히 도착했다. 하지만 인천공항 안에는 손님은 보이지 않고 공항직원들도 없고 군인들이 입국 절차를 밟고 있었다. 붉은 줄로 경계선을 만들어 놓은 안내에 따라 한 사람씩 여권과 코로나 검사 결과서를 확인하며 입국 수속을 마쳤다. 그리고 담당 군인의 안내를 따라 공항밖에 대기 중인 광명역행 버스를 탔다. 광명역에 도착하니 그곳에서 동대구행 KTX 표를 구입하는 창구로 안내되어 정해진 객차에 탑승하고 보니 KTX 17호 열차인데, 이 열차는 모두 외국에서 입국한 사람들만 타는 열차였다. 동대구에 도착하니 그곳에도 경찰관들이 우리들을 안내했다. 이미 인천공항에서부터 대구 목적지까지 개인 정보가 연결·연락이 되어 경찰관들이 지정된 택시에 우리 부부를 승차시켜 대구 상인동 우리집으로 가도록 해주었다. 택시 요금은 대구시에서 30%를 부담하고 내가 70%를 지불하게 되어 있었다.

우리 집에 도착하니 오후 3시경이었는데 달서구 보건소에서 코로나 검사를 받으러 오라고 전화가 왔다. 버스를 타지 말고 걸어서 오라고 했다. 코로나 감염 방지를 위함이라고 했다. 전화를 받고 아내와 같이 달서구 보건소로 갔다. 약 30분 정도 가는 거리다. 많은 사람들이 코로나 검사를 받기 위해서 줄을 서서 대기하고 있었다. 담당 안내원이 외국에서 왔다고 하니까 바로 코로나 검사를 해주었다. 검사 결과는 다음 날 아침에 핸드폰으로 연락해 준다고 했다. 그리고 2주간 자기 집에서 격리된 생활을 해야 함을 강조하였다. 이것이 2021년 7월 1일 있었던 하루의 일과였다.

아내와 같이 집으로 돌아와 푹 쉬었다. 그런데 갑자기 말레이시아에서 긴급한 국제전화가 왔다. 전화 내용은 일주일 동안 함께 생활했던 Yap 군이 코로나 양성반응이 나와 격리되어 있으니 나와 아내도 빨리 코로나 검사를 받으라는 통보였다. 그 전화를 받고 아내와 나는 너무 불안했다. 다음 날 아침이 되어 7시경 달서구 보건소에서 코로나 검사 결과가 핸드폰에 찍혔다. 검사 결과는 모두 음성으로 나왔다. 하나님께 감사했다. 격리가 끝나는 날 다시 코로나 검사를 받아 음성이면 격리가 해제된다고 했다.

달서구청에서 배달되는 음식으로 집에서 식사하고 운동은 실내 운동용 자전거를 타면서 지냈다. 2주간이 지나서 달서구청 보건소에 가서 다시 코로나 검사를 받았다. 검사 결과 음성판정을 받고서야 나와 아내는 완전히 해방되었다. 그리하여 7월 18일 주일날 대구 남덕교회 3부 예배에 참석하여 목사님들과 장로님들 그리고 교인들과 인사를 나누었고 일상의 생활로 돌아왔다. 아울러 코로나 예방접종을 아내와 같이 가까운 상인내과에서 두 차례 했다.

제8장
한국에서의 일상

1. 평범 속에서 찾는 기쁨

일상의 은혜에 감사

다시 국내에서 생활하기 위해서는 자동차가 필요했다. 아들과 상의하여 인기 차종이라는 기아자동차 K8 하이브리드를 주문했다. 하지만 코로나로 인해서 외국에서 생산되는 일부 부품 조달이 늦어져 6개월이 지나서야 겨우 주문한 자동차를 수령했다. 자동차를 받아서 운전해보니 운전이 조금 서툴렀다. 7년간 핸들을 놓았다가 다시 잡으니 운전 감각이 다소 둔해진 듯했다. 주로 교회 다닐 때 승용차를 사용했다. 매일 새벽 기도회를 참석하니까 거리는 조용하니 운전에 별 부담도 없고, 교회로 가는 도중에 권사님 몇 분이 내 차를 함께 타고 교회로 가게 되는 형편이어서, 새벽 기도회에 빠질 수가 없게 되었다.

우리 집에서 교회까지 거리는 자동차 네비게이션에 나타나는 수치로 4.1km다. 약 15분가량 소요된다. 수요일 저녁과 주일날 낮 예배에는 가는 도중에 다른 어르신들을 함께 태워 가서 예배에 참석한다. 교회를 오가며 승용차 안에서 대화를 나누면 서로에게 유익하다. 교회생활 이야기며 자녀들 이야기로 진지하게 대화하니까 서로에게 도움이 된다.

2023년도 8월 29일에는 대구 한국일보가 주관하는 문경새재 맨발 걷기 대회에 우리 교회 권사님들과 함께 내 승용차로 참석하였다. 우리 교회 출석하는 권사님께서 이 행사를 주관하기 때문에 아내와 권사님들의 참가를 권유했다. 나는 즐거운 마음으로 참여했다. 나는 운전하고 권사님들은 점심 식사와 먹을 것을 준비해서 문경새재를 갔다. 매년 개최되는 행사인지라 전국에서 등산객들이 전세 버스를 동원하여 참석했다. 행사장 입구 주차장에 승용차를 주차하고 걸어서 올라갔다.

나는 맨발로 걷는 것이 위험하다고 생각해서 운동화를 신고 제2 관문까지 걸었다. 총 6km를 걷고 주차장으로 내려와 가까운 성당 건물 공간에서 권사님들이 준비해온 점심을 맛있게 먹었다. 권사님들의 음식 솜씨가 참 좋다. 찰밥을 지어 왔는데, 야외에서 먹는 점심밥이 그야말로 꿀맛이었다. 점심 식사를 마치고 조금 휴식을 취하고 대구 집으로 돌아왔다. 오후 6시경에 집에 도착하여 핸드폰에 기록된 걸음 수를 보니 2만 6,615보였다. 4시간 4분 동안을 걸었다. 나는 매일 3시간에 2만보 걷는 것을 원칙으로 세우고 걷는다. 주로 새벽에 1만보, 점심 먹고 오후에 1만보를 걷고 있다. 새벽에는 교회에서 가까운 두류공원을 걷고, 오후에는 집에서 가까운 대구 앞산 달비골을 걷는다. 너무나 공기가 좋은 곳이다.

세계보건기구(WHO)에서는 건강의 정의를 신체적 건강, 정신적 건강 그리고 영적 건강을 말하고 있다. 현대인의 삶을 생각할 때 수긍이 가는 건강의 정의라고 생각되어 나는 항상 나의 건강을 유지하기 위해 노력하고 있다. 더욱 기쁜 것은 대구 수성구에 사는 아들과 손자들을 자주 만나고 함께 식사를 할 수가 있어 감사하다. 주일날이면 교회 카페에서 만나고, 주말이나 공휴일에는 온 가족이 고향에 사는 막내 동생의 농장에 간다. 거기서 채소와 여러 가지 과일들을 가꾸기도 하고, 손자들은 냇가에서 물고기와 다슬기를 잡으며 자연학습을 하기도 하고 농막 안에서 삼겹살을 구워 먹으며 한때를 보내기도 한다. 그 옛날 아버님과 어머님이 농사일이나 땔감 나무를 베어오기 위해서 오르고 내려 다니던 밤우산으로 올라가서 아버님과 어머님 산소를 찾아간다. 그리고 나의 어린 시절의 얘기를 자녀와 손자에게 들려주기도 한다.

한국에서의 일상생활 중에 내가 큰 의미를 두는 것이 있다. 그것은 나의 전공분야인 한국트라이볼로지학회 춘계학술대회와 추계학술대회에 참석하는 일이다. 최근의 연구동향과 학술활동을 볼 수 있기 때문이다. 특히 금년 2024년은 한국트라이볼로지학회 설립 40주년 되는 해이기 때문에 춘계학술대회는 제주도에서 개최되었고 추계학술대회는 10월 16일부터 18일까지 여수 디오션리조트에서 제76회 추계학술대회 및 창립 40주년 기념행사로 성대하게 개최되었다. 내가 일본 도호쿠대학에서 박사 과정에 입학한 것이 1984년 4월로 40년 전 일이었다. 나는 10월 16일 아내와 같이 11시 48분 KTX를 타고 오송역을 경유하여 여수EXPO역행 KTX로 오후 3시 45분에 여수EXPO역에 도착했다. 그곳에서 약 30분이 지나자 영주 하이테크베어링센터 센터장을 맡고 있는 아들이 마중을 나왔다. 아들의 차로 호텔로 갔다.

여수는 처음 간 곳이지만 남해안 바닷가라서 참 평온한 느낌을 주는 곳이었다. 다음 날 오전부터 학술발표가 있었고 오후 4시 50분부터 7시 30분까지 학회 창립 40주년 기념행사가 있었다. 나는 40주년 기념 축사를 했다. 1984년 8월 30일 주로 윤활유 관련 인사 26명이 참석하여 시작한 한국윤활학회가 40년이 지난 오늘에는 크게 발전하여 학회 명칭도 한국 트라이볼로지 학회로 변경되었다. 나는 이 학회가 세계적인 학회로 발전한 것을 축하하고 앞으로의 더 큰 발전을 위한 노력을 당부했다. 특히 금번 학술대회에 영주시청에서 2025년 춘계학술대회를 영주시에서 개최할 것을 강력하게 요청하여 2025년 4월에 영주시에서 개최할 것을 확정하고 학회 측에서 공식적으로 발표했다. 영주시는 베어링 산업을 육성하여 지역발전을 도모하고 젊은 청년들이 모여드는 영주시를 만들겠다는 포부를 가지고 있다.

이미 2023년 8월에 영주첨단베어링국가산업단지를 국토교통부에서 확정한 바 있다. 이와 관련하여 첨단 베어링 개발은 트라이볼로지 기술의 접목이 핵심이기 때문에 내년에 한국트라이볼로지학회 학술대회가 영주에서 개최되면 큰 시너지 효과를 가져올 것으로 기대된다. 아울러 베어링 소재와 관련 부품산업으로 영주산업단지가 활성화되기를 소망한다. 삼성전자가 일본 소니 회사를 능가하듯 현대자동차가 세계 시장에서 가장 인기 있는 자동차로 인정받듯이 영주에서 개발되는 첨단베어링이 세계에서 가장 판매가 잘 되는 제품으로 인정받아 영주시가 베어링 도시로 세계에 알려지기를 소망한다.

나 개인적으로는 기계공학자로서의 정체성과 소명 의식을 가지고 그에 충실한 생활을 해 왔다. 현역과 현직의 일에서는 떠났지만 두어 가지 명예직을 가지고 그나마 참여의 은혜를 감사하게 느끼게 하는 일이 있다. 나는 지금도 말레이시아 가나안농군학교 이사직을 맡고 있고 UMS 공과대학 국제자문위원으로 위촉받아 협력하고 있다.

가또 교수님 80세 생신 축하 모임

2024년 4월, 나의 지도교수였던 도호쿠대학(東北大學) 가또 교수님이 80세가 되어 축하 모임이 있다고 연락이 왔다. 아내와 같이 3월 7일 새벽 3시에 동대구역에서 고속버스를 타고 인천국제공항에 7시에 도착하여 인천국제공항 지하 식당에서 간단한 아침 식사를 하고 아시아나 항공기를 타고 오랜만에 센다이를 방문했다. 인천공항에서 선물을 샀다. 팔순을 맞으신 지도교수님 가또 교수와 나의 유학 당시 지도교수였던 아베 교수, 그리고 당시 4학년 학생이었지만 현재는 나고야대학 교수인 우매하라 교수에게 전할 선물이었다. 일본인들은 한국산 김을 좋아하기 때문에 선물용 김을 3통 구입했다.

오전 9시 30분에 아시아나 항공기가 인천 공항을 출발하여 센다이 공항에 11시 40분에 도착했다. 비행기는 만석이었고, 오랜만에 기내식을 먹었다. 점심 식사로 충분하였다. 센다이 국제공항에 도착하여 입국 수속을 마치고 센다이 시내를 향하는 기차를 타고 갔다. 센다이 공항에서 센다이(仙台)역까지 철도 요금은 660엔이었고, 시간은 25분이 소요되었다. 이곳은 2011년에 발생한 큰 재난으로 인해서 삶을 포기할 정도로 삶의 조건이 나빠진 지역이었다.

2011년 3월 11일 대형 쓰나미가 발생하여 센다이 공항을 덮쳐 센다이 공항이 폐허로 되었는데 지금은 완전 복구가 되어 정상적으로 활용되고 있다. 최근에는 일본인이 가족 단위로 한국에 갔다가 귀국하는 사람들이 많다고 했다. 이번 비행기도 만석이었다. 센다이역에서 예약한 호텔까지는 걸어서 갔다. 나는 가면서 40년 전의 유학 시절 그때를 생각하며, 달라진 거리와 건물들의 변화한 모습을 보면서 천천히 걸어갔다. 센다이역의 모습은 40년 전의 모습과 거의 변함이 없었다. 센다이역에서 시내 지도를 하나 사서 예약한 호텔로 향했다.

낯익은 아오바거리를 거쳐 상가 지역인 주오 거리와 히로세 거리를 지나 예약한 호텔 그린아버(Hotel Green Arbor)에 도착하였다. 그때가 오후 2시경이었는데, 입실은 오후 3시부터 가능하다며 조금 기다리라고 했다. 가또 연구실 모임 장소가 코요그랜드호 (江陽, Grand Hotel)이어서 모임 장소에 가까운 호텔로 예약하다 보니 시설이 그다지 만족스럽지는 못했다. 하지만 호텔 가까운 곳에 니시공원(西公園)이 있었다. 그리고 다찌마치초등학교(立町小學校)가 있었다. 시간이 되어 호텔 입실 수속을 마치고 휴식을 취한 후 가까운 식당에서 저녁 식사를 마치고 일찍 잠자리에 들었다.

밤중에 대구를 출발하여 고속버스와 비행기로 오다 보니 모두 피곤했다. 아침 일찍 일어나 보니 밤사이 눈이 제법 왔다. 대구에서는 보기 힘든 눈이라 한편으로는 반가웠다. 유학 시절 고생하면서 대학 연구실을 다녔던 기억도 생각났다. 눈 속에서도 정해진 시간에 연구실에서 실험 장비를 가동해서 실험데이터를 지도교수에게 보고하고 검토의견을 받아야 하기 때문이었다.

아침 식사를 간단히 먹고 혼자서 40년 전 다녔던 도호쿠대학 공학부를 찾아 나섰다. 오랜만이라 길을 찾기가 힘들었다. 지하철이 건설되어 주변 환경이 많이 변했다. 공학부는 산 위에 있어 그곳까지는 가기가 힘들 것 같아서 이학부와 교양학부까지 갔었다. 6개월간 일본어 공부한다고 다니던 건물과 건강검진 받았던 장소도 어렴풋이 기억에 남아 있었다. 그때 당뇨 현상이 있다면서 당부하 검사까지 받았던 기억이 떠올랐다. 교양학부 건너편엔 센다이성이 보였다.

점심시간이 되어 호텔로 돌아가 아내와 함께 센다이역 지하상가로 찾아가 점심을 먹을 식당을 찾던 중에 한국 밥이 따뜻하다고 홍보한 식당이 눈에 띄어 그곳에서 점심을 먹었다. 그리고 센다이역 버스 정거장에서 버스를 타고 40년 전에 살았던 국제교류회관으로 갔다. 힘들었던 추억과 함께 국제교류회관의 그 장소들을 돌아보았다. 그리고 아들 종형이가 7살 어린 나이에 입학해서 3년간 다녔던 구니미초등학교를 둘러보았다.

국제교류회관에서 가까운 관계로 유학 시절 3년간 신앙생활을 했던 센다이 영광교회도 방문했다. 유학 당시 알고 지냈던 야스다 장로를 만나기 위함이었다. 교회를 찾아갔으나 그를 만나지는 못했다. 야스다 장로는 불행하게도 2년 전에 부인이 세상을 떠나고 지금은 다른 교회에 출석한다고 했다. 센다이 영광교회에는 2008년부터 한국인 이근배 목사님이 시무하고 계신다고 했다. 일본인 교회에도 한국인 목사가 시무할 수 있게 되었다고 했다.

다음날 9일 토요일 오전엔 센다이성(仙台城)을 돌아보았다. 이 성은 1602년 도쿠가와 이예야스(德川家康)의 경계를 피하기 위해서 다테마사무네(伊達政宗)가 건설한 성이다. 다테마사무네가 끝까지 일본 중앙정부에 항거하면서 버텼기 때문에 센다이 주민들은 일본 정부의 비난을 받았고 버림받은 지방이 되었다고 전한다. 센다이성에 올라가면 다테마사무네의 기마상, 복원된 망루, 석축 기술이 담긴 혼마루 북벽 돌담 등에서 옛 모습을 미루어 짐작할 수 있다.

그리고 이곳은 2차 대전 당시엔 군함과 대포를 제작하던 곳이라 금속 기술과 기계공학 기술이 발전한 곳이라고 전해진다. 특히 2011년 3월 11일 발생한 대지진으로 인한 대재앙의 역사를 새긴 탑이 센다이성 입구에 비치되어 있었다. 내가 유학 당시 센다이 총영사관 직원들과 유학생이 힘을 모아 1984년 12월 2일에 창립한 센다이 한인교회를 찾아

보고 호텔로 돌아왔다. 내일 여기서 주일 예배를 드리기 위함이었다.

호텔로 돌아와 오후 4시부터 시작되는 가또 교수 80세 기념 축하 모임 장소인 코요그랜드호텔로 갔다. 그때의 석사·박사 졸업생 56명이 참석했다. 현재 도호쿠대학 트라이볼로지 연구실 교수이며 가또 교수 제자인 아다치 교수의 사회로 가또 교수 80세 및 건강을 기원하는 축하모임 행사가 시작되었다. 이어서 주인공인 가또 교수님의 인사 말씀과 대학원 연구실 대표로 아까가끼 교수의 축하 말씀, 그리고 가또 교수님의 장수를 기원하는 말씀 등이 있은 후에 만찬에 들어갔다.

나는 아내와 같이 가또 교수가 앉은 중심 테이블에 앉았다. 모두가 놀라는 분위기였다. 가또 교수님도 반가워했다. 만찬을 진행하면서 중간에 기수별로 준비한 장기자랑과 자신들의 소개가 있었다. 지금은 대부분 대학의 교수 아니면 일본 유명회사의 중역으로 활동하고 있었다. 행사 도중 누군가 나에게 반갑게 다가왔다. 내가 박사 과정을 마치고 1987년 1월 한국으로 귀국할 때 마지막 송별 자리인 센다이역 광장에서 '우리 다시 만납시다'란 현수막을 잡고 나를 환송해 준 도꾸모토(德元) 씨였다. 우리는 서로 반갑고 기쁘게 인사했다. 그는 현재 동경 히다치 회사에서 근무한다면서 센다이역 송별 자리 이야기를 하면서 반가워했다. 행사는 6시까지 진행되었다. 모두가 즐겁고 행복한 모습이었다. 행사는 이렇게 잘 마무리되었다. 가또 교수가 11일 월요일 저녁에 다시 만나자고 한다. 가또 교수는 중국에서 축하하러 온 교수와 우리 부부를 초대했다.

3월 10일 일요일 아침 일찍 일어나 가까운 공원이 있어 걷기 운동을 하였다. 걷는 가운데 꽃이 피어 있는 매화나무가 누워 있는데, 그 모습이 용의 모습이라서 '와용매(臥龍梅)'라고 한단다. 그런 내용을 담은 기록물이 있어 읽어보니 그 외에도 놀라운 내용이 있었다. 1592년 임진왜란 때 조선에서 가져와서 센다이성에 심었다가 명치유신(明治維新)이 지난 후에 이곳 공원으로 옮겨 심었다고 기록되어 있다.

아침을 간단히 먹고 토요일에 익혀둔 재일대한기독교회 센다이 한인교회를 찾았다. 주일 예배 참석을 위해서였다. 1984년 12월 2일 내가 유학 시절에 설립된 한인교회다. 교회당 안으로 들어가 예배를 드렸다. 담임목사님은 2년 전에 부임하셨고 마영렬 목사님께서 주일 낮 예배에 설교를 해주셨다. 성경 말씀은 빌립보서 1장 1절부터 11절 말씀을 가지고 바울의 교제와 성도의 사랑이란 주제로 은혜로운 말씀을 주셨다. 예배를 마치고 목사님과 함께 기념사진을 남겼다.

마영렬 목사님은 경북 군위 출신으로 경북대 철학과 82학번이라며 우리 부부를 반갑게 맞이해 주셨다. 2011년 3월 11일 쓰나미로 센다이가 폐허가 되었을 때 대구남덕교회에서 모금하여 내가 200만 원을 전달한 적이 있는 교회였다. 40년 전 이 교회가 설립될 당시 함께 했던 분들이 몇분 계셔서 예배를 마치고 다과를 나누며 환담을 나눴다.

특히 센다이 총영사관 운전기사로 일했던 이광복 장로님 가정이 있어서 너무나 반가웠다. 내가 유학할 때 주말에 열심히 테니스를 함께 치면서 지내신 분이었다. 지금은 센다이에 한국식품과 부여식당을 운영하면서 자녀들과 행복하게 살고 있었다. 3월 11일에는 이광복 장로님이 자신의 자동차로 센다이한인교회 목사님 부부와 우리 부부를 어딘가로 데려갔다. 이 장로님은 자신의 부여식당과 한국 식품점으로 안내해 우리에게 직접 보여 주었다. 이 장로님 내외는 목사님 부부와 우리 부부를 센다이 외곽도시로 데리고 가서 일본 특유의 규탕 식당으로 안내했다. 규탕이란 소의 혓바닥을 숯불에 구워 먹는 요리인데 일본에서는 아주 인기가 많은 음식이다. 규는 소를 의미하는 '우(牛)'의 일본어 발음이고 '탕'은 혀를 의미하는 영어 Toungue의 일본어 발음이다. 그날이 월요일인데도 손님이 너무 많아서 줄을 서서 한참 동안 기다렸다. 시간이 되어 여섯 명이 점심을 하면서 이런저런 얘기들을 나누며 즐거운 시간을 보냈다. 2024년은 센다이한인교회 창립 40주년이라며 12월에 기념 예배를 준비하고 있다면서 12월에 다시 센다이 방문을 요청했다.

3월 11일 월요일이 되었다. 저녁엔 가또 교수의 초청 만찬이 있는 날이다. 시간에 맞추어 호텔 가까이 있는 약속 장소로 나갔다. 먼저 도착하여 식당에서 기다리니 가또 교수가 부인과 함께 도착했다. 가또 교수 부인은 건강이 아주 좋지 않아서 토요일 저녁 모임엔 참석하지 못했으나 우리 부부가 센다이까지 왔으니까 서로 한번 꼭 만나야 한다면서 부인과 함께 자신의 승용차로 왔다고 했다. 아내와 가또 교수 부인이 오랜만에 만나 반가워하면서 서로 눈물을 흘렸다. 반가움과 함께 그동안 불편한 몸으로 집안에서만 생활하며 힘들었던 생각들이 교차했으리라 짐작이 갔다. 조금 후에 중국에서 온 Xiaolei Wang 교수가 나타났다. Wang 교수는 2001년도 가또 연구실에서 박사학위를 취득하고 중국으로 돌아가 남경항공우주대학(Nanjing University of Aeronautics & Astronautics) 기계전자공학부 설계공학과 주임교수로 재직 중이라고 소개했다.

가또 교수가 예약한 식당은 일본 전통의 고급 횟집으로 다른 손님은 없었고 아마도 우리들만 예약을 받은 것 같았다. 2시간 동안 오후 5시부터 7시까지 식사와 대화를 나누었다. 가또 교수는 수년 전에 신장암에 걸려 신장하나를 절단하여 하나의 신장으로 살아가고 있어 음식에 특별한 주의를 해야 한다고 얘기했다. 그의 부인은 오래전부터 투병 생활을 해오던 중에 있었으나 나의 아내가 센다이까지 왔다는 소식에 오늘 저녁 식사에 기운을 내어서 함께 자리했다고 했다. 아마도 이번이 마지막 만남으로 생각했을 것으로 생각되었다. 그날 저녁의 만남은 가또교수 부부와 우리 부부간의 잊을 수 없는 만남으로 기억될 것이다. 가또 교수는 나보다 4살이 더 많다. 호텔로 돌아와 가또교수 부부를 위해 하나님께 간절히 기도를 올렸다.

다음날 우리 부부는 아침 일찍 일어나 귀국 준비를 했다. 나는 도호쿠대학 입구와 센다이성을 돌아보는 것으로 아침 산책을 하고 호텔로 돌아와 일찍 센다이역으로 갔다. 아침 식사를 조금 늦게 먹고 센다이 국제공항으로 가서 항공기 탑승하면 기내식이 나오는 것으로 점심식사가 충분할 것 같았다. 예정대로 센다이역에서 공항을 향하는 기차를 타고 일찍 센다이 국제공항에 도착해서 귀국 준비를 했다. 쓰고 남은 일본 돈은 모두 사용하는 것이 바람직하여 모두 정리하고 12시 40분 센다이공항 출발하여 오후 3시 25분 인천공항에 도착하는 아시아나 비행기로 한국에 도착했다. 인천국제공항에서는 서울역까지 지하철로 와서 오후 5시 12분에 출발하는 KTX를 타고 동대구역에 오후 6시 56분에 도착했다. 아내와 함께 참으로 의미 있는 일본 방문 여행을 하였다.

2. 하늘나라로 가신 부모님

마지막으로 아버님과 어머님의 이 땅에서의 마지막 삶을 마감하신 소천에 대한 기록을 남겨 두고자 한다. 아버님은 1993년 12월 14일 영하 10도의 강추위가 이어지던 날 아침 식사를 하시고 화장실에 가시다가 넘어져 숨을 거두셨다. 부항면 학동에서 태어나셔서 평생 지게만 지고 학동에서만 73년간 사시다가 하늘나라로 가셨다. 우리 집 농사일을 하시다가도 이웃에서 도움을 요청하면 하던 일을 멈추시고 이웃의 일을 먼저 해드리던 분이다. 자녀들에게도 큰소리 한번 하신 적이 없었다.

아버님의 장례식은 우리 집 마당에서 치렀다. 너무나 추운 날씨여서 집 마당에 연탄불을 피워 장례식에 조문오신 분들을 맞이했다. 발인 예배와 하관 예배를 장용덕 목사님께서 하셨다. 또한 대구 남덕교회 성도님들이 조문해주셔서 은혜롭게 아버님의 장례식을 마칠 수 있었다. 장례식이 거행되었던 날도 너무나 추워서 대구의 식당에서 주문해간 점심 식사를 제대로 먹을 수가 없었다.

아버님의 산소는 아버님께서 매일 새벽부터 두세 번씩 지게를 지고 오르고 내려오셨던 밤우산 아래 양지바른 좋은 장소에 모셨다. 그리고 묘비에 아버님의 성함과 함께 시편 23편 6절의 말씀을 남겼다.

"나의 평생에 선하심과 인자하심이 정녕 나를 따르리니 내가 여호와의 집에 영원히 살리로다."

그리고 어머님께서는 아버님 돌아가시고 7년 5개월이 지난 2011년 5월 26일에 하늘나라로 돌아가셨다. 어머님께서도 고향 학동에 홀로 계시다가 돌아가시기 전 한 달 정도 전에 대구 우리 집에 오셔서 계시다가, 우리 집이 아파트 7층이어서 엘리베이터를 타고 오르내리기가 무섭다고 하시면서 다시 시골로 가시겠다고 하셔서 내가 모셔다드렸다.

매일 아침 새벽기도회를 마치면 집에 와서는 어머님께 전화를 올렸는데, 5월 26일 목요일 아침에 어머님께 전화를 드렸으나 전화를 받지 않아서 조금 쉬었다가 전화를 드려도 전화를 받지 않아 옆집에 사는 6촌 동생에게 연락해서 가보게 했다. 6촌 동생이 우리 집에 가보니 어머님께서 돌아가셨다고 한다.

황급히 아내와 내가 시골로 달려갔다. 시골을 향하면서 경북대 의과대학에서 교수로 근무하는 사위에게 전화해서 경북대 장례식장 예약을 부탁했다. 시골 우리 집에 도착하여 어머님께서 돌아가신 것을 확인하고 아내가 어머님의 옷을 챙겨 드리고, 119구급대로 연락하였다. 김천의료원 구급차가 도착하여 어머님을 경북대 장례식장으로 모셨다. 그리고 많은 분들이 조문을 와주셨다. 3일 후 토요일 어머님을 아버님 산소에 함께 모셨다.

아버님과 어머님의 장례식을 모두 마치고 나니, 주위 동네 사람들이 말하기를 두 분은 병원 신세 한 번도 지지 않고 편안한 죽음을 맞이했다고 하면서 예수님을 믿어서 그런가 보다 하는 말들을 했다고 한다. 어머님의 장례식을 마치고 시골의 집을 정리한 후, 내가 장남으로서 가족회의를 열었다. 주요한 결정을 내렸다. 아버님과 어머님께서 평생을 살아오신 학동 집과 아버님과 어머님의 산소 아래 있는 조그마한 밭을 막내 동생에게 주기로 했다. 조건을 한 가지 달았다. 절대로 그 집과 그 밭은 팔면 안 되는 것이었다. 이렇게 아버님과 어머님을 편안하게 하늘나라로 보내 드렸다.

3. 나의 기도

여기까지 저의 삶을 이끌어 주신
에벤에셀의 하나님 아버지께
감사와 찬송을 올려 드립니다.

세상 끝날까지 항상
너희와 함께하겠다고 약속하신
임마누엘의 하나님

간절히 바라옵기는
이 땅 위에 어둠의 세력들을 물리치시고
참된 자유와 평화를 주시고
가난한 심령으로
천국의 소망을 갖게 하시고

이 세상을 떠나
주님 앞에 서는 날
의로운 재판장이신 주님께서
사도 바울과 디모데에게 약속하신
의(義)의 면류관을 제게도 주시옵소서.
예수 그리스도의 이름으로
기도드리옵나이다.

아멘

불가능을 가능으로 만든 사명자

장용덕 대구남덕교회 원로목사

나는 김석삼 교수를 그의 유년 시절부터 지켜본 사람입니다. 그리고 그 이후 그가 1989년 11월 25일 우리 대구 남덕교회 장로로 교회의 직을 맡아 오기까지, 또 그로부터 다시 오늘에 이르기까지 나는 그의 믿음과 사람됨의 신실함을 그의 행적을 통해서 지켜본 사람입니다. 내가 지켜본 김석삼 장로님은 모든 불가능의 환경과 조건을 극복하고 가능함에 이르게 하는 사람입니다. 믿음의 울타리인 교회 직분을 맡은 장로로서나, 학문의 진리를 찾아가는 학자로서 그는 불가능을 가능으로 이끄는 사람입니다. 김석삼 장로님이 불가능에서 가능함을 추구하는 방법은 오로지 성실한 실천입니다.

신앙의 용어로 말한다면 그는 '사명의 사람'입니다. 사명의 사람은 공과 사가 분명합니다. 사리의 판단이 정확하고 확실합니다. 세상의 어떤 명예와 지위와 성공의 욕심에 흔들리지 않습니다. 초연합니다. 오직 사명을 위해 최선을 다하는 삶을 사는 사람입니다.

김석삼 장로님의 삶은 이런 삶이었습니다.

첫째, 김석삼 장로님은 남덕교회 개척의 선구자입니다. 개척 선교의 문을 열고 길을 낼 때 앞장을 선 분입니다. 1994년 하나님께서 남덕교회를 불러 공산권 러시아까지 선교의 사명을 주셨음을 확신하고 남덕교회 선교위원회를 구성하고 김석삼 장로님이 해외선교부장으로 계속 중심 역할을 맡았습니다. 그 이후 20여 년 넘도록, 내 기억으로는 막중한 사명을 맡아서 소홀히 한 적이 없습니다.

둘째, 김석삼 장로님은 어디를 가서나 주의 종으로 선한 영향을 끼치는 분입니다. 김석삼 장로님이 박사학위 취득 후 한국연구재단 지원으로 1년간 미국 메릴랜드주 소재 미국표준기술원(NIST)에 연구원으로 근무한 적이 있습니다. 김 장로님은 미국 체류 중 황수봉 목사가 시무하는 북버지니아 한인장로교회에 출석했습니다. 김 장로님이 연구 기간을 마치고 한국으로 귀국한 후, 나는 황수봉 목사님으로부터 전화를 받았습니다. 전화 내용의 핵심은 김 장로님 내외분에 대한 칭찬이었습니다. 황수봉 목사님은 얼마 후에 한국에 오셔서 우리 교회에서 설교도 했습니다. 이것이 동기가 되어 남덕교회는 미국의 이민교회에 널리 알려지게 되었습니다. 국내보다 해외에서 더 많이 알려지게 된 것입니다. 목회하는 목사인 나로서는 김석삼 장로님의 미국 1년간의 체류 기간은 하나님께서 그를 남덕교회의 홍보대사로 파송했던 기간이었다는 확신을 갖지 않을 수 없었습니다.

셋째, 김석삼 장로님은 우리 남덕교회의 역사를 잘 알고, 그것을 기록으로 남기는 데에 공덕을 보여 주신 분입니다. 김석삼 장로님의 책임 아래 남덕교회의 희년 50년사를 직접 출간했습니다. 정성과 사명감으로 첫 희년의 50년사가 출간된 것입니다. 김 장로님의 노력으로 자랑스러운 역사를 가진 남덕교회의 자취를 기록으로 남기게 되었습니다.

넷째로는 학자로서의 김석삼 박사는 유년 성장 과정에서 이미 불가능의 환경을 극복하고 그것을 가능하게 하는 데로 이끈 분입니다. 이는 하나님께서 김석삼 박사를 불가능에서 가능함을 만드는 일꾼으로 받아들인 것이라 하겠습니다. 하나님께서 김 장로님을 특별히 택정한 사명자로 받아들였음을 나는 확신합니다. 그래서 김석삼 박사는 열악한 환경에서 학문하는 분들을 비롯하여 학문하는 모든 분에게 학자로서의 모범적인 모델이 되는 분이라고 생각합니다. 또 김석삼 박사는 자기 분야 학문에 안주하지 않고, 끊임없이 공부하고 연구하고 탐구하고 개발하여, 새로운 지식과 기술 창조에 최선을 다하여 노력하는 학자입니다. 그러므로 후학들에게만 아니라 모든 사람의 모범적인 스승이라고 생각합니다.

이번에 출판되는 김석삼 박사의 회고록이 많은 사람에게 읽히기를 바랍니다. 그래서 사명으로 사는 사람의 숭고한 신앙의 인격과 학자의 고매한 품격이 여러 사람에게 선한 영향을 끼치기를 바랍니다. 그리하여 이 혼탁하고 가치관이 전도된 험한 세상에서 신음하고 고통 속에 살아가는 분들에게 큰 용기와 희망을 주기를 진심으로 소망합니다. 감사합니다.

내 삶을 이끄신
하나님

초판 1쇄 발행 2025년 2월 28일

지은이 김석삼
펴낸이 이낙진
편집·디자인 심서령 이지은

펴낸곳 도서출판 소락원
주소 경기도 양평군 강상면 강남로 714-24
전화 010-2142-8776
이메일 sorakwon365@naver.com
홈페이지 www.sorakwon365.com

ISBN 979-11-990488-0-5 03810

＊ 책값은 뒤표지에 있습니다.
＊ 파본은 구입하신 서점에서 교환해 드립니다.